AF301033

Im Spätherbst 2022 hängt ein Toter an einer Glocke der Ruts Kirke. Es stellt sich heraus, dass es sich um einen deutschen Studenten handelt, der jedes Jahr nach Bornholm gekommen ist. Angeblich, um ein ganz neuartiges Buch über die Kirchen der Insel zu schreiben. Wo ist das Mordmotiv?
Die Ermittler Jan Kofoed, Ditte Holm und Christian Dam beleuchten sein Umfeld. Seine früheren Vermieter, ein etwas heruntergekommenes Paar. Einen früheren dänischen Kommilitonen ebenso wie seinen jetzigen Vermieter, einen strenggläubigen Mann. Wie stand es um seine weiblichen Bekanntschaften? Welche Rolle spielen seine Eltern?
Die drei Ermittler machen überraschende Entdeckungen, während ihre Chefin Karen Rasmussen vorübergehend den Behördenleiter ersetzen muss. Das alles inmitten der einmaligen Landschaft der Insel und ihrem zuweilen rauen Alltag.

Carl Harry Kirkeby betrat 1967 mit seinen Eltern und seiner Schwester erstmals Bornholm. Seitdem ist er fast jedes Jahr wieder dort gewesen und das zu allen Jahreszeiten. So ist die Insel zu seiner zweiten Heimat geworden. Er verfasste unter anderem Namen Reiseführer über dänische Regionen. 2022 bekam er die Idee für eine Krimireihe auf Bornholm, deren dritter Band „Die 15 Tage von Nexø" ist.
In seinem deutschen Leben arbeitet der gebürtige Lübecker Jan Scherping als Personalberater und Coach in Schwerin und veröffentlicht auf seiner Website *www.nord-coach.de* u.a. regelmäßig Blogs zu seinem Berufsalltag.

Carl Harry Kirkeby

Die 15 Tage von Nexø

Jan Kofoeds dritter Fall auf Bornholm

Personenverzeichnis

Ermittler auf Bornholm

Christian Dam, jung, aufstrebend und ehrgeizig
Ditte Holm, studierte Psychologin und lieber vor Ort als am Schreibtisch
Jan Kofoed, erfolgreich und landesweit bekannt, für die letzten Dienstjahre wieder auf Bornholm tätig
Karen Rasmussen, Chefin der Bornholmer Polizei, verheiratet mit dem Bibliothekar Tom

Bornholmer *(A-Z)*

Birgitta und **Gunnar Bendtsen**, frühere Vermieter von Tobias Schuster
Per Bjerg, IT-Millionär
Amalie Bonde, Pastorin der Gemeinde Hasle/Rutsker
Freyja und **Lennart Carlsen**, Ehepaar in Klemensker
Lærke Dam, Grundschullehrerin und verheiratet mit Christian
Svend Gravgaard, Kirchenvorstand in der Gemeinde Nexø/Poulsker
Lone Holm, Mitarbeiterin im Bauamt Bornholm und mit Ditte verheiratet
Nana Kubiak, Pastorin in Allinge
Kathe Kyster, Keramikerin in Østermarie
Helle Larsen, Leiterin der Burgundarholm Bank
Bjarne Melchior, früherer Drogenhändler, nun Pferdebesitzer
Aage Munch, Leiter der gesamten Bornholmer Polizeibehörde

Brian Rose, Studienfreund von Tobias und jetzt Naturschützer

Line Rude, Keramikerin mit einer Werkstatt zwischen Olsker und Gudhjem

Frank Schou, Pastor in der Gemeinde Nexø/Poulsker

Sonja Skovgaard, Witwe (Jens-Ole † 2018) und jetzt Partnerin von Jan Kofoed

Peter Winther, Küster der Gemeinde Nexø/Poulsker und Vermieter von Tobias

Dänen *(Festland, A-Z)*

Jette Bech, Galeristin mit Kontakten zum kriminellen Milieu

Preben Birk, Sonderermittler aus Kopenhagen

Henrik Møller, früher Bjarne Melchiors (s. Bornholmer) Mann für das Grobe

Kasper Svendsen, Sonderermittler aus Kopenhagen

Deutsche *(A-Z)*

Leonie Groth, Keramik-Azubi und Praktikantin bei der Keramikerin Kathe Kyster

Charu Gupta, Kunststudentin und Praktikantin bei der Keramikerin Line Rude

Agnes und **Jürgen Schuster**, Eltern von Tobias

Tobias Schuster, deutscher Wissenschaftler und Opfer

Torge Schuster, Bruder von Tobias, lebt in Kanada

Tag 1

1

Kopfüber war der Mann an die Kirchenglocke gebunden worden. Während des Läutens vorhin beim Gottesdienst war ständig ein dumpfes Aufschlagen zu hören. Amalie Bonde, die Pastorin der Ruts Kirke, war irritiert gewesen und nach dem Gottesdienst hinauf in den Westturm geeilt. Was war das für ein merkwürdiges Geräusch? Nun wusste sie es. Der an eine der beiden Glocken gehängte und splitternackte Mann war durch das Aufschlagen grün und blau am Körper, das Gesicht völlig entstellt. Sie erkannte ihn trotzdem. Sie hatte nicht einmal schreien können, war nur fassungslos. Amalie ging die Treppen hinunter, nicht zu schnell, um nicht zu stürzen. Unten nahm sie ihre Handtasche und griff sich ihr Telefon. Sie wählte 112.

Eine knappe halbe Stunde später parkten Bereitschaftspolizisten und Krankenwagen auf dem Kirchenparkplatz, nach weiteren 20 Minuten stiegen die Ermittler Ditte Holm und Jan Kofoed aus Jans Wagen. Ihren Kollegen Christian Dam hatten sie in Rønne gelassen. Am Abend vorher hatten die Ermittler mit ihrer Chefin Karen Rasmussen sowie allen Partnern bei Dams etwas gefeiert. Ein Doppelmord war die Woche zuvor aufgeklärt worden, außerdem wollte man sich untereinander besser kennenlernen. Christians Frau Lærke hatte dabei erzählt, dass sie schwanger sei. Der Jubel der Gäste war groß.

Als der Alarm kam, hatten Karen und Jan entschieden, Christian für diese erste Tatortbegehung bei seiner Frau zu lassen. Schließlich mussten dort auch noch die

Hinterlassenschaften des Vorabends beseitigt werden. Und Karen hatte sich eh etwas aus dem Team zurückziehen müssen, da sie zusätzlich die Aufgaben des erkrankten Behördenchefs Aage Munch übernommen hatte.

Nun standen sie in ihren Schutzanzügen samt Überziehern und Handschuhen oben im Glockenturm neben der Pastorin und schauten auf die nackte Leiche.
„Den kenne ich, das ist Tobias Schuster, ein Deutscher", sagte Bonde leise.
„Woher kennst du ihn?", fragte Jan gleich zurück.
„Der kommt jedes Jahr nach Bornholm, das ist so ein ewiger Student. Der wollte immer ein Buch über alle Bornholmer Kirchen schreiben. Er war bei allen Pastoren auf Bornholm und hat mit ihnen gesprochen."
„Was für ein Buch? Architektur?"
„Ja, auch, Architektur, Geschichte, besondere Personen, Anekdoten, die Friedhöfe und die Glockentürme."
„Aber gibt es solche Bücher nicht zur Genüge?", wandte Ditte ein.
„Ja, aber er meinte, dass er ganz neue wissenschaftliche Erkenntnisse besäße, die sensationell seien. Außerdem pikante Enthüllungen."
Knud Rømer, der Rechtsmediziner, kam die Treppen hoch, sichtlich übermüdet: „Guten Morgen. Konntet ihr mit dem nicht bis Montag warten?"
„Wir schon, aber der Mörder nicht", gab Jan zur Antwort. Rømer ging so dicht wie möglich an den Leichnam heran, musste aber aufpassen, nicht hinunterzufallen. Guckte links, guckte rechts, ging in die

Hocke, um den Kopf besser inspizieren zu können. Er schaute eine Weile und erhob sich wieder: „Er hat heftige Wunden am Kopf, einige Schläge, vermutlich mit einer Stange. Ob die tödlich waren oder etwas anderes, werde ich euch später sagen können. Und bevor ihr jetzt fragt: Er ist circa zwölf Stunden tot, zumindest ist das meine Ferndiagnose. Ja, nun wird es spannend, wie wir den Mann von der Glocke bekommen." Sein Blick war mehr als skeptisch.

Die beiden Ermittler nickten. Die Kollegen von der Spurensicherung kamen die Treppe hoch. Sie waren nicht sehr erfreut darüber, dass Pastorin und Ermittler schon auf den Tatort gegangen waren und somit vermutlich Spuren zerstört hatten. Ditte und Jan taten so, als wenn sie das nicht registrierten.

Jan wandte sich wieder Amalie Bonde zu: „Wo wohnt dieser Deutsche, weißt du das?"

„Nein, ich wusste nicht einmal, dass er dieses Jahr hier ist. Das letzte Mal haben wir 2018 miteinander gesprochen, da hat er bei einer Familie namens Bendtsen gewohnt, unten in Aakirkeby. Die Hausnummer weiß ich nicht mehr, aber ich glaube, das war in der Smedegade oder einer Seitenstraße davon."

„Danke." Die beiden Ermittler und die Pastorin stiegen den Glockenturm hinunter, böse Blicke der Spurensicherung folgten ihnen. Unten im Kirchenraum sah Jan hinauf zu dem Schiff, das von der Decke hing. „Primula af Svendborg" las er. Jan wusste, dass diese Schiffe ursprünglich Gaben von in Seenot geratenen Menschen wie zum Beispiel Fischern waren, die sich so bei Gott für ihre Rettung bedankten. Er hatte diesen Schiffen nie viel Beachtung geschenkt, aber der wunderschöne rot-weiße Schoner hier kam ihm plötzlich sehr erhaben vor. Draußen auf dem Parkplatz schaute er hinüber nach Schweden, doch an diesem grauen Oktobermorgen war das Nachbarland nicht zu sehen. Selbst die See war nur erahnbar.

Jan lenkte den Wagen durch den Almindinger Wald Richtung Aakirkeby, während Ditte in der Zentrale die genaue Adresse der Bendtsens abfragte. Heruntergefallenes Laub wohin man schaute.
„Das ist ja wieder ein sehr symbolhafter Fundort gewesen", nahm Ditte das Gespräch auf. „Neulich die Kamelköpfe und der Leuchtturm in Dueodde, jetzt der Glockenturm. Was die Glocke uns wohl sagen soll?"
Jan nickte: „Das frage ich mich auch. Wobei so ein religiöses Symbol schon eingrenzender ist, als es die Kamelköpfe waren. Vielleicht hat er sich bei seinem Buchprojekt den ein oder anderen Feind gemacht. Mal abwarten, was diese Bendtsens sagen. Hoffentlich wissen die etwas über seine Angehörigen, die müssen informiert werden." Sie hatten das Haus in Aakirkeby erreicht, „Birgitta og Gunnar Bendtsen" stand auf dem Briefkasten. Sie klingelten.
Eine ältere Frau öffnete, sie hatte einen rosafarbenen Jogginganzug an, ihre lockigen blonden Haare waren heute noch keinem Kamm begegnet, und auch sonst schien sie sich ein wenig zu vernachlässigen. Ditte und Jan stellten sich vor und baten darum, eintreten zu dürfen.
Drinnen saß ihr Mann, der in „Ekstra Bladet", der Boulevardzeitung, blätterte. Er trug einen grauen, fleckigen Jogginganzug und ein paar Hausschuhe mit Löchern im Filz. Er schaute überrascht auf.
Jan stellte Ditte und sich vor und begann: „Heute Morgen ist auf dem Gelände der Ruts Kirke ein Toter gefunden worden. Die Ermittlungen dauern noch an,

aber es scheint sich um einen Deutschen namens Tobias Schuster zu handeln." Er machte eine Pause. Das Ehepaar schaute sich mit offenen Mündern an. Es war kein Ton zu hören, niemand schrie, weinte oder schluchzte zumindest. Ditte wunderte sich, diese Reaktion war ungewöhnlich. Schließlich hatten die beiden Tobias immer wieder beherbergt. Unausgesprochen hatte sie sich mit Jan darauf verständigt, dass er redete, während sie ihre Gesprächspartner beobachtete. Bei denen schienen gerade Tausende Gedanken kreuz und quer durch den Kopf zu schießen. Birgitta Bendtsen fing sich als Erste: „Ist Tobias verunglückt?"

„Nein, er wurde umgebracht. Wie und warum ist aber unklar. Deshalb sind wir hier."

„Warum? Was haben wir damit zu tun?" Ihre Sprachmelodie zeugte von ihrer schwedischen Herkunft.

„Uns wurde gesagt, er wohnt hier."

„Nein, schon lange nicht mehr."

„Seit wann nicht mehr?"

„Seit 2019." Gunnar Bendtsen schaltete sich ein.

„Was war der Grund?"

„Wir hatten keinen Platz mehr. Er hat hinten im alten Gartenhäuschen gelebt. Das hat ein großes und ein kleines Zimmer und eine Toilette. Aber das wollten wir mehr nutzen, weil wir hier im Haus nicht mehr so gut die Stufen hochkommen. Oben schlafen jetzt unsere Kinder und Enkel, wenn sie uns besuchen."

„Und wo hat er dann gewohnt, wisst ihr das?"

„Bei Peter Winther. Das ist der Küster der Kirche in Nexø und der in Poulsker auch, glaube ich. Der wohnt in Nexø in dieser Straße am Wasser. Wie heißt sie noch? Ach ja, Søndre Strandvej."

„Aha, vielen Dank. Wie habt ihr Tobias kennengelernt?"

„Seine Eltern sind viele Jahre nach Bornholm gekommen. Mit Tobias und seinem Bruder Torge. Wir hatten zwei Ferienhäuser in Øster Sømarken. In dem einen war die Familie ab und zu als Gast. Als Tobias mal allein nach Bornholm gekommen ist, hat er da auch gewohnt. Und dann hat er uns erzählt, dass er im nächsten Jahr länger nach Bornholm kommen will, weil er ein Buch über die Bornholmer Kirchen schreiben will. Und dass es ihm zu teuer wird, dann in dem Ferienhaus zu wohnen. Da haben wir ihm angeboten, hinten bei uns zu wohnen."

„Wann war das?"

Bendtsen überlegte: „Erzählt hat er uns davon 2014, glaube ich. Ja, er hat hinten drei Jahre im Sommer gelebt, ja, also seit 2015, ja, das kommt hin."

Seine Frau hob die Stimme: „Ehrlich gesagt, waren wir am Ende auch ganz froh, dass er zu Winther gewechselt ist. Er war ja immer so drei bis vier Monate hier. Und er hatte einen Schlüssel zu unserem Haus, damit er duschen kann. Das war kein schönes Gefühl für uns. Jedenfalls für so lange Zeit."

„Aber ihr habt dafür doch Geld bekommen", warf Ditte ein.

„Ja, das war natürlich angenehm. Aber es war auch nicht so viel, für die Hütte konnten wir nicht so viel nehmen."

„Wie viel war es denn?"

„2.000 Kronen pro Woche."

„Naja, das sind 24.000 Kronen für drei Monate, das ist nicht so schlecht. Für eine Gartenlaube ohne Dusche."

„Ich will mich ja auch nicht beschweren. Aber wie gesagt, es war dann auch gut."

„Aber ihr seid weiter in Kontakt geblieben?" Jan übernahm wieder.

„Nein", schüttelte Gunnar den Kopf. „Im ersten Jahr kam er noch, dann durfte er nicht, es war ja Corona. Und in den letzten Jahren haben wir ihn zweimal getroffen. Zufällig, auf der Straße. Einmal hier in Aakirkeby und einmal beim Trabrennen. Er hat sich entschuldigt, aber sein Buch beanspruche ihn so. Birgitta und ich waren etwas enttäuscht, aber so war das."

„Was war er für ein Typ?"

„Ja, was war er für ein Typ? Er war ein netter junger Mann, höflich, wusste viel, er war normal groß, sportlich, er ist damals viel gejoggt. Er sah nett aus, seine T-Shirts und seine Hemden waren sehr auffällig. Er trug gerne diese Hawaii-Hemden. Aber das war ihm alles nicht so wichtig, glaube ich. Der war besessen von seinem Buchprojekt. Ich habe nicht so richtig verstanden, was er damit wollte. Er hatte mal erzählt, das solle ein Buch über alle Kirchen werden mit ganz besonderen Geschichten, die noch keiner kennt. Na, ich weiß nicht, es gibt doch schon so viele Bücher über unsere Kirchen. Jedenfalls war er ständig mit seiner Kamera und seinem Notizblock unterwegs."

„Hatte er mal Besuch, habt ihr davon etwas mitbekommen?"

„Nein, fast nie. Er ist vielleicht drei- oder viermal mit Frauen über den Hof gekommen und in das Häuschen gegangen. Aber öfter haben wir das nicht festgestellt. Wir gucken ja auch nicht den ganzen Tag aus dem Fenster. Wir kontrollieren auch niemanden."

„Ihr habt gesagt, dass ihr die Eltern kennt."

„Ja, das sind Apotheker aus Lübeck. Sehr nette Leute, wirklich. Sie heißt Agnes und hat eine Apotheke, und er heißt Jürgen und besitzt auch eine. Und dann haben sie noch eine, in Ost-Deutschland, glaube ich."

„Wart ihr mit denen befreundet? Oder mit Tobias?"

„Nein", antwortete Gunnar. „Wir verstanden uns gut, aber es waren Gäste, keine Freunde, nein."

„Danke, das hilft uns sehr, die Eltern müssen wir noch informieren. So, nun lassen wir euch in Ruhe, genießt den restlichen Sonntag, trotz unserer schlechten Nachricht."

„Dafür müsst ihr euch nicht entschuldigen. Vielen Dank, dass ihr uns informiert habt."

„Wir fahren kurz nach Boderne und setzen uns ans Wasser", sagte Jan, als sie draußen waren.

„Gerne, frische Luft kann ich gut gebrauchen. Das roch da drinnen richtig gammelig", nickte Ditte.

„Ja, die beiden machen nicht den Eindruck, als wenn ihnen die Pflege von Haus und Körper wichtig ist. Ich weiß, du traust ihnen nicht, weil du älteren Leuten gegenüber immer misstrauisch bist."

„Ich liege damit auch nicht falsch, wie du weißt", lachte Ditte. Sie dachten beide an ihren ersten gemeinsamen Fall, als ein Fischer aus Listed ermordet wurde. Ditte verdächtigte die ganze Zeit seine Nachbarn, alles ältere Herrschaften. Sie waren nicht die Täter, spielten aber eine zentrale Rolle.

Sie holten sich in dem Imbiss an der Kirche einen Kaffee, parkten in Boderne vor dem großen Bekleidungsgeschäft und setzten sich auf die Kaimauer. Die Luft war kühl, aber solange es nicht regnete, ließ es sich an dem kleinen Hafen gut aushalten. Ein Ehepaar ging mit seinen zwei Hunden hinunter zum Strand, die Tiere rannten sofort ins Wasser.

Ditte schaute über das wolkenverhangene Meer: „Alles sehr merkwürdig. Ein Deutscher, der hier jahrelang herkommt und an einem Buch arbeitet, aber damit anscheinend nie fertig wird. Der umgebracht und sehr spektakulär präsentiert wird. Und der jahrelang bei Leuten wohnt, die stinken."

Jan lachte: „Ja, viele Verbrechen erscheinen zu Beginn nicht logisch. Und am Ende laufen die Fäden doch sehr schlüssig zusammen. Deshalb mache ich mir momentan noch nicht viele Gedanken. Wir müssen erst einmal unsere Basisarbeit verrichten. Die Eltern ausfindig machen und informieren und zu diesem Küster fahren. Ich kann dich gerne nach Hause bringen und suche Küster Winther allein auf, wenn du willst."

„Nein, das passt schon. Lass uns den gemeinsam anschauen, das wäre auch eine viel zu umständliche Fahrerei für dich. Danach kannst du mich zu Lone fahren. Ich nehme an, du fährst anschließend noch in die Zentrale und versuchst die Kollegen in Lübeck zu erreichen."

„Ja, das werde ich auf jeden Fall tun. Dann lass uns ´rüber nach Nexø fahren." Sie warfen die Kaffeebecher in die Mülltonne und stiegen in den Wagen.

2

Jan ließ seinen Wagen ganz gemächlich entlang der leeren Felder Richtung Snogebæk rollen. Die Herbstsonne setzte sich allmählich durch, kein anderes Auto war zu sehen.

„Ich glaube, in Snogebæk zu wohnen wäre für mich im Sommer der Horror", bemerkte Ditte. „Wenn abends die ganzen Ferienhausbewohner aus Balka und Dueodde ins Dorf strömen und bis tief in die Nacht zechen.

Gudhjem wäre noch schlimmer. Wenn da all die Autos hinunter zum Hafen fahren, unten einen Parkplatz suchen und keinen finden und dann einen in den wenigen Nebenstraßen suchen. Bevor sie die Serpentine wieder hochfahren. Schlimm."

„Das ist das Schicksal der Touristenmagnete. Denke an Venedig, dort fallen jeden Tag Zigtausende von Menschen ein. Allein von den Kreuzfahrtschiffen. Und die Einwohner fliehen, immer weniger wollen dort wohnen."

„Da wäre ich schon längst weg, egal wie schön das sonst ist."

„Ich habe erst in meiner Kopenhagener Zeit begriffen, wie hart das Leben für die Bewohner am Nyhavn ist. Es ist dort so schön. Aber wenn im Sommer die betrunkenen Besucher aus Dänemark und Schweden, Deutschland und Osteuropa sitzen und du nicht schlafen kannst, überlegst du schon, ob du nicht umziehen solltest." Sie ließen Snogebæk rechts liegen und näherten sich Nexø.

Dort hielten sie vor dem Haus von Peter Winther. Es war etwas älter und nicht sonderlich groß, der Rasen links und rechts vom Eingang war wie mit der Nagelschere geschnitten. Ditte zeigte auf ein Mini-Cabrio mit deutschem Kennzeichen, das ein paar Meter weiter stand. Sie klingelten.

Ein kleinerer Mann öffnete ihnen, Jan schätzte ihn spontan auf Anfang 60. Er war sehr gepflegt angezogen, für einen Sonntagnachmittag eher ungewöhnlich. Sein dünnes graublondes Haar war akkurat über die Glatze zur Seite gekämmt. Das unterstrich den steifen Eindruck, den er vermittelte. Jan stellte Ditte und sich vor und bat um Einlass.

Der Mann führte sie in die Wohnstube. Die Möbel waren älter, Jan erkannte sie aber wieder: „Sammelst du Möbel von Bornholms Møbelfabrik?"

„Ja, ich bin ein großer Anhänger dieser Möbel. Schade, dass die Fabrik schon lange geschlossen hat. Aber man findet immer wieder schöne Stücke. Was führt euch zu mir?"

„Kein schöner Anlass. Wohnt bei dir ein Deutscher namens Tobias Schuster?"

„Ja, er wohnt oben in der Einliegerwohnung. Weshalb?"

„Er wurde heute Vormittag tot aufgefunden. An der Ruts Kirke."

Winther schaute die Ermittler ungläubig an, sagte nichts. Dann setzte er sich hin. Und schwieg weiter. Er guckte sich Hilfe suchend im Zimmer um, suchte Orientierung: „Was ist passiert?"

„Er ist umgebracht worden. Wie, ermittelt gerade unser Arzt", antwortete Ditte.

„Wer? Wer macht so etwas? Warum?"

„Das ist jetzt unsere Aufgabe, das herauszufinden. Vielleicht kannst du uns dabei helfen?"

„Wie soll ich das tun? Oh Gott, es ist so furchtbar."

Jan übernahm wieder: „Ist es richtig, dass Tobias seit 2019 hier immer wieder übernachtet hat?"

„Ja, er hat früher in Aakirkeby gewohnt, bei einer Familie Bendtsen. Die brauchten den Platz dann selbst, und da habe ich ihm die Wohnung oben angeboten. Die hat einen eigenen Eingang hinter dem Haus, man muss durch den Carport gehen, dahinter ist eine Treppe. Darüber hat er sich gefreut und unregelmäßig oben gewohnt. Natürlich im Sommer, aber auch zunehmend zu anderen Jahreszeiten. Jetzt wollte er letzte Hand an sein Buch anlegen."

„Woher kanntet ihr euch?"

„Tobias ist, nein, besser war, seit vielen Jahren jeden Sommer auf Bornholm. Er wollte dieses Buch über alle Bornholmer Kirchen schreiben. Mit ganz neuen Geschichten und ganz neuen Erkenntnissen. Dafür ist er zu allen Pastoren gefahren und hat mit denen gesprochen. Die haben ihre Angestellten gebeten, ihn bei seiner Arbeit zu unterstützen. Ich bin der Küster für die Gemeinde Nexø und Poulsker. Und so haben wir uns kennengelernt."

„Aber deswegen bietet man einem doch nicht gleich eine Wohnung an."

„Wir haben uns mit der Zeit angefreundet, haben uns viel über den Glauben und die Kirche unterhalten. Und warum soll ich die Wohnung oben leer lassen, wenn jemand Bedarf hat? Er hat dafür auch bezahlt."

„Konnte er es sich denn zeitlich erlauben, mehrere Monate hier zu sein? Er hatte doch einen Beruf, oder?", wollte Ditte wissen.

„Nein, er war eine Art Dauerstudent. Er hat erst Theologie studiert, in Kiel. Als er damit fertig war, hat er Archäologie studiert. Und nun war er mitten in einem Studium der Architektur."

„Aber das kostet doch Geld?"

„Er hatte eine Stelle an der Universität. Und ich weiß, dass seine Eltern ihn auch unterstützt haben. Obwohl er schon über 30 Jahre alt war."

„Was weißt du über sein Privatleben? Hatte er Freunde oder Bekannte auf Bornholm?"

„Ich weiß leider nur wenig. Er hat mir erzählt, dass er früher die eine oder andere Freundin in Deutschland hatte, aber wohl nichts Festes. Hier auf Bornholm hatte er wohl ein oder zwei Bekanntschaften in den letzten Jahren, aber nur so für den Sommer. Jedenfalls hat er das gesagt. Nun ja, er war kein großer Mann, normal aussehend und so mittelmäßig sportlich. Anfangs ist er noch gejoggt, doch das wurde immer weniger. Dafür fing er an, ins Fitnessstudio zu gehen. Aber er war sehr klug. Kein Wunder, dass sich manche Frauen für ihn interessierten."

„Aber er hat nie welche hierhin mitgebracht?"

„Doch, vielleicht zwei- oder dreimal in den Jahren, mehr habe ich jedenfalls nicht bemerkt. Ich habe genug anderes zu tun."

„Wohnst du hier ganz allein?", warf Ditte ein.

„Ja, ich habe eines Tages erkannt, dass meine Aufgabe darin besteht, allein Gott zu dienen. Da hat niemand anderer mehr Platz."

Ditte ließ nicht locker: „Gott zu dienen heißt ja nicht, dass man keine Bedürfnisse nach Liebe und Nähe hat."

„Ich habe mich voll und ganz Gott versprochen, ich bin ein asexueller Mensch."

Jan wollte das nicht vertiefen und mischte sich ein: „Hast du einen Schlüssel für seine Wohnung?"

„Ja, sicherheitshalber selbstverständlich. Ich war aber nie oben."

„Das musst du auch weiterhin nicht. Aber wir möchten uns die Wohnung einmal ansehen."

Sie gingen hinaus, durch den Carport und standen vor einer Metalltreppe.

„An der Straße steht ein Mini mit deutschem Kennzeichen. Ist das der Wagen von Tobias?"

„Ja, der gehört ihm."

„Du musst nicht mit nach oben kommen", sagte Jan zu Winther. Er hielt die Hand auf, in die der Küster den Schlüssel legte. Auf dem Weg nach oben murmelte Jan: „Ich glaube, die Wände sind hier sehr dünn."

„Ich weiß." Ditte hätte den Wink gar nicht gebraucht, ihr war klar, dass sie sich in der Wohnung nicht über Winther unterhalten würden.

Die Wohnung war mittelmäßig aufgeräumt. Sie bestand aus einem großen Wohnzimmer, einem kleineren Schlafzimmer, einem Bad mit Dusche und einer kleinen Küche. Im Wohnzimmer stand ein großer Schreibtisch samt Laptop und größerem Bildschirm, Bücher stapelten sich auf und unter dem Schreibtisch. Rechts neben dem Computer stand ein Bild, auf dem zwei ältere Herrschaften zu sehen waren, Jan tippte auf die Großeltern. Eine große Couch bot ihren Platz mit Blick auf einen mittelgroßen Fernseher an. Eine in die Jahre gekommene Stereoanlage stand daneben. Auf ihr der Autoschlüssel. Das war alles ordentlich, aber nichts Bemerkenswertes. Zwei Buchregale standen an der Wand. In ihnen befanden sich neben vielen Büchern auch einige Ordner.
Ditte und Jan hatten sich Handschuhe übergezogen und schoben das ein oder andere Buch beiseite oder blätterten in ihm. Die zahllosen umherliegenden losen Blätter würden sie später durchlesen, die sollte die Spurensicherung erst einmal in Augenschein nehmen. Ebenso den Laptop. Vielleicht enthielt der hilfreiche Hinweise. Ditte öffnete den Kleiderschrank. Sie erschrak ein wenig, schrille Farben strahlten ihr entgegen.
„Jan, schau mal, hier hängt alles voller Hawaii-Hemden. Und die T-Shirts sind auch ziemlich bunt."
„Das ist kurios. Nach Winthers Beschreibung eben hatte ich Tobias für einen eher unauffälligen Mann gehalten. Aber hatten nicht schon Bendtsens diese Hemden erwähnt?"

„Ja, er hat sogar welche mit Bornholmer Motiven.“
„Mit Bornholmer Motiven? Davon habe ich noch nie gehört, wer kommt denn auf so eine Idee?“
„Das war vor deiner Rückkehr, ich glaube 2018. Da hat einer aus der Nähe von Olsker die Idee gehabt. Er hat ihnen auch einen Bornholmer Namen gegeben, Godâ Skjorter. Tobias hat hier zum Beispiel das eine mit Hammershus, dem Turm von Christiansø und dem Wasserturm von Svaneke drauf. Die Hemden gab es nur eine kurze Zeit, die waren vielleicht doch nicht so ein Erfolg. Aber irgendwer wird's bestimmt eines Tages nochmal versuchen.“
Jan betrat das Schlafzimmer, es war sehr einfach eingerichtet. Ein normal großer Schrank, ein Spiegel, das Bett war etwas breiter, irgendetwas zwischen Einzel- und Doppelbett. Jan öffnet die Nachttischschublade, drei Päckchen Präservative schauten ihn an.
„Ditte, schau mal, die nächste Überraschung.“ Er zeigte auf seinen Fund.
„Da hat Winther wohl nicht genau genug aus dem Fenster spioniert“, flüsterte sie. „Aber vielleicht hat er sie auch bei seinem Zug durch das berühmte Nexøer Nachtleben mitgenommen.“ Sie grinste.
In der Küche fanden sie einige Flaschen von dem billigen Harboe Bier. Außerdem einiges an Dosenessen, aber auch etwas Gemüse und einen Beutel Kartoffeln. Im Kühlschrank lagen zwei Sorten Käse, drei Sorten Wurst, ein Krabbensalat und drei Minuten-Koteletts. Letzte Station war das Bad, aber auch hier nicht Auffälliges, ein Rasierer samt Nivea After Shave, Zahnbürste, Seife, Deo, Kamm, Shampoo, Nagelschere, nichts, was es nicht auch in Millionen anderen Haushalten gab.

Ditte war genau andersherum gegangen. Vor der Wohnungstür trafen sie sich wieder und zuckten beide mit der Schulter. Auf den ersten Blick nichts, was sie schnell weiterbringen konnte. Jan schloss ab und sie gingen die Treppe wieder hinunter. Winther kam ihnen entgegen: „Habt ihr etwas gefunden, was zu dem Mörder führt?"

„Es gab einige interessante Hinweise", log Jan. „Aber das sollen sich morgen früh die Kollegen von der Spurensicherung anschauen. Ich nehme den Schlüssel mit, dann können die Kollegen da jederzeit hinein."

„Ja, natürlich", stammelte Winther, dann verabschiedete man sich voneinander.

„Was für ein eigenartiger Mensch", begann Jan, kaum dass sie 50 Meter gefahren waren.

„Ein ekelhafter Kerl", echauffierte sich Ditte. „So aalglatt und schmierig. Hast du bemerkt, der hat nicht ein einziges Mal das Gesicht verzogen. Außer am Anfang, als wir ihm die Mitteilung überbracht haben. Aber ansonsten keine Regung, keine Mimik."

„Das werden wir noch herausfinden, ob der wirklich so ist oder das nur spielt. Aber erst einmal müssen wir mehr über Tobias erfahren. Ich fahre dich jetzt nach Nyker und kontaktiere anschließend die Polizei in Lübeck. Die sollen zu seinen Eltern fahren. Ich vermute, du, Christian und ich werden die nächsten zwei Tage die Pastoren abklappern und in Kneipen nachfragen, ob man ihn dort gesehen hat. Und vor allem mit wem." Sie näherten sich wieder Aakirkeby.

„Meine Lieblingskirche auf Bornholm", lächelte Jan.

„Ich weiß. Aber über meine Ny Kirke geht nichts", gab Ditte lächelnd zurück.

„Meine ist groß und mächtig."

„Und meine ist eine Rundkirche. Eine von nur sieben Rundkirchen in ganz Dänemark. Besonderer geht es nicht.“

„Ich gebe mich geschlagen.“ Sie erreichten den Abzweiger nach Vestermarie.

„Die drei großen Kondompackungen in seinem Nachttisch lassen mich noch nicht los“, bemerkte Jan.

„Ja, vielleicht war er tatsächlich so ein Gigolo. Und ein eifersüchtiger oder betrogener Mann hat ihn erschlagen. Oder eine Frau, die er mit einer anderen betrogen hat. “

„Ich habe im Moment ein Problem zu glauben, dass eine Frau ihn hoch in den Glockenturm tragen könnte. Vielleicht hat er tatsächlich eine vernachlässigte Bornholmerin glücklich gemacht, was ihr Mann aber anders sah.“

„Ja, wie damals bei dem Mord an dem Fischer Andresen. Diese Verrückte, die mit ihm etwas angefangen hatte, während ihr Mann mit dem Lkw in die Türkei fuhr. Und dummerweise eines Tages eher nach Hause kam.“

Jan lachte: „Ach ja, ich erinnere mich. Aber der gehörnte Ehemann hat Andresen nur verhauen, nicht umgebracht.“

Sie hielten vor Dittes Haus: „Grüße Lone von mir bitte. Und den kleinen Kafka auch.“

„Ja, danke, mache nicht mehr zu lange, Sonja wartet auf dich, heute ist Sonntag. Morgen beginnt die Arbeitswoche.“ Sie stieg aus, der Nova Scotia Duck Trolling Retriever stürmte bereits auf sie zu.

Jan fuhr weiter. Als wenn Polizisten feste Arbeitszeiten hätten. Aber Ditte hatte recht. Er hielt in der Zentrale im Zahrtmannsvej. Es war ruhig. Vermutlich war es letzte Nacht wieder zu ein paar Schlägereien gekommen, aber sonst nichts Erwähnenswertes. In seinem Büro angekommen, suchte er sich die Kontaktdaten der Polizei in Lübeck heraus. Er war nur zweimal in Lübeck gewesen. Das erste Mal wegen einer Frau, die er im Sommer an der Nordsee kennengelernt hatte. Das war in seiner Zeit in Vejle, kurz nach der Ausbildung auf Bornholm, ja, 1986 war das wohl, er war am Wochenende zur Disco nach Henne Strand gefahren. Dort traf er Gabriele, die mit ihrer Lübecker Handballmannschaft das Saisonende feierte. Erst tanzten und tranken sie in der Disco, dann zogen sie sich in die nahen Dünen zurück. Sie gab ihm am nächsten Tag ihre Adresse, er fuhr vier Wochen später in die Hansestadt. Sie stellten schnell fest, dass sie eigentlich gar nicht zueinander passten. Er fuhr abends wieder zurück. Zuvor versprachen sie sich aber, in Kontakt zu bleiben. Er hörte nie wieder etwas von ihr, meldete sich selbst aber auch nicht mehr.

Das zweite Mal machte er dort mit Tove Station. Sie waren in der Hamburger Elbphilharmonie gewesen, Tove hatte über Beziehungen zwei der begehrten Karten erhalten. Sie hatten das Klavierkonzert Nr. 1 von Tschaikowsky gehört, außerdem noch zwei kurze symphonische Stücke. Aber die hatte er genauso vergessen wie die Namen der Künstler. Beim Jazz wäre ihm das nicht passiert. Tove hatte vorgeschlagen, auf der Rückfahrt noch in Lübeck zu halten. Sie guckten sich das berühmte Holstentor an, die wunderschönen alten Gassen der Innenstadt und kauften zum Schluss noch Marzipan bei Niederegger. So waren sie erst sehr spät abends wieder in Kopenhagen angekommen.

Am anderen Ende meldete sich ein Moritz Steinhardt. Jan stellte sich auf Englisch vor, ein paar Brocken Deutsch ließ er einfließen.

„Ihr Dänen duzt euch doch alle, dann lass uns das doch auch gleich machen", schlug Steinhardt vor. Nachdem Jan den Grund seines Anrufes dargestellt hatte, war einen Moment Pause.

Der deutsche Polizist nahm das Gespräch in einer Mischung aus Englisch und Deutsch wieder auf: „Oha, das wird ein schwieriger Moment. Ich kenne Jürgen Schuster, seine Apotheke liegt hier ganz in der Nähe. Die von seiner Frau ist weiter draußen an der Medizinischen Hochschule. Ich werde mir mal eine Kollegin schnappen und zu denen nach Hause fahren."

„Was weißt du über sie?"

„Nur wenig. Wenn meine Frau oder ich etwas brauchen, hole ich das meistens bei Schuster. Und dann kommt man so ein wenig ins Gespräch. Er weiß auch, was ich tue. Die wohnen hier in einer der besseren Gegenden. Tobias war ihr ganzer Mittelpunkt, er hat fast jedes Mal von ihm erzählt. Ich glaube, den haben sie finanziell weiterhin unterstützt. Der andere Sohn, Torge, ist schon vor vielen Jahren nach Kanada ausgewandert. Der hat da eine eigene Firma, Maschinenbau, glaube ich."

„Gut, dann überbringe du doch bitte die Nachricht. Und frage sie, wann ich sie morgen erreichen kann, um etwas mehr über Tobias zu erfahren." Sie verabschiedeten sich.

Jan fuhr zu sich nach Hause. Sonja und er hatten gestern noch verschiedene Gemüse gekauft, um daraus heute einen Eintopf zu machen. Sie wollte ihn an das Kochen heranführen, um sich selbst zu ent-

lasten, aber auch, um ihn etwas von den Fertig-
gerichten wegzubringen, die er konsumierte, wenn er
bei sich zu Abend aß. Und Gemüse schnippeln und
zum Kochen zu bringen sei so schwer nicht, hatte sie
behauptet. Nun musste sie doch wieder allein kochen.
Außerdem wollten sie ab Mittwoch ihren Urlaub in
Schweden nachholen, den sie wegen des Mordes an
dem Kaufmann Jesper Olsen abgebrochen hatten. Jetzt
sollten sie ihn erneut verschieben. Dass Sonja darüber
alles andere als erfreut sein würde, war klar.

Er schickte ihr eine Nachricht, dass er nun zu Hause
sei und in einer Stunde zu ihr kommen würde. Die
Antwort kam prompt: „Das Essen steht dann pünktlich
auf dem Tisch, wie gewünscht." Der Ton verhieß
nichts Gutes. Er duschte, zog sich frische Sachen an,
nahm sich ein Svaneke IPA aus dem Kühlschrank und
ließ sich in den Sessel fallen.

Zog er tatsächlich die Morde an, wie Christian vorige
Tage gewitzelt hatte? Jahrelang war es auf Bornholm
ruhig gewesen, nur ab und an mal ein Mord. Aber ganz
sicher nicht in der Häufung des letzten halben Jahres.
Zwei Tote im Frühjahr, zwei Tote im Herbst und nun
gleich noch einer. Er nahm noch einen Schluck.
Weshalb band jemand einen Toten an einer Kirchenglocke fest? Wenn es hier tatsächlich um inner-
kirchliche Streitigkeiten handelte, war Vorsicht
geboten. Vielerorts war die Kirche noch immer ein
geschlossener Club, auch wenn die dänische Folke-
kirke nicht mit erzkatholischen Bünden zu vergleichen war. Was hatte der deutsche Student hier tatsächlich getrieben? Wollte er wirklich nur ein Buch
schreiben? Offensichtlich versuchte er das schon seit
ein paar Jahren.

Er nahm noch einen Schluck. Hoffentlich blieb er bei den Ermittlungen nicht mit Ditte allein. Sondern konnte auf Christian zurückgreifen. Dafür durfte Lærkes Schwangerschaft aber nicht zu kompliziert verlaufen. Christian hatte nun hoffentlich auch die angebliche Enkelin aus Odense verdrängt, in die er sich auf einer Dienstreise verguckt hatte. Und Karen war ebenfalls wichtig, selbst wenn sie sich als Polizeichefin nur bedingt um das Tagesgeschäft kümmern konnte. Aber die Zusatzbelastung mit der Behördenleitung war zu viel. Er hoffte, dass der alte Aage, der erkrankte Chef der gesamten Behörde, bald auf seinen Stuhl zurückkehren konnte. Oder Kopenhagen für ihn eine Ablösung fand. Er stellte die Flasche in die Küche, zog sich die Jacke an und ging hinüber zu Sonja.

„Am siebten Tag sollst du ruh′n", empfing Sonja ihn und gab ihm einen Kuss.
„Das hätte ich auch gerne getan. Und sogar lieber Gemüse geschnitten. Aber da hatte jemand, den ich noch nicht kenne, etwas dagegen."
„Ich habe das in den Nachrichten auf P4 gehört. Stimmt es, dass jemand auf die Glocke gebunden wurde?"
„Ja, aber das ist ja interessant, dass die von den Nachrichten das so genau wissen. So viele haben den Mann dort oben nicht gesehen. Wer hat da denn wieder vertrauliche Informationen durchgesteckt?"
„Wie furchtbar. Haben die Menschen denn gar keinen Respekt mehr? Also vor einer Kirchenglocke, meine ich."
Jan schaute etwas irritiert. Aber Sonja meinte es ernst. Sie war sehr gläubig und eine begeisterte Kirchgän-

gerin, betete eigentlich jeden Tag kurz in der Nicolai Kirke nebenan.

„Das Essen ist in fünf Minuten fertig", sagte sie.

Jan nickte. Sein Telefon klingelte. Eine deutsche Nummer. Die Lübecker Polizei?

„Guten Abend, hier ist Jürgen Schuster. Entschuldigen Sie bitte die Störung am Sonntagabend zur Abendbrotzeit. Ich bin der Vater von Tobias Schuster. Die Polizei hat meine Frau und mich eben aufgesucht. Sprechen Sie Deutsch?" Jan nahm ein heftiges Weinen im Hintergrund wahr: „Nur ein bisschen, Englisch verstehe und spreche ich besser."

„Gut, dann spreche ich jetzt Englisch. Wir werden morgen nach Bornholm fahren, sodass wir am Dienstag zu Ihnen kommen können. Ich vermute, dass Sie einige Fragen zu unserem Sohn haben."

Jan war etwas perplex. Der Lübecker Polizist hatte seine Telefonnummer weitergegeben. Dieser Apotheker schien sehr gefasst.

„Erst einmal möchte ich Ihnen und Ihrer Frau mein Beileid aussprechen. Ja, selbstverständlich haben wir Fragen zu Ihrem Sohn. Wollen Sie wirklich die weite Reise antreten?"

„Die ist nicht weit, die sind wir mit unseren Söhnen so oft gefahren, kein Problem. Wir nehmen morgen die Abendfähre ab Ystad. Ich werde gleich ein Zimmer buchen, entweder im Griffen oder im Fredensborg. Dann kommen wir am Dienstag zu Ihnen, wenn es recht ist. Sie haben ja nun meine Nummer und können mir noch eine Uhrzeit mitteilen. Entschuldigen Sie bitte nochmals die Störung, ich wünsche Ihnen noch einen schönen Abend." Der Mann legte auf.

Jan stand da und blickte auf sein Handy. War das in Ordnung, dass der Vater am Sonntagabend angerufen und ihm einen schönen Abend gewünscht hatte? Ja, eigentlich schon, der war schließlich in einem Ausnahmezustand.

„Machst du bitte den Wein auf? Ich stelle das Essen auf den Tisch." Sonja riss ihn aus seinen Gedanken.

„Ja, gerne, und dann möchte ich mit dir nur noch entspannen, dieser Sonntag reicht mir."

Sonjas Eintopf war köstlich, Jan merkte aber auch, wie die Müdigkeit in ihm aufstieg. Der letzte Fall war anstrengend gewesen, und dieser würde es vermutlich auch werden. Dabei hatte er sich so auf ein paar Tage mit Sonja in Schweden gefreut.

„Meinst du, wir schaffen es noch vor Weihnachten nach Schweden?", fragte Sonja.

„Das hoffe ich sehr. Ditte und Lone wollen ja in zwei Wochen nach Sizilien, da müssen wir uns mit der Aufklärung wirklich beeilen. Ohne Ditte wird das schwierig."

Eine halbe Stunde später schlief er auf dem Sofa neben Sonja ein, die noch einen Spielfilm schaute.

3

Zwei Tage zuvor hatte eine unbekannte Frau den Mann angerufen. Sie hatte ihn gewarnt: „Tobias will über dich auspacken. Er weiß etwas, was dir das Genick brechen wird."

Der Mann hatte kurz gestockt: „Über mich? Was soll das sein?"

„Das hat er nicht gesagt. Nur, dass du dann auf Bornholm keinen Fuß mehr vor die Tür setzen kannst."

Es herrschte einen Moment Totenstille. Sie wusste es bestimmt, wollte ihm das nur nicht sagen. Er ahnte, worauf sie anspielte. Panik kam in ihm auf.

„Was soll ich machen? Hast du einen Rat?“
„Du wirst ihn nicht umstimmen können, auch nicht mit Geld, da bin ich mir ganz sicher.“
„Du meinst, es gibt nur einen Weg?“
„Ich fürchte, ja. Hast du eine Eisenstange oder Ähnliches im Haus?“
„Ja, ich glaube im Schuppen. Ich muss nachschauen.“
„Gut. Er wird dich morgen besuchen, hat er gesagt. Setze ihn in die Küche, biete ihm einen Drink an, gehe dafür in das Wohnzimmer und hole stattdessen die Eisenstange. Er ist kräftiger als du, du musst sofort zuschlagen, bevor er sich umgedreht hat.“
Sie hatte aufgelegt.

Tag 2

<u>4</u>

Punkt 8.30 Uhr saßen die Ermittler Karen, Ditte, Christian und Jan an diesem tristen Montag im Besprechungsraum. Der Regen prasselte unaufhörlich gegen die Fensterscheiben. Karen als Chefin begann: „Guten Morgen. Den Wochenstart haben wir alle uns wohl anders vorgestellt. Erst einmal danke ich Ditte und Jan, dass sie gestern die Ermittlungen aufgenommen und Christian und mich noch geschont haben. Ich freue mich, dass unser aller Chef Aage Munch am Mittwoch wieder seinen Dienst aufnimmt. Das Krankenhaus hat ihn gestern entlassen, er ruht sich noch drei Tage zu Hause aus und kommt dann am Mittwoch."

„Ist er wirklich wieder gesund?", wollte Ditte wissen.

„Ich weiß es nicht, ehrlich gesagt. Nachdem was ich vorher gehört hatte, habe ich nicht mehr an seine Rückkehr geglaubt. Ob man ihn nur noch ein letztes Mal ins Büro und zu seiner geliebten Frau Solveig lässt oder ob er wirklich frisch gestärkt ist, werden wir sehen."

„Ich kann ja mal in Kopenhagen nachfragen, den ein oder anderen kenne ich ja ganz gut", bot Jan an. Kaum einer war so gut in der *Rigspoliti* vernetzt wie er, vermutlich würde er schnell die Wahrheit hören.

„Danke, Jan. Ich bin nun von Aages Aufgaben befreit, allerdings werde ich euch nicht so unterstützen können, wie ihr es gewohnt seid. Mit der Nachmittagsfähre reisen verdeckte Ermittler aus Kopenhagen an. Es gibt ungewöhnlich hohe Einsätze für die Trabrennen am Samstag. Die Kollegen wollen dafür vor Ort

sein und schon vorher eventuell Verdächtige beobachten. Ich soll sie unterstützen."
„Was genau ist da los?", fragte Christian nach.
„Ich kann euch nur wenig sagen und bitte euch, niemandem etwas zu erzählen, auch zu Hause nicht. Es
darf nichts herauskommen, wirklich nichts. Sonst
bekommen wir hier als Bornholmer Polizei richtig
Probleme. Es gibt das ein oder andere Rennen, in dem
im Internet hohe Beträge auf Pferde gesetzt wurden,
die nicht unbedingt als Favoriten gelten. Die Wetter
müssen sich angesichts der eingesetzten Summen
aber sicher sein, dass ihr Plan aufgeht. Die Kollegen
aus Kopenhagen sind sehr erfahren und werden
sicherlich wissen, wie sie vorzugehen haben. Es sind
sechs Frauen und Männer, die wir in verschiedenen
Hotels untergebracht haben. Aber nochmals, diese
Information darf diesen Raum nicht verlassen." Die
anderen drei nickten zustimmend.
„Ich möchte Ditte und Jan auch nur kurz dafür danken,
dass ich gestern nicht mitfahren musste", begann
Christian. „Den Tag Pause konnten wir gut gebrauchen. Lærke hatte sich mit unserer gemeinsamen
Feier etwas übernommen, sie war ziemlich schlapp.
Aber nun geht es wieder, sie ist heute früh auch wieder
in die Schule gefahren. Wir hoffen beide, dass die
nächsten Monate möglichst unkompliziert und be-
schwerdefrei verlaufen. Und ich mich mit voller Konzentration der Arbeit hier widmen kann."
„Ja, Christian, das wünschen wir euch auch. Und danke
nochmals für die Ausrichtung der Feier, die hat uns
allen Spaß gemacht. Auch unseren Partnern, denke
ich. Es war schön, einander besser kennenzulernen.
Ditte oder Jan, könnt ihr jetzt bitte Christian und mich
über den gestrigen Tag ins Bild setzen?"

Die Angesprochenen wechselten kurz die Blicke, dann hob Ditte an. Und berichtete von dem an der Glocke befestigten Tobias Schuster. Von seinem Hintergrund als langjähriger Student und dem Buchprojekt. Von den Bendtsens in Aakirkeby und Peter Winther in Nexø. Jan ergänzte noch den Anruf von Jürgen Schuster, von dem Ditte auch noch nichts wusste.
„Wie macht ihr weiter?", fragte Karen.
„Wir werden die Bornholmer Pastoren abklappern müssen, um ein klareres Bild von Schuster zu bekommen. Und wir müssen nach privaten Kontakten suchen, zum Beispiel indem wir in Kneipen und Restaurants nach ihm fragen. Morgen werden die Eltern hier sein, die können uns hoffentlich auch helfen."
„Das klingt einleuchtend, Jan. Wie willst du euch aufteilen?"
„Nun, es hat bekanntlich nicht jede Kirche ihren eigenen Pastor, sondern alle Pastoren sind für mehrere Kirchen zuständig, manchmal gibt es auch zwei Pastoren in der Gemeinde. In Rønne sogar noch mehr. Da müssen wir schauen, mit wem Schuster tatsächlich Kontakt gehabt hat. Mein Vorschlag ist, dass Ditte die Gemeinden an der Ostküste übernimmt, also Svaneke mit Ibsker, Bodilsker und Christiansø. Außerdem Gudhjem/Østerlars und schließlich Allinge. Das sind drei Pastorate. Einverstanden, Ditte?"
Die nickte: „Ich hätte natürlich gerne in Nyker nachgefragt, den Pastor kenne ich gut. Aber wahrscheinlich soll ich deswegen nicht dorthin."
„Ja, manchmal ist es gut, bei null zu starten. Christian, für dich habe ich Olsker/Tejn, Nylars mit Vestermarie, Aakirkeby mit Pedersker und eben Nyker mit Rø und Klemensker, okay?"

Christian stimmte zu.

„Gut, dann bleiben für mich Rønne, Hasle/Rutsker, Nexø/Poulsker und Knudsker. Habe ich eine vergessen?"

„Ja, Østermarie", lachte Ditte.

„Stimmt, Christian, die ist noch für dich."

„Und was ist mit den beiden katholischen Gotteshäusern?", wollte Karen mit sehr ernster Miene wissen.

Jan stöhnte: „Gut, dass Sonja nicht mitbekommt, wie wenig ich von den Bornholmer Kirchen weiß, so gläubig wie sie ist. Ja natürlich, Karen, du hast recht, an die habe ich gar nicht gedacht. Ich mache mich mal schlau, ob die einen gemeinsamen Priester haben oder unterschiedliche."

„Nein, Jan", lachte Karen sehr laut. „Du bist durch die Prüfung gefallen. Nur die in Aakirkeby ist noch aktiv, die Hyacinthus Kirke hier in Rønne wurde längst entweiht, die gehört schon lange den Pfadfindern. Aber der katholische Priester in Aakirkeby hat mit Schuster sicherlich auch über die gesprochen."

Jan fasste sich an den Kopf: „Ich sage nichts mehr. Christian, Aakirkeby ist dein Revier."

Sie gingen in ihre Büros, um die Pastoren und den Priester zu kontaktieren und Gesprächstermine vor Ort zu vereinbaren.

5

Jan wählte die Nummer von Per. Der war in der Personalabteilung der *Rigspoliti* weit oben und sollte eigentlich auch über Aage Munch Bescheid wissen. Er nahm den Anruf gleich an.

„Hallo Jan. Schön, dass du anrufst. Ich nehme an, du willst wissen, ob Aage Munch wirklich wieder gesund ist."

Jan war so verblüfft, dass er erst nicht antworten konnte. Er gab den Überrumpelten: „Sag mal Per, bist du unter die Wahrsager gegangen?"

„Ach Jan, ich kenne dich so lange und so gut und wäre ja nicht so anerkannt in dieser Abteilung, wenn ich nicht ein Gespür für Menschen besäße."

„Wohl wahr. Ja, dann frei raus, wie sieht es aus mit unserem Aage?"

„Schlecht. Das nächste Weihnachten wird sein letztes sein. Wenn er es überhaupt noch erlebt. Der Krebs hat ihn bereits besiegt. Er darf nochmal zurück zu seiner Frau Solveig und zu euch. Aber er wird nicht mehr viel tun. Unsere oberste Kommandozentrale sagt ihm so Danke. Und sie macht das auch nur, weil Karen wirklich überragende Arbeit abliefert und du mit deiner Erfahrung der zusätzliche Fels in der Brandung bist. Stelle dich darauf ein, dass es bald bei euch an der Spitze eine Nachfolge geben wird."

„Ja, aber das wird doch dann Karen werden, oder?"

„Da gibt es keinen Automatismus, wie du weißt. Erst mal muss sie überhaupt wollen. Und dann wird die Stelle ausgeschrieben. So lautet die Vorschrift. Jetzt nur unter uns, Jan: Mir sind zwei Kollegen bekannt, die den Job von Aage gerne übernehmen würden. Nein, nein, da ist noch gar nichts klar. Wie geht es dir denn auf der Sonnenscheininsel?"

„Von Sonnenschein spüre ich hier nichts. Viel Arbeit, gestern der nächste Tote. Das Ermittlerleben hier ist doch sehr viel herausfordernder, als ich gedacht habe."

„Tröste dich, in Kopenhagen ist es auch noch mal schwieriger geworden. Die Hemmschwellen sinken immer mehr. Es ist noch nicht so wie in Amerika, wo schnell mal die Pistole entsichert wird. Aber hier wird schon wegen Kleinigkeiten das Klappmesser gezückt." Sie tauschten sich noch ein wenig aus, dann war das Gespräch beendet.

Jan lehnte sich zurück. Zwei, drei Monate würde Aage Munch wohl noch ins Haus kommen, nicht mehr wirklich arbeiten, stattdessen nach Feierabend mit den Kollegen den ein oder anderen Rotwein trinken. Und dann würde hier ein neuer Wind herrschen. Er wusste nicht, ob er Karen den Aufstieg wünschen sollte. Ja, sie war eine hervorragende Beamtin, eine vorbildliche Vorgesetzte und eine großartige Polizistin. Aber als Behördenleiterin würde sie nur noch verwalten. Und im Rahmen des engen Budgets vielleicht noch etwas gestalten. Dabei war sie eine leidenschaftliche Polizistin.

Christian schaute kurz ins Zimmer, um sich zu verabschieden: „Ich fahre jetzt, die Pastoren in Nyker und Olsker haben Zeit."
„Sehr schön, viel Erfolg. Sonst alles klar?"
Christian wusste genau, was er meinte: „Ja, ich habe sie eigentlich vergessen. Wenn du mich nicht an sie erinnern würdest." Er schloss die Tür.
Vermutlich hatte Christian recht. Er würde ihn jetzt nicht mehr an diese Balca erinnern, der er bei seiner Dienstreise nach Odense begegnet war. Das war besser so. Für Christian, für Lærke und für ihren Nachwuchs.

Er wollte gerade die ersten Pastoren anrufen, als Ditte hineinschaute: „So, ich fahre auch raus, Svaneke, Gudhjem und Allinge haben Zeit für mich."

„Christian und du seid ja fix. Da muss ich mich wohl mal ranhalten, viel Glück."

Er stand auf und schaute zu Karen hinüber. Ihr Büro war leer. Dann würde er ihr später erzählen, was er von Per gehört hatte. Er suchte die Nummer des Pastors von Nexø und Poulsker heraus, der sofort zusagte.

<u>6</u>

Christian klingelte bei Folmer Toft, dem Pastor in Nyker. Der Regen hatte weiter zugenommen, und er war froh, dass die Tür schnell geöffnet wurde.

„Ach, du bist sicherlich der Kollege von Ditte, der vorhin angerufen hat. Komm rein, deine nasse Jacke kannst du dort über den Stuhl hängen. Warum wollte sie nicht kommen?"

„Das hat unser Chef so eingeteilt. Wahrscheinlich kennen du und Ditte sich zu gut, da wollte er ein neutrales Gesicht schicken."

Toft lachte: „Nein, ich kenne Ditte nicht gut. Sie liebt diesen Kirchenbau, aber nicht die Kirche. Ich habe mit ihr einmal darüber gesprochen. Die Ny Kirke gibt ihr Ruhe, erdet sie, sagt sie. Aber die Gottesdienste und die Kirche als Organisation interessieren sie eigentlich nicht. Ich hoffe, bei dir ist das anders."

Christian schaute ihn an. Toft war ein normal großer Mann so um die 50, besaß ein überaus freundliches Gesicht, hatte einen Lockenkopf, trug eine Nickelbrille, und sein Gesicht war leicht gerötet: „Nein, meinen Ausgleich finde ich beim Sport, mit der Kirche habe ich noch weniger am Hut als Ditte. Aber vielleicht ändert sich das noch, ich werde bald Vater."

„Das freut mich sehr, ich drücke deiner Frau und dir die Daumen, dass alles gut läuft. Was führt dich zu mir? Du sprachst von Tobias Schuster."

„Genau. Tobias Schuster ist in der Nacht zu Sonntag umgebracht worden, wir haben ihn in der Ruts Kirke gefunden. Um den Täter zu ermitteln, versuchen wir uns ein Bild von ihm zu machen. Wir wissen, dass er ein Buch über die Bornholmer Kirchen schreiben wollte und alle Pastorinnen und Pastoren aufgesucht hat. War er auch bei dir?"

„Ja, aber ich konnte ihm nicht so richtig helfen. Er war sehr an Geschichten rund um die Kirche interessiert, von lustigen oder anderen besonderen Ereignissen wollte er gerne hören. Dadurch sollte sein Buch abwechslungsreicher und besser lesbar sein. Aber ich bin erst 2017 hierhergekommen, vorher war ich in Südjütland, genauer in Varde. Ich konnte ihm die Kirche zeigen und interessante Dokumente, aber außergewöhnliche Geschichten kannte ich keine."

„Welchen Eindruck hattest du von ihm?"

„Ach, er war ein beeindruckender Mann. Sehr höflich, sehr wissbegierig, interessiert, ein sehr angenehmer Gesprächspartner. Seine Hemden waren etwas merkwürdig, so Hawaii-Hemden, weißt du. Die trägt man doch eigentlich nicht mehr, dachte ich. Er hat viele Fragen gestellt. Ich habe mich später gewundert, dass ich nichts mehr von ihm gehört habe und dass das Buch wohl nicht erschienen ist. Da habe ich mich gefragt, ob er dieses Projekt wirklich ernst gemeint hat."

„Wenn du an meiner Stelle wärst, wo würdest du nach dem Mörder suchen?"

Toft lachte: „Das ist eine ungewöhnliche Frage. Ich kenne ihn nur aus dem einen gemeinsamen Vormittag."
„Das ist mehr als ich."
„Ja, das stimmt wohl. Ich würde nicht in der Kirche suchen. Niemand von uns hat einen Grund, jemanden umzubringen, der sich für unsere Kirchen interessiert. Nein, vielleicht gab es einen eifersüchtigen Ehemann oder so."
„Wie kommst du darauf? War er so ein Frauentyp? Oder hast du ihn Arm in Arm mit einer Bornholmerin gesehen?"
„Na ja, ich bin vielleicht nicht kompetent genug, das zu beurteilen. Aber ich glaube schon, dass er bei den Frauen gut ankam. Ja, er war nur normal groß und sicherlich auch kein Bodybuilder. Aber für eine intelligente Frau, die sich gerne unterhält, war er vermutlich schon interessant, klug wie er war. Und vielleicht ist er einer näher gekommen, als es gut war. Aber das ist nur wilde Spekulation, ich bin kein Fachmann. Das bist du, ich bin nur der Diener Gottes."
Sie verabschiedeten sich voneinander. Die Sonne des Spätherbstes war durchgekommen und tauchte Nyker in ein warmes Licht. Ihm wurde warm, er öffnete seine schwarze Windjacke und öffnete den obersten Knopf seines dunkelgrünen Hemdes. Dann startete Christian den Wagen, er war gespannt, was er in Olsker zu hören bekommen würde.

Ditte war mittlerweile in Allinge angekommen. Kurz vor Olsker hatte der Regen aufgehört, sie konnte den Schirm also im Wagen lassen. Mit der Pastorin hatte sie den Parkplatz neben der Kirche als Treffpunkt vereinbart. Als Ditte auf diesen einbog, sah sie gleich eine große junge Frau mit halblangen dunklen Haaren. War das die Pastorin? Ditte stieg aus, und die Frau kam auf sie zu: „Ich nehme an, du bist Ditte Holm. Ich kenne dich aus dem Fernsehen, diese Geiselnahme in Olsker neulich."

„Ja, natürlich." Ditte hatte mittlerweile das Gefühl, dass jeder zweite Bornholmer sie kannte.

„Wollen wir uns in die Kirche setzen?", schlug die Pastorin vor. „Ich bin Nana Kubiak."

Sie gingen hinein. Der Innenraum war schlicht, aber durch die gelben Polster auf den Bänken auch sehr warm. Links hinten standen zwei Tische für gemeinsame Mahlzeiten. Sie setzten sich an einen von ihnen, Nana hatte schon Wasser und zwei Gläser hingestellt. Sie war eine sehr attraktive und fröhliche Frau, ähnlich groß wie Dittes Frau Lone und genauso schlank.

„Du bist hier, weil du etwas über Tobias Schuster wissen willst?"

„Ja, genau. Er ist vorletzte Nacht umgebracht worden, wir haben ihn in der Ruts Kirke gefunden."

„Ich weiß, das hat unter uns Pastoren schnell die Runde gemacht. Festgebunden auf einer Glocke, oder?"

„Ja, da hat sich jemand sehr viel Mühe gegeben, wenn man das in diesem Zusammenhang sagen darf. Wie gut kanntest du ihn?"

Kubiak zögerte einen Moment, Ditte beobachtete ein Zucken rund um ihren Mund.

„Ich kannte ihn nicht gut, ich bin erst seit 2019 hier in Allinge. Vorher war ich in einer Kirche drüben auf Fünen als zweite Pastorin tätig. Mein Studium ist noch nicht so lange her."

„Was heißt nicht gut?"

Da war wieder dieses Zucken.

„Nun, er war gleich 2019 hier, ich habe ihm die Kirche gezeigt. Das fand ich merkwürdig, weil ich dachte, dass mein Vorgänger das schon erledigt hätte. Der hatte mir von einem Deutschen erzählt, der ein Buch über die Bornholmer Kirchen schreiben will.“
„Hast du ihm das gesagt?“
„Nein, ich dachte, dann zeige ich ihm die Kirche aus meiner Perspektive, vielleicht kann ich noch etwas Neues ergänzen.“
„Aber?“
„Aber? Du bist gut, na ja, er kam drei Wochen später nochmal. Meinte, er hätte etwas vergessen. Fragte irgendetwas ganz Banales, ich weiß nicht mehr was. Ich war etwas genervt, ehrlich gesagt. Ich habe kurz seine zwei, drei Fragen beantwortet und ihm dann gesagt, dass ich zu tun hätte.“
„Weshalb kam er tatsächlich noch einmal? Interessierte er sich mehr für dich als für die Kirche?“
„Du bist ja sehr direkt.“ Nana lachte, aber gleichzeitig wurde das Zucken stärker. „Ich weiß nicht. Ja, er war schon ein interessanter Mann, sehr intelligent, sehr belesen.“ Sie hielt einen Moment inne.
„Was kannst du noch über ihn sagen?“
„Er wusste viel, wie gerade gesagt, über Kirchen, über Architektur, über Bornholm. Er konnte gut reden, sein Dänisch war sehr gut. Er war charmant, selbstbewusst, höflich. Mehr kann ich nicht über ihn sagen, ich habe ihn ja nur diese zwei Male getroffen.“
„Mochtest du ihn?“
„Nein, das hast du jetzt falsch verstanden. Er war ein guter Gesprächspartner, wie man ihn nicht alle Tage trifft. Mehr nicht.“
Die Antwort war wie aus der Pistole geschossen gekommen. Ditte glaubte ihr nicht.

„Dein Nachname ist nicht sehr dänisch, wenn ich das so sagen darf.“

„Nein, das ist ein polnischer Nachname. Meine Eltern sind gleich nach dem Fall des Eisernen Vorhangs von Polen nach Dänemark ausgewandert. Mein Vater war Ingenieur und wurde mit Kusshand genommen. Meine Mama war Ökotrophologin, die hat auch sofort eine gute Arbeit gefunden. Sie mussten nur schnell Dänisch lernen, das war eine große Herausforderung. Und plötzlich war ich unterwegs, nicht ganz geplant. Die beiden haben gedacht, es wäre für mich besser, wenn ich einen dänischen Vornamen habe. Das ist die Geschichte.“

Sie lachte, ihre Gesichtszüge waren nun entspannter.

„Lebst du allein hier?“ Ditte wusste, dass die Frage unpassend war, aber das war ihr egal.

„Noch eine von deinen sehr direkten Fragen. Spielt das für den Fall eine Rolle?“ Die Pastorin kräuselte die Stirn. „Nun gut, ich hatte vorher, also auf Fünen, länger einen Freund, aber irgendwie sollte es nicht sein. Nun bin ich ganz froh, hier auf Bornholm ungebunden zu sein.“

„Ich verstehe, vielen Dank. Wenn dir noch irgendetwas einfällt, melde dich bitte. Wir brauchen so viele Informationen über ihn, wie es nur geht.“

„Wer tötet einen Mann, der nur ein Buch schreiben will? Warum?“

„Weil dieser Mann vermutlich etwas getan hat, was jemandem aufgestoßen ist. Mächtig aufgestoßen ist. Was das war, das herauszufinden ist die Aufgabe meiner Kollegen und von mir.“ Sie verabschiedeten sich.

Ditte ließ ihren Wagen vom Parkplatz hinunter zum Hafen rollen. Mit dieser jungen Pastorin stimmte etwas nicht, deshalb hatte sie Nana nach einer Beziehung gefragt. Die hatte irgendwelche noch undefinierbaren Empfindungen für Tobias Schuster gehabt. Da war etwas, was Ditte noch herausfinden musste. Und würde. Plötzlich merkte sie, dass sie in die falsche Richtung fuhr. Sie fuhr weiter in den Norden Richtung Sandvig, musste aber Richtung Süden, um nach Gudhjem zu gelangen. Sie schaute nach einer Wendemöglichkeit und drehte um.

Jan suchte Frank Schou in seinem Garten unweit der Kirche von Poulsker auf, wie vereinbart. Der Regen war erfreulicherweise nach Westen abgezogen. Der Pastor sammelte von dem nassen Rasen gerade etwas Laub auf. Er war ein älterer, rundlicher Mann, dem das Haar langsam ausging. Seine beige Cordhose spannte über dem Bauch.
„Ja, es wird Herbst, man merkt es, die Temperaturen sind noch ganz angenehm, aber der Regen wird mehr", begrüßte Schou seinen Besucher. „Lass uns hineingehen."
In der Wohnstube standen schon Kaffee und ein Keksteller auf dem Tisch. Jan fielen die dunklen Möbel auf, die vielen Bücher und der Geruch von Pfeifentabak.
„Du kommst wegen dieses Deutschen, hast du gesagt. Der ist ja übel zugerichtet worden, meine Kollegin Amalie aus Rutsker hat mich angerufen und mir alles genau erzählt. Wie kann ich dir helfen?"
„Vielen Dank, dass du dir die Zeit nimmst. Ehrlich gesagt, tappen wir noch völlig im Dunkeln und versuchen so viele Informationen über ihn wie möglich zu

sammeln. Er war sicherlich auch wegen seines Buches bei dir. Wie hast du ihn erlebt?"

„Er war in den Sommermonaten mehrfach hier", lachte Schou. „Nicht nur wegen des Buches. Ich mochte ihn und er mochte meinen Wein. Wir haben im Garten gesessen, etwas getrunken und etwas philosophiert. Über Gott, das Leben und was wir noch von ihm erwarten."

„Und zu welchem Ergebnis seid ihr gekommen?" Jan wurde neugierig.

„Nun ja, meinen Chef da oben im Himmel finden wir beide gut, auch wenn wir uns manchmal fragen, warum er schreckliche Dinge zulässt, so wie jetzt Tobias Ermordung. Vom Leben erwarte ich nicht mehr so viel. Ich bin seit zwölf Jahren hier der Pastor, nächstes Jahr gehe ich in Pension, letztes Jahr ist meine Frau gestorben. Ich werde mich weiterhin um das Haus kümmern, meinen Garten pflegen und mir vielleicht einen kleinen Hund kaufen, damit ich nicht den ganzen Tag im Haus sitze."

„Und was hat Tobias erwartet?"

„Ach, der war ja noch jung, 30 Jahre oder so alt. Der hatte noch Träume. Der wollte einerseits eine wissenschaftliche Karriere einschlagen, andererseits konnte er sich ein Leben auf Bornholm vorstellen. Berühmt wollte er werden, wie so viele, wenn sie jung sind. Er meinte, dass sein Buch sensationelle Neuigkeiten enthalten würde. Und dass überhaupt Wissenschaft und Forschung seine Lebensaufgabe seien."

„Hat er diese sensationellen Neuigkeiten näher beschrieben?"

„Du bist ja ein Bornholmer, ich habe über dich gelesen. Deshalb muss ich dir nicht viel erklären. In den 1890ern sind hier einige Kirchen abgerissen und neue genau daneben gebaut worden, also die in Gudhjem oder in Østermarie zum Beispiel. Und Tobias meinte, er habe in den Archiven einer Kirche Unterlagen gefunden, die auf so eine Mafia jener Zeit hinweisen. Also erst hat man der Bevölkerung eingeredet, dass die Kirchen zu klein seien, dann hat man das Geld organisiert, und der Architekt und der Steinelieferant waren verwandt. Im Nachhinein hat man festgestellt, dass die Größe der alten Kirchen gereicht hätte. Jedenfalls behauptet Tobias das."

„Aber du nicht."

„Ehrlich gesagt, war mir das völlig egal. Ich glaube auch, das ist keine völlig neue Geschichte. Aber er glaubte, mit dieser Geschichte und noch anderen geheimnisvollen Enthüllungen berühmt zu werden."

Schou schien ein gutes Verhältnis zu Schuster gehabt zu haben, was Jan veranlasste, noch etwas nachzubohren: „Hat er mal etwas über seine Familie gesagt?"

„Ja, ich glaube, da war alles in Ordnung. Seine Mutter besitzt eine Apotheke in Lübeck und sein Vater auch. Und die unterstützten ihn wohl in seiner Arbeit, sie waren sehr stolz auf ihn. Manchmal hatte ich den Eindruck, dass sie ihn auch unter Druck setzten. Jedenfalls hat Tobias so die ein oder andere Andeutung gemacht, wenn er etwas getrunken hatte und noch gesprächiger wurde. Sein Bruder ist studierter Ingenieur und irgendwann nach Kanada ausgewandert, ist da verheiratet und hat Kinder. Die beiden haben öfter telefoniert."

„Hat er einmal etwas über seine eigene Familienplanung geäußert?"

„Nicht wirklich, das waren mehr so Andeutungen. Er hatte in Lübeck wohl eine längere Beziehung und später im Studium in Hamburg auch ein oder zwei. Er meinte mal, auf Bornholm gebe es auch schöne Mädchen, vielleicht sollte er eine von denen eines Tages heiraten, dann hätte er auch gleich eine Unterkunft."

„War er so ein Frauentyp?"

„Nicht wirklich." Schou lachte laut auf. „Nein, er war ja von normaler Größe und normalem Aussehen. Gut, er ging in Nexø etwas ins Fitnessstudio hinten im Hafen. Aber eine Sportskanone war er auch nicht, also ein Arnold Schwarzenegger wäre er nicht mehr geworden. Und seine Hemden waren auch Geschmackssache. Deswegen haben ihm bei unseren Besuchen in Nexø viele hinterhergeguckt, Frauen und Männer. Aber die haben sich eher über ihn amüsiert. Ich weiß aber, dass er hier in Poulsker und auch in Nexø einige heimliche Verehrerinnen hatte, weil er so belesen war. Die waren ganz fasziniert von seinen Erzählungen. Und charmant war er eigentlich auch."

„Seid ihr öfters gemeinsam nach Nexø gefahren?"

„Wegen der wunderschönen alten Grabsteinsammlung an der Kirche, die Inschriften haben ihn besonders interessiert. Und das Beinhaus hatte es ihm angetan."

„Das was?"

„Die Kirche besitzt noch ein Beinhaus. Das war ein kleines Haus an der Kirche, in das die Knochen Verstorbener gelegt wurden, wenn deren Grab aufgegeben wurde. Das hatten einst alle Kirchen, heute nur noch die in Nexø. Und die auf Christiansø."

„Frank, eine letzte Frage noch. Wenn du meinen Job hättest, wo würdest du am ehesten nach dem Mörder suchen?"

Schou guckte urplötzlich ernst, er dachte intensiv nach: „Ich tappe völlig im Dunkeln. Er war jetzt nicht so ein attraktiver Mann, dass ihm die Frauen in

Massen zuflogen und die Männer eifersüchtig waren. Eine Freundin hat er hier wohl nicht gehabt, jedenfalls hat er nie eine erwähnt. Von uns in der Kirche hatte keiner einen Grund, ihn umzubringen. Der interessierte sich für die Kirche, manche von uns Pastoren mochten ihn, andere waren von ihm genervt, aber keiner würde ihn umbringen. Da würden wir auch mächtig Ärger mit unserem Chef bekommen."
Jan grinste: „Das ist wohl wahr. Danke für deine Auskünfte. Vielleicht kontaktiere ich dich nochmals, wenn wir etwas weitergekommen sind. Du scheinst ihn gut gekannt zu haben."

Er legte sein hellbraunes Jackett auf den Beifahrersitz, startete den Wagen und fuhr zurück Richtung Rønne. Als er am Abzweiger nach Boderne vorbeikam, ärgerte er sich. Er hatte völlig vergessen, ihn nach Peter Winther zu fragen, Schusters Vermieter, der zugleich Küster war. Den fand er mit seiner Strenggläubigkeit merkwürdig. Er würde Schou das nächste Mal fragen.

Z
„Du bist also in dieser Woche sehr unregelmäßig zu Hause?"
„Ja, wie bereits gesagt."
„Und du willst mir nicht sagen, weshalb."
„Genau, wie bereits gesagt."
„Karen, wir sind verheiratet. Und du hast kein Vertrauen zu mir, willst mir nicht erzählen, zu was für einem Einsatz du musst?"
„Nein, Tom, ich darf es nicht, wie oft soll ich das noch sagen?"

„Ich bin dein Mann, nicht irgendwer auf deiner Dienststelle.“

„Tom, es gibt eine eindeutige Ansage aus Kopenhagen, dass ich niemandem etwas darüber sagen darf.“

„Was sind das für Leute, die aus Kopenhagen hierherkommen?“

„Tom, bitte.“

„Was wollen die?“

„Tom!“

„Gegen wen wollen die hier ermitteln?“

Sie schwieg.

„Du erzählst mir immer weniger, was in deiner Arbeit anliegt.“

„Nein, du willst immer mehr wissen. Das ändert aber nichts an meiner Verschwiegenheitspflicht.“

„Ich will mehr wissen, weil ich dich liebe und dich beschützen will.“

„Das ehrt dich, Tom, und ich freue mich darüber sehr. Aber keine Begründung rechtfertigt, dass ich meine Verschwiegenheit breche. Ich muss los.“

Im Streit waren Karen und Tom Rasmussen auseinandergegangen. Sie wusste auch nicht so richtig, was sie in dieser Woche erwartete. Aber es war völlig klar, dass sie sogar das nicht sagen durfte. Nun stand sie auf dem Parkplatz vor dem Melsted Badehotel. Die drei Zivilfahrzeuge der *Rigspoliti* erkannte sie sofort. Sie schaute auf die Ostsee. Die Lage dieses Hotels gleich südlich von Gudhjem war einfach traumhaft, selbst bei so ungemütlichem Wetter wie heute. Ein Mann kam auf den Parkplatz, sie erkannte ihn auf den ersten Blick: „Karsten, du hier?“

„Hallo Karen, ja, ich bin einer aus der Gruppe und habe vorgeschlagen, dass ich dich hereinhole, weil wir uns kennen. Du wirst auf noch ein bekanntes Gesicht stoßen."

„Na, da bin einmal gespannt."

Sie gingen in das Hotel und betraten einen Besprechungsraum. Ja, da stand Preben Birk, den sie ebenfalls kannte. Sie begrüßten einander kurz, dann übernahm Karsten Simonsen das Wort: „Also, liebe Kolleginnen und Kollegen, das ist Karen Rasmussen, die Chefin der Bornholmer Polizei. Über ihr thront nur noch unser altgedienter Aage Munch als Behördenleiter. Karen wird unsere Arbeit in dieser Woche mit ihrer Ortskenntnis und natürlich mit ihrer Sachkenntnis unterstützen. Karen, du wirst uns noch intensiver kennenlernen. Natürlich auch umgekehrt. Preben und mich kennst du ja aus unseren Ermittlungen damals gegen die Markenpiraten in Helsingør. Vor dir stehen noch Emma, Klara und Betine sowie Kasper. Wir sind alle aus der Abteilung Wirtschaftskriminalität und beschäftigen uns insbesondere mit Spiel- und Wettkriminalität."

„Vielen Dank, Karsten, ich freue mich, dass ich euch unterstützen kann. Gib mir doch bitte noch ein paar weitere Informationen, worum es genau geht. Ich weiß nur, dass ihr wohl auf möglichen Wettbetrug auf unserer Trabrennbahn gestoßen seid."

„Ja, das kann Kasper übernehmen, der ist am tiefsten in der Materie."

„Das tue ich gerne", begann Kasper Svendsen. Karen erinnerte sich plötzlich auch an ihn. Sie hatte vor langer Zeit flüchtig mit ihm zu tun gehabt, sie hatte ihn als etwas anstrengend in Erinnerung. Er war der immer noch ehrgeizige Ermittler, der schon etwas in die Jahre gekommen war. Das Haar wurde weniger und grauer, der Bauchansatz wuchs, aber seine kompetente Routine überstrahlte die körperlichen Veränderungen.

„Karen, wir sind uns, glaube ich, auch schon mal begegnet. Du kennst die Mechanismen. Wettbetrug ist eine boomende Branche. Man setzt auf ein Ergebnis, das die wenigsten voraussagen, investiert größere Summen und macht bei Erfolg einen richtig guten Schnitt. Das funktioniert natürlich nicht von selbst, sondern man muss bei dem Ergebnis noch ein wenig nachhelfen. In unserem Fall zum Beispiel, indem man den Favoriten langsamer macht oder den Außenseiter schneller. Mit Essen oder Medikamenten. Oder indem man die Jockeys instruiert. Um das einzudämmen, haben bekanntlich alle Wettanbieter Alarme installiert, falls es ungewöhnlich hohe Wetteinsätze auf Außenseiter gibt. In aller Regel informieren die uns umgehend, schon aus Eigeninteresse, weil sie sonst ihre Lizenz verlieren. Wir haben für den Renntag nächsten Samstag in drei von neun Läufen ungewöhnliche Wetteinsätze übermittelt bekommen. Die Einsätze wurden in südostasiatischen Wettbüros getätigt. Wir wollen herausbekommen, wer die Helfer hier auf der Insel sind, und wollen verhindern, dass es zu den illegalen Ergebnissen kommt."

Karen war etwas genervt. Das waren alles Binsenweisheiten gewesen, jeder Polizist hörte das in seiner Ausbildung. Aber sie wollte keine schlechte Stimmung verbreiten, sondern kräuselte interessiert die Stirn: „Aber unsere Trabrennbahn ist die kleinste der Welt, die Quoten sind hier nie hoch, da ist nicht viel zu gewinnen."

„Doch", entgegnete Kasper sofort. „Bornholm steht nicht so im Fokus wie die großen Bahnen in England oder Frankreich oder in Dänemark in Charlottenlund.

Genau deswegen hoffen die Betrüger, unbeachtet zu bleiben. Und du musst die Balance finden, nicht zu wenig und nicht zu viel zu setzen, dann bleibt das attraktiv. Genau deswegen gibt es im Justizministerium konkrete Überlegungen, nur noch Dänen die Wetterlaubnis für heimische Rennen zu erteilen. Jeder muss sich mit seiner Personennummer registrieren lassen."

„Das kann ich nachvollziehen. Wie wollt ihr vorgehen?"

Kasper nickte Emma zu, einer jüngeren Frau mit langen blonden Haaren und einem gewinnenden Lächeln, das schnell in das Gegenteil umschlagen konnte, wie Karen vermutete: „Wir werden gleich zu den Höfen der plötzlich hoch gewetteten Außenseiter fahren. Nur für einen ersten Eindruck, nur um das Gelände zu checken. Wir bleiben auf Distanz. Das genaue Vorgehen besprechen wir nachher beim Abendessen. Zu dem du selbstverständlich eingeladen bist. Wir brauchen deine Ortskenntnis und deine Unterstützung, wenn wir über bestimmte Personen mehr Informationen benötigen. Nach dem Abendessen verteilen wir uns auf die Hotels, ein Team bleibt hier, eines ist in Allinge und eines in Rønne. Wir alle gemeinsam in einem Hotel wären zu auffällig."

Karen nickte. Sie war froh, zum Abendessen nicht bei Tom sein zu müssen.

8

In der Polizeizentrale in Rønne hatten sich Ditte mit einem grünen Tee, Christian mit einer Flasche State und Jan mit einer Flasche Wasser an einen Tisch gesetzt. Jan begann: „So, ich hoffe, ihr wart erfolgreich und habt erste Informationen über unseren Toten sammeln können. Christian, magst du uns deine kurze Zusammenfassung geben?“

„Ja, natürlich“, räusperte der sich. „Ich habe in Nyker begonnen, Ditte kennt ja den Pastor, auch wenn sie keine passionierte Kirchengängerin ist, wie ich gehört habe.“ Er zwinkerte ihr zu, Ditte grinste. „Er konnte mir nicht viel sagen, da er noch recht neu in der Gemeinde ist. Er hat Tobias nur einmal gesprochen, fand ihn nett, aufmerksam und wissbegierig. Er hat sich nur gewundert, dass das Buch nie erschienen ist. Das war alles. In Olsker hatte ich mehr Erfolg. Die Pastorin ist eine Frau Anfang 50 und schon seit mehreren Jahren dort tätig. Sie erzählte, dass sie ihn einerseits sehr schätzte. Er war sehr wissbegierig, saugte alle Infos geradezu auf. Er war ganz begeistert von den kleinen Anekdoten aus der Gemeinde, die sie ihm erzählte.“

„Und andererseits?“, fasste Ditte nach.

„Andererseits war sie aber anfangs auch etwas genervt, weil er wohl mit ihr etwas geflirtet hat. Sie fand ihn mit seinen Hemden eher peinlich. Als er ein zweites Mal auftauchte, hat sie erwähnt, dass sie zwar unverheiratet sei, aber mit einer Frau liiert. Da war sie ihn los.“

„Das war alles?“, fragte Jan.

„Nein, nicht ganz. Das, was ich erzählt habe, war vor der Pandemie. Letztes Jahr ist sie ihm erneut begegnet, und zwar bei einer Keramikerin zwischen Olsker und Gudhjem. Die hatte eine Kunststudentin als Unterstützung im Haus. Eine Deutsche, die wohl den ganzen Sommer geblieben ist. Und an der zeigte Tobias starkes Interesse und kam öfter, als Line Rude, so heißt die Keramikerin, lieb war. Irgendwann hat sie ihm

Besuche tagsüber untersagt. Jedenfalls hat sie das der Pastorin so erzählt."

„Und die Studentin, wie fand die das? Hat die Pastorin das auch erwähnt?"

„Die Studentin fand das wohl nicht so schlecht. Sie sprach kein Dänisch, hat sich mit Line auf Englisch unterhalten, freute sich aber wohl, mit Tobias Deutsch sprechen zu können."

„Hat Line gegenüber der Pastorin angedeutet, ob die enger miteinander wurden?"

„Ja, da war wohl was zwischen denen. Sie sagt, sie hatte ständig ein Auge auf die zwei, weil sie eine Verantwortung für Charu, so hieß das Mädchen, gehabt hätte. Sie hatte kein Auto und hat sich bei Bedarf Lines geliehen oder ist Bus gefahren. Oder Fahrrad. Merkwürdig war, dass Charu plötzlich ihren Aufenthalt abgebrochen hat und ohne Begründung nach Deutschland zurückgereist ist."

„Gut, danke Christian. Ditte, was hast du herausbekommen?"

„Ich habe das Gefühl, dass Christian schon vieles gesagt hat, was ich auch gehört habe. Die Pastorin in Allinge ist noch recht jung, und als sie von ihm erzählte, bekam sie so einen eigenartigen Gesichtsausdruck. Sie hat mir weismachen wollen, dass er ihr völlig egal und sie eher genervt war, als er das zweite Mal auftauchte. Aber mein Gefühl sagt mir, dass das nicht stimmt. Was und wie viel da war, weiß ich noch nicht."

„Ich habe langsam den Eindruck, der wollte kein Buch über die Bornholmer Kirchen schreiben, sondern über die Bornholmer Pastorinnen", kommentierte Jan Dittes Ausführungen mit leicht verständnislosem Blick.

„Nein, so hart würde ich nicht urteilen. Aber er probierte sicherlich gerne einmal aus, wie er so ankam. In Gudhjem hat der Pastor ihn sehr kritisch gesehen. Er meinte, Tobias hätte viel Halbwissen besessen, aber kein fundiertes. Zumindest was die Kirchen und die Kirchenarchitektur angeht. Er hätte die Baugeschichte unserer Kirchen nur so halb gekannt, manches durcheinandergebracht und dafür krude Theorien entwickelt."

„Hat er ein Beispiel genannt?", wolle Jan wissen.

„Ja, er hat behauptet, dass die Kirchen in Hasle und in Nexø gleichzeitig gebaut wurden. Das ist falsch, wie Thor, der Pastor, sagte, da seien ungefähr 70 Jahre dazwischen. Vermutlich hat er sich von der äußeren Bemalung täuschen lassen. Die beiden Kirchen sehen zweifellos anders aus als die meisten anderen bei uns, das wissen wir alle. Aber Tobias wollte da irgendwelche Zusammenhänge zwischen Hasle und Nexø herausgefunden haben, die Thor nicht verstanden hat."

„Er hielt ihn also nicht für einen großen Wissenschaftler? Oder möglicherweise bedeutenden Autor?"

„Nein, er sagt, dass sich bei Tobias wissenschaftliches und populärwissenschaftliches Know-how vermischt haben. Er hat sich die Geschichten so ein wenig hingebogen, damit sie besser klingen. Er konnte sich gut verkaufen, meinte Thor."

„Hat er in Gudhjem auch geflirtet?"

„Ja, anfangs hat man wohl über ihn gelacht, wenn er in seinen bunten Hemden den ganzen Tag durch die Kirche gegangen ist und jeden Zentimeter inspiziert hat. Oder bei Leuten aus dem Kirchenvorstand unangemeldet geklingelt und nach kuriosen Geschichten gefragt hat. Aber manche Frauen waren wohl von seinen Plaudereien sehr beeindruckt, und mit einer hat es wohl eine kleine Affäre gegeben. Ihr Mann soll üble Flüche ausgestoßen haben."

„Das kann ich verstehen. Hast du den Namen der Frau?"

„Selbstverständlich."

„Langsam beginnt mich der Kerl zu langweilen und gleichzeitig zu interessieren. Was wollte der wirklich hier?" Jan schüttelte den Kopf.

„Ich finde, er wird immer interessanter. Glaubst du nicht an das Buch, das er schreiben wollte?", wollte Ditte wissen.

„Vielleicht war das anfangs seine Idee. Aber der hat doch mehrere Jahre recherchiert und es doch nicht veröffentlicht. Bei den nur rund 20 Kirchen auf Bornholm. Lächerlich."

„Was hast du denn gehört?", hakte Ditte nach.

„Nicht viel anderes. Wobei er bei Frank, dem Pastor von Nexø und Poulsker, die letzten Monate ein- und ausgegangen ist. Dessen Frau ist vor einem Jahr verstorben. Die haben gemeinsam die ein oder andere Flasche Wein geleert. Frank mochte ihn und empfand ihn als sehr angenehmen Gesprächspartner. Sehr klug, sehr belesen, die beiden haben viele Abende über den Sinn des Lebens philosophiert."

„Hatte er Frauengeschichten erwähnt?"

„Keine konkreten, aber Andeutungen hat er auch gemacht. Ich glaube, die Besuche bei den anderen Pastoren können wir uns vorerst sparen. Da wird nicht viel Neues herauskommen. Ich mache jetzt Feierabend. Morgen früh werden die Eltern von Tobias hier erscheinen. Bitte kommt beide dazu. Ich hoffe, dass wir von ihnen mehr erfahren als Geschichten über ein ungeschriebenes Buch und den ständigen Versuch zu flirten."

9

Karen war mit dem ersten Team unterwegs nach Østerlars, Preben steuerte den Wagen, Klara saß hinten, die Regenwolken flohen vor ihnen Richtung Westen. Die Stimmung war angespannt, allen dreien war anzumerken, dass nun ein paar sehr anstrengende Tage auf sie warteten. Sie passierten den Minigolfplatz, die Kirche und das Middelaldercenter, bald bog Preben auf eine etwas kleinere Straße ab. Der Wagen wurde langsamer.

„Bjarne Melchior heißt unser Ziel", erläuterte Preben vom Rücksitz aus.

„Ach herrjeh," entfuhr es Karen.

„Ja, genau der. Der langjährige Drogenhändler, der plötzlich von Kopenhagen nach Bornholm auswanderte und mit der Zucht von Schafen und Ziegen begann. Und zu allem Überfluss noch Geld für Trabrennpferde hatte. Die überdurchschnittlich erfolgreich sind, mit einer Ausnahme. Eines seiner Pferde ist eigentlich der Topfavorit in einem der Rennen, gewettet wird aber auf ein anderes, das bis jetzt nicht sonderlich aufgefallen ist."

„Das ist ja ein offenes Geheimnis, dass er das Geld von Freunden aus der Kopenhagener Drogenszene erhalten hat."

„Ja, aber er hat es ihnen unseres Wissens wieder zurückgezahlt, seine Tiere haben genug gewonnen. Und seine Freunde haben auf diesem Weg ihr Geld gewaschen. So, da vorne müssen wir abfahren."

Sie näherten sich einem Hof, dessen Hauptgebäude nach einem neuen Anstrich schrie.

„Etwas heruntergekommen", kommentierte Klara.

„Ja, aber Geld dafür hätte er, das wissen wir. Da drüben die Lichtung ist wie für uns bestellt. Da sind wir weit genug entfernt und dicht genug dran." Preben klang nach Tatendrang. „Hat er hier auf der Insel auch Ärger gemacht?"

„Nein, er hat sich ganz brav-bürgerlich verhalten, bloß nicht auffallen. Keine Drogengeschäfte mehr. Aber wir haben ihn immer auf dem Schirm. Bei der Zahl an Vorstrafen wohl zu Recht."

„Gut, Klara und ich werden den Hof beobachten, auch nachts. Möglicherweise wird jemand kommen und versuchen, den Favoriten langsamer zu machen."

„Von hier aus sind der Minigolfplatz und die Rundkirche gut zu Fuß zu erreichen. Vielleicht nimmt jemand auch eines von beiden als Zwischenstation und nähert sich dem Haus zu Fuß. So kann er gleichzeitig checken, ob das Gelände beobachtet wird."

Klara nickte: „Das stimmt, das werden wir berücksichtigen müssen. Ich weiß nicht, ob du Mitarbeiter hier aus der Ecke hast, die du noch über Melchior ausfragen könntest. Diskret natürlich."

Einer der anderen Wagen aus Kopenhagen näherte sich. Karen stieg in ihn um, Emma saß am Steuer, Karsten hinten. Während Klara und Preben zurück zum Hotel fuhren, lenkte Emma ihren Wagen weiter Richtung Klemensker. Karen wurde etwas unsicher. Sollte sie sogar einen der Verdächtigen kennen?

„In Klemensker wohne ich", merkte Karen an.

„Das wissen wir", lächelte Emma. „Vielleicht kennst du ja auch den Hof, den wir im Verdacht haben. Er gehört Freyja und Lennart Carlsen."

Karen zuckte innerlich zusammen. Freyja und Lennart, natürlich kannte sie den Hof, der etwas außerhalb lag. 2016 waren Tom und sie nach Bornholm gezogen, und irgendwann waren sie mit der Frau an der Kasse des Brugsen ins Gespräch gekommen. Wie man halt so ins Reden kommt, wenn man alle zwei bis drei Tage einkaufen geht. Irgendwann hatte Freyja sie auf den Hof eingeladen, dort lernten sie auch ihren Mann kennen. Lennart und Tom verstanden sich auf Anhieb. Man traf sich ab und zu zum Essen, es war immer sehr ausgelassen und abwechslungsreich. 2018 war es, als Freyja meinte, sie planten im Sommer für zwei Wochen nach Rhodos zu fliegen, ob Karen und Tom nicht mitkommen wollten, um gemeinsam zu urlauben. Doch die lehnten dankend ab. Karen war das zu dicht, so dicke waren sie nicht mit den beiden, und sie bezweifelte, sie zwei Wochen aushalten zu können. Tom argumentierte, er könne die sommerliche Hitze am Mittelmeer nicht vertragen.

Danach war das Verhältnis etwas abgekühlt, die gemeinsamen Abende wurden seltener, bald fanden sie gar nicht mehr statt, und wenn man sich im Dorf sah, grüßte man sich nur flüchtig. Und jetzt standen die beiden unter Verdacht?

Karen hatte sich wieder gesammelt: „Ja, natürlich kenne ich das Ehepaar, wie man sich eben so in einem Dorf wie Klemensker kennt. Sie arbeitet an der Kasse von Brugsen, er hat den Hof und hilft ab und zu in unserer bekannten Meierei aus." Alles andere behielt sie lieber für sich.

Karsten nickte: „Ja, aber das scheint nicht zu reichen. Sie haben viel Geflügel und ein paar Pferde. Eines davon hat als beste Platzierung bisher ein paar dritte Plätze. Und soll am Samstag im fünften Rennen der große Favorit sein. Zumindest, wenn man den Wetteinsätzen glauben darf. Von wo aus haben wir den besten Blick und sind gleichzeitig geschützt?"

Karen überlegte: „Emma, fahre dort vorne bitte mal rechts und dann sofort wieder links." Sie kamen an eine kleine bewaldete Anhöhe. „Ich glaube, hier ist es perfekt." Die beiden Kollegen stimmten zu. Sie fuhren zurück zur Hauptstraße.

Der dritte Wagen wartete mit Kasper und Betine. Die beiden fuhren mit ihr Richtung Almindingen und bogen auf einen Seitenweg ab. „Das ist einer der ganz harten Fälle", durchbrach Kasper die Stille. „Einer der besten Ställe Bornholms, seine Pferde gewinnen reihenweise, nur kommenden Samstag glaubt kaum einer an sie." Sie näherten sich vorsichtig, ein prächtiges Anwesen wurde erkennbar. Karen sah das Schild einer IT-Firma.

„Der Mann hat Millionen mit seiner Software gemacht, allerdings in Kopenhagen", fuhr Kasper fort. „Zweimal hat er seine Firmen für viel Geld an Amerikaner verkauft, jetzt besitzt er wieder eine. Das Gelände hier gehört auch zu seiner Firma, ist der Hauptsitz, natürlich nur aus steuerlichen Gründen."

Karen nickte, natürlich kannte sie Per Bjerg, der hatte sogar am Flughafen eine Privatmaschine stehen. Sie war wieder kurz vor dem Platzen. Wieso glaubten die Kopenhagener, sie könnten sie, die Polizeichefin, über einen der bekanntesten Bornholmer Bürger belehren? Erneut riss sie sich zusammen und versuchte konstruktiv zu sein: „Ich fürchte, das Gelände ist gut gesichert, da wird es schwierig sein, ihn oder seine Gäste zu beobachten."

„Ja, Karen, ich fürchte, du hast recht. Aber versuchen wollen wir es dennoch. Wir werden hier auf dem Weg vorsichtshalber nach versteckten Kameras oder Lichtschranken suchen und uns dann so weit wie möglich dem Haus nähern. Der Wald ermöglicht eine gute Deckung. Vielleicht beobachten wir etwas. Meinst du, einer deiner Kollegen könnte uns mehr über ihn erählen?"

„Ich weiß nicht, ob Jan ihn noch aus seiner Kopenhagener Zeit kennt. Bei Ditte könnte ich einmal vorfühlen."

„Ja, tu das bitte."

Sie fuhren zurück ins Melsted Badehotel und stiegen dort auf dem Parkplatz aus. Die beiden anderen Wagen standen bereits wieder dort. Von der Ostsee her war stärkerer Wind aufgekommen.

Emma schaute sie an: „So, Karen, jetzt hast du einen ersten Eindruck, wen wir wo verdächtigen. Wenn dir zu denjenigen etwas einfällt oder du noch ganz vorsichtig Informationen sammeln könntest, wäre das sehr willkommen. Aber Vorsicht ist natürlich oberstes Gebot. Nun lass uns hineingehen und noch gemeinsam etwas essen."

„Nein danke", erwiderte Karen. „Es ist spät und der Tag war anstrengend. Ich habe keinen großen Hunger, und das Essen ist hier zu gut, um es ohne wirkliche Lust zu essen. Ich fahre lieber nach Hause und lege mich gleich ins Bett. Die Woche wird noch hart genug."

Sie verabschiedeten sich voneinander.

Karen fuhr nach Gudhjem hoch, dann links Richtung Rønne und bald darauf rechts Richtung Rø. Hier erforderte die Straße erhöhte Aufmerksamkeit, denn sie war etwas enger und auch recht hügelig. Dennoch wanderte ihre Konzentration Richtung Tom. Was sie zu Hause jetzt wohl erwarten würde? Der Streit heute früh war heftig und diese Auseinandersetzungen wurden mehr. Was war bloß mit ihm los? All die Jahre hatte er seinen Job gemacht und sie ihren. Sie hatten einander von Freuden und Ärgernissen erzählt. Aber nun wurde er mehr und mehr übergriffig, sagte ihr, was sie zu tun hatte, verlangte Auskünfte. Warum? Sie verstand ihn nicht mehr.

Das war nicht mehr der liebevolle, sie umsorgende Tom, den sie kennenlernte, als sie gerade 40 geworden war. Den sie zwei Jahre später heiratete und mit dem sie weitere zwei Jahre später nach Bornholm zog. Der schlaksige Büchernarr, der seine Leselust zum Job gemacht hatte und ein leidenschaftlicher Bibliothekar war. In Helsingør hatte sie ihn kennengelernt. Sie hatte sich ein langes Wochenende genommen und ein gemütliches Hotel gebucht. Abends war sie in ein kleines Restaurant in Hafennähe eingekehrt. Während des Essens registrierte sie, dass öfters ein Mann zu ihr herüberguckte, der mit einem anderen Mann am Tisch saß. Er hatte hübsche Augen, eine etwas wirre Frisur und machte einen belesenen Eindruck, wirkte nicht uninteressant. Sie verabscheute diese typischen Aufreißer und ihre hohlen Phrasen, und eigentlich war sie auch gar nicht auf der Suche. Dieser andere Mann war zwischendurch zur Toilette gegangen, und da war Tom kurz zu ihr gekommen, hatte sich vorgestellt und sie gefragt, ob er sie gleich noch auf einen Drink einladen dürfe. Sein Gesprächspartner würde in den nächsten Minuten gehen. Er durfte. Karen passierte Rø und fuhr weiter Richtung Klemensker.

Zu diesem Zeitpunkt lagen Lærke und Christian eng aneinander gekuschelt auf dem Sofa und schauten eine Netflix-Serie. Christian umsorgte seine schwangere Frau etwas überfürsorglich, jedenfalls empfand sie das so. Sie konnte fast nichts tun, ohne dass er es ihr aus der Hand nahm. Fast hatte sie das Gefühl, er wolle etwas wiedergutmachen. Vielleicht, dass er ihre Erzählungen aus der Schule für die Aufklärung des Mordes an diesem Fischer und seiner schwedischen Freundin genutzt hatte.

In Nyker wussten Lone und Ditte, dass ihr Urlaub durch den Mordfall gefährdet war. Sie wollten demnächst nach Sizilien. Aber sie waren beide unverdrossen optimistisch. Deshalb durchforschte Ditte das Web nach Infos über ihr Reiseziel, während Lone die Reiseführer durchblätterte, die sie sich in der Bibliothek ausgeliehen hatte. Zwischendurch riefen sie sich ihre Entdeckungen zu.

Jan und Sonja hatten vereinbart, dass Jan heute Abend bei sich bleiben würde. Entgegen seinen Hoffnungen hatte Sonja ihm kein Essen in die Wohnung gestellt, was sie sonst gerne tat. Aber vermutlich wollte sie ihn motivieren, endlich das Kochen zu lernen. Zumindest ein paar Grundzüge. Er schaute in seinen Kühlschrank, doch da lag nichts, was er verwenden konnte. Im Tiefkühler langweilten sich ein paar Frühlingsrollen, er konnte sich gar nicht erinnern, wie und wann die dahin gekommen waren. Dann entdeckte er in einem Schrank eine Packung Nudeln und drei Gläser Fertigsoßen. Zehn Minuten später schmiss er die Makkaroni in das kochende Wasser und wärmte vorsichtig eine Tomatensoße auf, die angeblich bereits Basilikum enthielt. Als die Stoppuhr seines iPhones die zehn Minuten erreicht hatte, goss Jan die Nudeln ab und stellte den dampfenden Teller auf den Tisch. Auf Spotify startete er das Wayne Shorter Quartet mit dessen Album „Without A Net", ließ etwas Weißwein in ein Glas gleiten, griff sich einen Zettel und einen Stift. Während er aß, notierte er: Tobias. Mittelgroß. Wissenschaftler. Verkopft und Büchernarr. Forscher. Belesen. Buchprojekt seit vielen Jahren. Unvollendet. Mittelmäßiger Sportler. Hawaii-Hemden. Flirtet gerne. Charmant. Wohnt beim Küster. Drei Packungen Kondome. Bornholm-Liebhaber.

Er schaute auf seine Notizen. Wo war da ein Mordmotiv versteckt? Er sah keins. Der Teller war noch halbvoll, die Nudeln waren fast kalt, und eigentlich schmeckte die Soße recht angebrannt. Er schüttete beides in den Mülleimer, schenkte sich etwas Wein nach, stoppte die Musik und ging zum Fernseher, um die Nachrichten zu schauen.

Karen hatte ihr Haus erreicht. Kein Licht brannte drinnen. Leise trat sie ein. Tom schlief auf dem Sofa in der Wohnstube. Was sollte das denn? Sie war zu erschöpft, um ihn zu wecken und eine Diskussion zu starten. Leise schenkte sie sich ein Glas Wein ein und ging ins Schlafzimmer. Sie setzte sich auf das Bett und checkte ihre E-Mails. Langsam fielen ihre Augen zu. Sie griff zum Wein, nahm einen Schluck, stellte das Glas auf den Nachttisch zurück und schlief sofort ein.

Tag 3

10

Jan war früh auf den Beinen. Er war etwas angespannt, da Tobias Eltern am Vormittag erwartet wurden. Von ihnen erhoffte er sich mehr Details zum Leben ihres Sohnes, sodass er ein klareres Bild entwickeln konnte. Im Büro stand plötzlich Karen vor ihm: „Du bist ja heute früh dran", begrüßte sie ihn.

„Ja, die Eltern des Deutschen kommen nachher, ich bin ein bisschen unruhig und konnte nicht mehr schlafen. Aber dich sieht man auch nicht immer um diese Uhrzeit hier."

„Nein." Karens Antwort fiel sehr knapp aus.

„Gab es Probleme mit den Kopenhagener Kollegen?"

„Nein, alles gut." Dass sie einen der verdächtigen Stallbesitzer gut kannte, wollte sie weiterhin für sich behalten. Sie wusste noch nicht, wie sie damit umgehen sollte. „Tom ist so merkwürdig. Er wollte unbedingt Details zu dem Besuch aus Kopenhagen wissen und hat nicht akzeptiert, dass ich nichts erzählen darf. Wir haben uns gestern Morgen ziemlich gestritten, und heute Nacht hat er auf dem Sofa im Wohnzimmer geschlafen."

Jan war irritiert, das passte eigentlich nicht zu dem entspannten Büchermenschen Tom. Obwohl der sich in letzter Zeit verändert hatte, das war Jan auch aufgefallen, hatte dem aber keine Bedeutung zugemessen: „Das tut mir leid. Ja, manchmal möchte man etwas erzählen und darf es nicht, das ist unser aller Brot. Da kannst du nur hoffen, dass er das bald wieder einsieht. Er kennt das doch aus den letzten Jahren."

„Genau, und deshalb ist mir umso unverständlicher, dass er jetzt alles genau hinterfragt und wissen will."

„Ist denn in der Bibliothek alles in Ordnung?"
„Soweit ich weiß, ja. Außer den ständigen Diskussionen in der Politik, dass man die Außenstellen in Gudhjem und anderswo schließen könnte, um Geld zu sparen."
„Ja, das wird wohl leider irgendwann passieren. Ich bin jederzeit für dich da."
„Danke, Jan."

Ditte kam ins Büro: „Guten Morgen, sind die Eltern schon gekommen?"
„Guten Morgen, Ditte. Nein, die werden in einer halben Stunde hier sein, Christian ist auch noch nicht da." In dem Moment öffnete der die Tür.
Sie besprachen kurz ihr Vorgehen. Jan würde das Gespräch beginnen, Fragen könnten natürlich alle drei stellen, Dittes Aufgabe sollte es aber insbesondere sein, Mimik und Gestik der Eltern zu beobachten. Waren sie offen oder verschwiegen sie etwas, wenn Letzteres, dann in welchem Moment?
„Tobias ist momentan eine Blackbox für mich", schloss Jan. „Ich hoffe, dass er das in einer Stunde nicht mehr ist."

Agnes und Jürgen Schuster wurden von einem der uniformierten Kollegen zu Jan gebracht, der ging mit ihnen sowie Ditte und Christian in den großen Besprechungsraum. Agnes Schuster war mittelgroß, ganz in Schwarz gekleidet, ihr Gesicht war deutlich verweint, ihre blonden Haare hatte sie zu einem Dutt zusammengebunden. Jürgen Schusters Haare veränderten sich gerade von schwarz zu grau, er war ein schlaksiger Typ mit grauer Hose, einem schwarzen

Rolli und einem blauen Sakko, an dem goldene Knöpfe
hingen.

„Frau Schuster, Herr Schuster, ich möchte Ihnen unser
aller Beileid aussprechen", begann Christian auf
Deutsch.

Das Paar bedankte sich: „Vielen Dank, ja, wir
verstehen das alles nicht, meine Frau und ich sind total
ratlos. Wer hat so etwas getan? Wir hoffen, dass Sie
alles schnell aufklären, damit wir unseren Jungen
mitnehmen können und wir beide unsere Ruhe
finden."

Jan übernahm: „Das werden wir tun, das ist unsere
Aufgabe. Sie haben gerade gemerkt, dass mein Kollege
Christian Dam sehr gut Deutsch spricht, meine Kollegin Ditte Holm und ich sprechen nur wenig Deutsch,
dafür gutes Englisch. Deshalb werden wir etwas
zwischen beiden Sprachen hin- und herspringen,
Christian kann bei Bedarf übersetzen. Ja, jetzt habe ich
uns drei schon vorgestellt, wir sind die, die dieses
Verbrechen aufklären werden."

„Meine Frau Agnes ist von dem Verlust enorm getroffen, sie wird vermutlich wenig sagen. Ich werde
Ihnen helfen, wann immer ich kann. Da sich in Dänemark alle Menschen duzen, schlage ich vor, dass wir
das hier auch tun, mein Name ist Jürgen."

Jan bedankte sich auch im Namen seiner Kollegen und
bat um die erste Auskunft: „Könnt ihr uns bitte über
eure Familie etwas sagen, eure Arbeit und was sonst
noch wichtig ist?"

Jürgen Schuster nickte: „Ja, natürlich. Also wir be-
sitzen in Lübeck zwei Apotheken, eine gehört Agnes,
die Apotheke liegt in der Nähe der Medizinischen
Hochschule. Und meine steht in der Lübecker Innenstadt. Gemeinsam haben wir noch eine Apotheke in

Schwerin in guter Lage. Wir haben nach dem Fall der Mauer einige Apotheken dort übernommen, alles war so billig, und wir hatten das Geld. Aber dann haben wir bald gemerkt, dass wir noch mehr Zeit und Geld investieren müssten, das konnten und wollten wir nicht. Wir haben alles wieder verkauft. Bis auf die eine."

„Und eure Kinder?"

„Torge ist der Ältere, er ist vor sieben Jahren nach Kanada ausgewandert und hat in der Nähe von Toronto eine gut laufende kleine Maschinenbaufirma. Er ist jetzt 36 Jahre, verheiratet und hat zwei kleine Söhne. Tobias ist, nein, war der Jüngere, der Büchernarr, der Vergeistigte, er ist im Frühjahr 32 Jahre alt geworden."

„Haben sich eure Söhne verstanden?"

„Ja, sie waren nicht ganz eng, aber sie mochten sich, hielten zusammen. Ich glaube, sie haben im Jahr ab und zu miteinander telefoniert, Tobias hat seinen Bruder auch einmal drüben besucht."

„Was war Tobias für ein Kind?"

„Ein Kind? Ein normales. Er fiel nicht weiter auf, zumindest äußerlich. Er lief normal herum, benahm sich einigermaßen ordentlich. Er war in der Schule hervorragend, er hatte tolle Zeugnisse, er war ein Büchernarr. Er las den ganzen Tag."

Christian meldete sich zu Wort: „Hat er keinen Sport gemacht? Oder ein Instrument gespielt?"

Jürgen lachte: „Nein, das haben wir natürlich alles ausprobiert. Aber Fußball war nichts für ihn, Handball hat er mal versucht, das war ihm zu grob. Leichtathletik fand er langweilig, das war für ihn nur Laufen und Springen. Ja, wir haben ihm alle Möglichkeiten gegeben. Kurz vor dem Abi hat er mit dem Fechten begonnen, das mochte er, aber das hätte er früher beginnen sollen. Und Schach mochte er, sehr sogar. Aber erst als Student. Und gegen ein Instrument hat er sich immer gewehrt, da war nichts zu wollen."

„Was hat er studiert?", wollte Jan wissen.

„Er hat mit Theologie begonnen, der Vater von Agnes war Pastor, Tobias hat ihn geliebt, er wollte werden wie sein Opa. Als er sein Studium abgeschlossen hatte, hat er mit Archäologie begonnen und das auch erfolgreich beendet. Ja, das war ihm noch nicht genug. Er hat jetzt noch Architektur studiert."

„Das hat doch alles Geld gekostet", warf Christian ein.

„Ja, aber er hat Jobs an der Uni gehabt, außerdem haben wir ihn unterstützt. Wir verfügen über genug Geld, uns geht es gut. Wenn er diesen Weg liebt und das Geld jetzt braucht, dann soll er es auch jetzt haben."

„Fandet ihr seine drei Studiengänge gut?", fasste Ditte jetzt nach.

Jürgen atmete tief durch: „Ja, er sah sich als Wissenschaftler, das war sein großer Traum, er wollte forschen. Das haben wir unterstützt, es geht ja nicht um uns. Weißt du, jeder ist anders. Torge war der praktische Typ, hat Maschinenbau studiert und ist ins Ausland gegangen. Das haben wir selbstverständlich akzeptiert. Agnes und ich haben studiert und unsere Apotheken eröffnet. Und Tobias war anders, eher vergeistigt. Wir haben gehofft, dass er eines Tages zum Beispiel von einer großen Stiftung angeheuert wird und Forschungsaufgaben übernimmt." Es wurde für einen Moment still. Nur das unterdrückte Schluchzen von Agnes war zu erahnen.

„Was war mit Mädchen? Oder Jungs?", durchbrach Ditte die Stille. Agnes war sofort stärker zu hören.

„Er hatte auf der Schule wohl die ein oder andere Freundin, zwei hat er zumindest mal mitgebracht", begann Jürgen. „Aber wie fest das jeweils war, wissen wir nicht, Tobias hat darüber wenig erzählt. Er war vom Aussehen her ein durchschnittlicher Bengel, da gab es sicherlich einige hübschere Jungs in der Klasse. Er war einfach froh, dass er auch eine fand. Jedenfalls war das unsere Erklärung dafür, dass er darüber nie groß gesprochen hat."
„Aber?", fragte Ditte.
„Aber?"
„Ja, da ist etwas gewesen, was anders war, besser oder schlechter. Und von dem du noch nicht weißt, ob du es uns erzählen willst."
Jürgen schaute Ditte mit offenem Mund an, das Schluchzen von Agnes wurde kräftiger. Jürgen sammelte sich wieder: „Alle Achtung, du besitzt ein beachtliches Gespür, sehr beeindruckend. Im Studium hat er mal eine sehr hübsche Kommilitonin kennengelernt, Jeanette aus Lüneburg. Er war so stolz. Die hätte auch glatt als Fotomodell Geld verdienen können. Tobias hat sie uns einmal voller Stolz vorgestellt."
Er stoppte. Es wurde wieder still, Agnes schluchzte, Jürgen rang nach Worten.
„Sie hat ihn ausgenutzt", warf Ditte in den Raum.
Jürgen schaute sie wieder mit großen Augen an.
„Ja, genau. Das Ganze lief ein paar Monate, im Frühjahr 2015, wenn ich mich richtig erinnere. Wir wissen das nur von einem seiner Freunde, der in Lübeck wohnt. Tobias wollte irgendwann auch mit ihr schlafen, natürlich. Sie hat ihn hingehalten und hingehalten. Und als sie das nicht mehr konnte, hat sie Schluss gemacht. Sie hatte mitbekommen, dass er Geld hatte, sie sind oft teuer essen gegangen, waren mal ein

langes Wochenende in London, auch mal in Lissabon. Er hat alles bezahlt. Männer können so dumm sein, wenn sie verliebt sind. Er hat gedacht, das wäre wahre Liebe. Aber sie war nur auf sein Geld scharf." Er verstummte wieder, betretenes Schweigen machte sich im Raum breit.

„Was folgte daraus?", nahm Jan den Faden wieder auf.

„Tobias zog sich von allen Freunden zurück, ging in die Einsamkeit, ließ niemanden an sich heran. Und er wechselte die Kleidung. Er trug nur noch grau und schwarz. Selbst blau war ihm schon zu bunt. Und er tauchte noch mehr in seine Wissenschaftlerwelt ein, die Welt drumherum interessierte ihn nicht mehr. Es war einfach nur noch traurig."

„Hat sich das wieder geändert?"

„Nein, er hat den Kontakt zu vielen Freunden verloren. Und er hat nie wieder bunte Klamotten getragen."

Ditte und Jan warfen sich einen kurzen Blick zu. Da stimmte etwas nicht.

„Okay, Agnes und Jürgen, wir danken euch für die ersten Infos. Ich bin sicher, wir werden in den nächsten Tagen noch öfter miteinander sprechen. Erholt euch etwas, wir melden uns."

„Ja, danke. Wir bleiben so lange, bis wir wissen, wer das getan hat. Und warum. Er war so ein guter Junge." Agnes hatte erstmals etwas gesagt.

11

„Sind wir schlauer geworden?", fragte Jan seine beiden Kollegen.

„Ich finde schon", schoss es unmittelbar aus Christian heraus. „Das klingt so nach zwei Gesichtern. In Deutschland der Deprimierte mit den dunklen Klamotten. Und hier der Charmeur mit den schrillen Hemden."

Jan grinste: „Genau, als wenn wir über zwei ganz verschiedene Personen sprechen. Was hat er auf Bornholm ausgelebt, was er in Deutschland nicht konnte oder durfte? Ditte, hast du eine Vermutung?"

„Es kann gut sein, dass er bis zu der Begegnung mit dieser einen Frau ein ganz normaler Mann war. Und die ihn richtig veräppelt hat, was ihn sehr gekränkt hat. Und wenn das so eine Schönheit war, dann haben das vermutlich auch viele Leute mitbekommen. Was ihm sicherlich sehr peinlich war, wenn nicht noch schlimmer. Dass er sich daraufhin in seine dunklen Klamotten zurückgezogen hat, ist klar. Und jetzt stellt sich die Frage, was er mit seinem Auftreten auf Bornholm bezweckt hat. Wollte er einfach nur fröhlich und frei sein? Wollte er testen, inwieweit er noch bei den Frauen ankommt? Oder war seine Kränkung so groß, dass er hier Frauen gesucht hat, um ihnen weh zu tun und sich an dem anderen Geschlecht zu rächen?"

„Wie kommst du denn auf so etwas", Christian schüttelte den Kopf.

„Christian, wir ermitteln hier in einem Mordfall. Es muss etwas vorgefallen sein, was jemanden veranlasst hat, Tobias umzubringen. Und da muss es möglich sein, alle Möglichkeiten durchzuspielen."

Jan griff ein: „Ditte, ich stimme dir grundsätzlich zu. Aber noch kann ich mir das bei Tobias nicht vorstellen, was du da andeutest. Ich kann mir eher vorstellen, dass Tobias tatsächlich eine Bornholmerin näher kennengelernt hat, was bei deren Partner nicht auf Begeisterung stieß."

„Nein, Jan, nie und nimmer. Dann bringst du ihn nicht um und hängst ihn an die Kirchenglocke. Das ist doch richtig symbolkräftig. Wenn du nur sauer oder eifersüchtig bist, bringst du ihn um und stößt ihn in ein Hafenbecken. Oder vergräbst ihn im Wald."

Es war still im Raum. Was war der nächste Schritt? Jans Telefon klingelte, Knud Rømer, der Rechtsmediziner, war dran.
„Jan, wir haben den Deutschen jetzt genauestens untersucht. Die ganzen Flecken auf seiner Haut kommen nicht nur vom Aufprallen auf der Kirchenglocke. Er ist schon vorher richtig misshandelt worden. Seine Finger sind zum Teil gebrochen, der eine Fuß ist es auch, die Nase ebenso. Da hat ihn jemand mit einer Eisenstange ordentlich malträtiert. Und zum Schluss den Schädel eingeschlagen."
„Gab es einen Kampf?"
„Nein, darauf haben wir keine Hinweise bekommen. Ich vermute, er hat gleich den ersten Schlag auf den Kopf bekommen. Der war zwar nicht tödlich, hat ihn aber außer Gefecht gesetzt."
„Danke, Knud."

Jan schaute nachdenklich in den Raum: „Ich fürchte, dass Ditte recht hat. Da hat einer den Mord richtig zelebriert. Was hat Tobias nur getan?" Es kehrte erneut Stille ein.
Christian räusperte sich: „Gut, wenn Ditte tatsächlich richtig vermutet, dann sollten wir versuchen, die Frauen aufzutreiben, die Tobias kennengelernt hat. Vielleicht können die uns Hinweise geben."
Jan nickte: „Ja, das sollten wir tun. Da er in Nexø wohnte, sollten wir es zuerst an der Ostküste ver-

suchen, also Snogebæk, Nexø, Svaneke, vielleicht Gudhjem noch. Wenn wir da keinen Erfolg haben, versuchen wir es im Norden und hier bei uns. Wer übernimmt das?"

„Ich." Christian hob seine Hand.

„Willst du nicht lieber bei Lærke bleiben, ich kann das erledigen, Sonja wird mir nicht böse sein."

„Ich glaube, Lærke ist manchmal genervt, weil ich zu viel für sie tue. Ich fürchte, sie würde sich über einen Abend ohne mich mal freuen."

Ditte und Jan grinsten. Ja, vermutlich war das so.

„Also, ich fahre schnell zu Hause vorbei und dann rüber nach Snogebæk."

Christian fuhr am Flughafen und der Abfahrt nach Arnager entlang. Auf der Straße war nicht viel los, nur zwei Trecker musste er überholen. Er bewunderte die Radfahrer, die dem ungemütlichen Wetter trotzten und vermutlich auf dem Weg nach Hause waren. Lærke war tatsächlich nicht böse gewesen. Sie hatte sich etwas Rohkost auf den Teller gelegt, aus dem Rest konnte Christian sich später noch einen Salat machen, sollte er nicht zu spät kommen. Nun steuerte er als erstes Snogebæk an, dort interessierte ihn Sørens Værtshus. Die Kneipe war eigentlich immer gut gefüllt, und bevor die Stimmung sich dort auf den Siedepunkt steigerte, wollte Christian noch schnell das Personal sprechen.

Er fuhr die Hovedgade hinunter, die durch die Neubauten linker Hand sicher nicht schöner geworden war. Der Brugsen schien ebenso unverwüstlich wie die Tankstelle gegenüber. Je näher er dem Hafen kam, desto größer wurde die Dichte der Boutiquen. Die ersten waren schon in den Winterschlaf gegangen, auch wenn es erst Ende September war und im Oktober sowohl in Dänemark als auch in Deutschland noch Schulferien begannen. Auch Sørens Værtshus wies an der Eingangstür darauf hin, dass nächsten Samstag der letzte Tag in diesem Jahr geöffnet sei. Die Kneipe war schon ziemlich voll, wie er bei seinem Eintreten feststellen musste. Er drängelte sich zum Tresen vor, zeigte seinen Ausweis und brachte sein Anliegen vor. Dabei zeigte er das Foto von Tobias. Die groß gewachsene Frau mit dem schwarzen Zopf runzelte die Stirn: „Du siehst schon, was hier los ist?"

„Ja, das sehe ich. Aber ich habe Druck, der Mann ist vorgestern umgebracht worden, und wir haben keine Zeit zu verlieren."

„Ja, ich kann dich verstehen. Der Typ sah echt scheiße aus, muss ich dir mal sagen. Er war ein paar Mal hier. Jedes Jahr mit anderen Frauen. Ich habe mich immer nur gefragt, was finden die an dem, so peinliche Hemden. Und ein Riese war er ja auch nicht. Ich bin übrigens Else."

Christian freute sich, das ging schon gut los: „Erinnerst du dich an die ein oder andere Frau?"

„Nein, beschreiben kann ich dir die nicht, dafür ist hier immer zu viel los. Spontan fällt mir ein, dass ich die eine später nochmal woanders gesehen habe. Das muss das Jahr vor Corona gewesen sein. Die hat irgendwo gejobbt. Aber wo? Ich weiß es gerade nicht, vielleicht fällt es mir noch die Tage ein. Charlotte!"

Sie rief eine der Bedienungen zu sich, die gerade am Tresen vorbeikam. Ein kurzer Wortwechsel, dann drehte sich Charlotte zu Christian: „Zeig mal das Bild."

Christian hielt ihr sein Handy hin. „Ach der, ja. Voll der ekelige Typ. Der war letztes Jahr hier und dieses auch. Das eine Mädchen vom letzten Jahr habe ich später ein

paar Mal gesehen, oben in Allinge, da wohne ich. Und ich glaube, sie wohnte da auch oder in der Nähe. Aber was sie dort gemacht hat, weiß ich nicht."
„Kannst du sie beschreiben?"
„Puh, mittelgroß, normale Figur, blonde Haare, lockig, länger, ich glaube eine Brille, auf jeden Fall ein Nasenpiercing. Ich weiß nicht, ob dir das hilft?"
„Ein wenig", log Christian. Allinge war ein Indiz, aber mit Nasenpiercing und blonden Haaren gab es dort vermutlich mehrere Frauen.
Else schrie laut „Erik" durch den Raum, der kam auch schnell angelaufen. Else erklärte ihm, worum es ging. Er dreht sich zu Christian, der ihm sein Handy hinhielt. Erik nickte: „Ich arbeite erst seit diesem Jahr hier. Den kenne ich. Der war im Sommer öfters mit so einer echt Hübschen hier. Die war einen Kopf größer als er, etwas hager, aber echt niedlich. Etwas dunklere Haut, vielleicht eine Inderin. Ich fand ihre Nase sexy." Er lächelte. „So eine Stupsnase, weißt du."
Das half Christian nicht wirklich.
„Ihre Kleidung war nicht wirklich schön, so weite Sachen in komischen Farben. Also so matte Farben. So voll das Gegenteil seiner komischen Hemden."
„Okay, noch etwas, was dir aufgefallen ist?"
Erik hielt kurz inne: „Jaja, natürlich. Sie sprachen Deutsch miteinander."
Christian erwachte: „Deutsch? So richtig? Ich meine, sie hatte keinen Akzent, Dänin, Schwedin oder tatsächlich Inderin oder so?"
„Nein, ich war in der Schule in Deutsch gut, ich glaube, ich kann das einigermaßen beurteilen. Und für mich klang das so, dass sie Deutsche war."
Das war ein Hinweis, den Christian sehr gut fand, damit ließ sich arbeiten.

Weitere Anlaufstellen in Snogebæk hatte er nicht. Die Cafés hatten bereits geschlossen. Die teureren Restaurants ließ er erst einmal aus, er glaubte nicht, dass Tobias hier mit jungen Frauen gewesen war. Er startete den Wagen, bog vor der Räucherei ab und fuhr bis zur Kreuzung nach Nexø. Unterwegs dämmerte Christian, dass er sich wohl etwas überschätzt hatte, als er anbot, diese Recherche an der Ostküste zu übernehmen. Denn in Nexø kannte er sich gar nicht aus. Er war mit Bornholms zweitgrößter Stadt nie warm geworden. Gewiss gab es im südlichen Teil idyllische Straßenzüge. Aber das eigentliche Leben spielte sich zwischen Markt und Hafen ab, und dem hatte er nie etwas abgewinnen können. Deshalb wusste er auch nicht, wo er eigentlich fragen konnte. Er würde mal am Markt schauen.

Dort entdeckte er das Jazz Cafeen, an das er sich auch erinnerte, selbst wenn er nie drin gewesen war. Aber es war eine Institution, von der ihm jemand erzählt hatte, dass die Musik dort super sei, Essen hatten die wohl auch. Jazz war nicht die Musik junger Leute wie Tobias und dieser Frauen. Er ging weiter Richtung Hafen. In der Pizzeria schüttelte man beim Blick auf das Bild mit Tobias den Kopf, auch in der nächsten Pizzeria unten an der Hauptstraße links. Er wechselte auf die andere Straßenseite und ging in den Hafen. Da hinten erkannte er ein Schild, dem er folgte. Er ging ganz durch bis zur Hafenkante. Molen hieß ein Restaurant. Ja, von dem hatte er gelesen, es war eines der besten auf der Insel. Und vermutlich auch nicht ganz billig. Daneben hatte sich das Culinarium eingerichtet. Das machte einen bodenständigen Eindruck. Die Speisekarte klang vielversprechend, aber leider hatte das Lokal dienstags Ruhetag. Er würde es die Tage nochmals versuchen. Er ging zurück in die Købmagergade, wo er seinen Wagen genau vor dem Café Kaffebrumman geparkt hatte. Das machte von außen einen gemütlichen Eindruck, das würde er sich mit Lærke gerne einmal in den nächsten Tagen anschauen. Aber ansonsten hätte er sich den Halt hier sparen können.

In Svaneke stellte Christian den Wagen am Hafen ab und ging als Erstes hoch zur Brauerei. Hier hatte er sofort Erfolg. Der Mann am Zapfhahn erkannte Tobias auf den ersten Blick, lachte und rief zwei der Bedienungen zu sich. Auch die nickten sofort und grinsten. Martin, der Zapfer, antwortete sofort: „Ja klar, den kannte hier jeder. Mit den Hemden war er nicht zu übersehen. Der war oft hier. Und meinen Kolleginnen hat er immer schöne Augen gemacht."
„War er in Begleitung hier?"
„Ja, er hatte meist so zwei oder drei verschiedene pro Sommer. Also das schien so, als wenn die immer nach einem Monat abhauten und er sich dann die nächste fischte." Martin stellte ihm ein Svaneke Guld hin, eines der beliebtesten Biere der Brauerei.
„Und was waren das für welche? So vom Typ her, meine ich."
„Ganz verschiedene, also unterschiedlich groß oder unterschiedliche Haarfarben, wenn du das meinst. Aber es waren immer deutsche Frauen. Oder besser, Frauen, die sehr gut Deutsch sprachen. Mein Deutsch ist auch nicht so schlecht, aber ich könnte nicht erkennen, ob das Deutsch mit einem Akzent aus Schweden oder Polen oder Holland ist."
Christians Zufriedenheit wuchs. Das war das zweite Mal heute Abend, das jemand die Frauen als Deutsche

kategorisierte. Das konnte eine Spur sein. Er nahm einen großen Schluck vom Bier, ließ den Rest stehen und verabschiedete sich.

Er ging gegenüber in die Bodega und zeigte dort das Bild von Tobias. Der Mann hinter dem Tresen zögerte: „Ich glaube, den habe ich hier gesehen, aber ich bin nicht sicher. Was ist mit ihm?“ Christian erzählte es.
„Aha, dann kommt er wohl nicht mehr“, entglitt dem Mann. „Oh, sorry, das war jetzt nicht nett. Wie gesagt, ich glaube, dass ich ihn mal gesehen habe, aber ob hier bei uns oder irgendwo auf der Straße, weiß ich nicht.“
„Du könntest auch nicht sagen, ob er allein oder in Begleitung war?“
„Nein, auf keinen Fall. Weil, wie gesagt, ich bin nicht sicher.“
„Ja, das habe ich verstanden.“ Christian war nicht sonderlich frustriert, er hatte heute schon einige Mosaiksteinchen sammeln können. Er ging hinüber zum Restaurant Pakhuset. Hier war es vergleichsweise ruhig, was ihn erleichterte. Die meisten Tische waren besetzt und die Gäste unterhielten sich. Die Bedienung war nicht im Laufschritt unterwegs.
Er entdeckte Britt, die war mit ihm zur Schule gegangen. Nun schien sie hier zu arbeiten. Sie sah ihn auch: „Christian, welche Überraschung, dich zu sehen!“
„Ja, Britt, ich freue mich auch, dich zu sehen. Arbeitest du hier?“
„Wie messerscharf du das erkannt hast. Da erkennt man gleich den Polizisten.“
„Sehr witzig. Hast du mit deinem Mann nicht eine Pension in Sandvig?“

„Hatte, nicht hast. Ich habe den Mann nicht mehr. Und die Pension auch nicht.“

„Oh, das tut mir leid.“

„Ja, mir auch. Aber eines der polnischen Zimmermädchen war halt hübscher als ich.“

„Das kann ich mir nicht vorstellen.“

„Konnte ich mir auch nicht. Aber es war so. Dieses Arschloch.“

„Wen meinst du damit?“

„Beide. Aber deswegen bist du nicht hier.“

„Nein, du hast bestimmt mitbekommen, dass es einen Mord gegeben hat, in Rutsker.“

„Ja, das habe ich gelesen.“

„Ja, und wir versuchen ein Bild von dem Opfer zu bekommen. Ein Deutscher, von dem wir so gut wie nichts wissen. Vielleicht war er mal hier?“

Er öffnete sein Handy und zeigte das Bild. Und eines von den Hemden.

Britt lachte auf: „Ach, der. Komm, lass uns vor die Tür gehen, dann kann ich schnell eine rauchen.“ Christian folgte ihr.

„Du kennst ihn?“

„Den kannte doch jeder. Und vor allem jede.“

„Du meinst, er hat kräftig geflirtet?“

„Geflirtet war das nicht. Eher bedrängt.“

„War er denn immer allein hier?“

„Nein, manchmal war er auch in Begleitung. So jüngere Frauen. Das waren Deutsche, glaube ich. Jedenfalls sprachen die immer Deutsch.“

„Aber er war auch allein hier?“

„Ja, er hat dann etwas gegessen, zwei, drei Bier getrunken und sich für uns Bedienungen interessiert. Oder wenn zwei Frauen irgendwo allein am Tisch saßen, ist er zu denen gegangen. Das gab manchmal

ziemlichen Stress, weil er die nicht in Ruhe ließ. Wir haben ihn ein paar Mal raugeschmissen."
„Oha, das klingt nicht gut. Und ist eine von euch Bedienungen ihm mal nähergekommen."
„Gott bewahre, so schlecht ging es keiner von uns. Nur einer. Pia, das war eine Studentin aus Aarhus, die hier im Sommer gejobbt hat. Die ist mal nach Feierabend mit ihm mit. Die sind zu ihm nach Nexø, da ist er wohl ziemlich zudringlich und grob geworden. Sie hat sich losmachen können und ist abgehauen."
„Wann war das?"
„Letztes Jahr. Danach ist er auch nicht wiedergekommen."
„Danke, das hat mir sehr geholfen. Mach´s gut."
Britt und Christian umarmten sich kurz.
„Moment, Christian Dam, wie geht es dir eigentlich?"
„Mir? Mir geht es gut. Ich bin glücklich verheiratet und unser erstes Kind ist unterwegs."
„Das ist schön, das freut mich. Ich wünsche euch alles Gute." Sie trat ihre Zigarette aus und ging wieder in das Restaurant.

Britt hatte er einmal sehr gemocht, aber sie war irgendwie unnahbar gewesen. Nun schien sie nicht das große Los gezogen zu haben. Er beschloss, endlich nach Hause zu fahren, viel mehr Erkenntnisse dürfte es heute nicht mehr geben. Er hoffte, dass Lærke noch nicht schlief. Er ging am Hafen entlang, hier befanden sich etwas feinere Restaurants, in die war Tobias ganz sicherlich nicht eingekehrt.
Er stoppte am Tre Tjenere. Waren das nicht diese Isländer, von denen er gelesen hatte? Oder Georgier? Oder beides? Die Tür ging auf, eine Frau trat lächelnd

heraus in die Dunkelheit: „Du bist zu spät. Wir schließen jetzt."

„Da ist nicht schlimm. Ich wollte auch gar nicht zu euch, das mache ich vielleicht bald einmal mit meiner Frau. Nein, ich bin Ermittler bei der Bornholmer Polizei und versuche mehr über den Mann herauszubekommen, der vorgestern in Rutsker ermordet aufgefunden wurde. Wir wissen wenig über ihn und wir fragen uns, ob er das Nachtleben in Svaneke genossen hat und mit wem. Bei euch ist er vermutlich nicht gewesen, ihr seid eine andere Preisklasse." Er hielt der Frau das Bild von Tobias hin.

„Komm mal mit herein." Er folgte ihr.

„Weiß oder rot?"

„Eigentlich nichts, danke."

„Und wenn doch?"

„Etwas rot."

Sie schenkte ihm ein kleines Glas ein und rief ihre Kollegen: „Schaut mal, das ist..."

„Christian. Christian Dam."

„Das ist Christian von der Bornholmer Polizei. Der versucht etwas über diesen Ermordeten aus der Kirche herauszubekommen, darüber hatten wir doch heute Morgen gesprochen. Ich glaube, der war auch mal hier." Sie gab Christian ein Zeichen, und der öffnete wieder sein Handy. Einer der Männer grinste: „Klar doch, der war mal hier. Mit der hübschen Pastorin aus Allinge."

„Ja, genau, ich wusste es doch."

Christian stockte der Atem. Hatte Ditte doch richtig vermutet. Er nahm einen Schluck Rotwein, um seine Anspannung zu überspielen.

„Mit der Pastorin aus Allinge?"

„Ja, diese hübsche. Wir haben uns den ganzen Abend gefragt, was die mit so einem schrecklich gekleideten Menschen will. Und hübsch war er auch nicht." Sie lachten.

„Wann war das?"

„Das muss vor den Ferien gewesen sein, ich schätze mal so Ende Mai oder Anfang Juni. Also dieses Jahr."

„Waren die sehr eng miteinander?"

„Eng? Du meinst, ob die Händchen gehalten oder geknutscht haben?"

„Ja genau, ob die wie ein Paar auftraten."

„Nein, die mochten sich, das war zu sehen. Und ich kann mir vorstellen, dass die noch in die Kiste gehüpft sind, als sie uns verlassen hatten. Es prickelte zwischen denen, das habe ich gespürt."

„Der Wein ist hervorragend", entfuhr es Christian. Das waren hochinteressante Informationen, er wollte es nur nicht so deutlich zeigen.

„Der kommt aus Georgien."

„Aus Georgien? Von da habe ich noch nie einen getrunken."

„Dann aber hoffentlich in der Zukunft." Die Mitarbeiter lächelten allesamt. Christian bedankte sich und ging weiter zum Wagen. Mit der Pastorin. Er war völlig wirr im Kopf und musste aufpassen, auf der Anhöhe weiter geradeaus Richtung Rønne zu fahren und nicht rechts nach Gudhjem abzubiegen.

In Rønne war Lærke schon ins Bett gegangen, das hatte er befürchtet. Aber sie hatte ihren Kussmund auf ein Stück Papier gepresst und auf den Küchentisch gelegt. Christian lächelte. Er war glücklich.

Karen hatte ihr Haus schon früher betreten. Die Kopenhagener Kollegen hatten sie heute kaum gebraucht. Ein paar Telefonate, ein paar praktische Absprachen, mehr war es nicht gewesen. Natürlich waren ihr Freyja und Lennart Carlsen nicht aus dem Kopf gegangen. Die kurzzeitigen Freunde, die jetzt im Verdacht der Wettmanipulation standen. Gab es konkrete Hinweise oder nur einen losen Verdacht? Sie hatte vorsichtig bei Karsten aus dem Kopenhagener Team gebohrt. Es hatte wohl anonyme Hinweise auf einen üppigeren Lebensstil gegeben, den sich eine Kassiererin bei Brugsen und eine Meierei-Aushilfe eigentlich nicht leisten konnten. Merkwürdig, so ein Lebensstil war Karen bei denen gar nicht aufgefallen. Was war da wirklich los?

Toms Wagen stand nicht vor der Tür. Die Bibliothek in Rønne hatte längst die Türen abgeschlossen, zu wem war er also noch gefahren? Karen ging ins Wohnzimmer, das wie erwartet leer war. In der Küche entdeckte sie einen Zettel: „Ich bin für ein paar Tage nach Kopenhagen gefahren. Tom". Sie setzte sich auf einen Stuhl. Was sollte das denn? Warum tat er das? Was war in ihn gefahren? Was hatte ihn so anders gemacht? Das war nicht mehr ihr Tom. Nur weil sie ihm nicht die geheimsten Vorgänge bei der Polizei verriet, reagierte er gerade über. Sie hatte ihm nie alles erzählt, was sich am Zahrtmannsvej ereignete. Es gab Dinge, die durften selbst die Partner nicht erfahren.

Sie schüttelte den Kopf, ging an den Kühlschrank und nahm den Bornholmer Akvavit heraus. Sie goss sich ein Glas ein und leerte es. Und noch einen hinterher. Dann stellte sie die Flasche wieder in den Kühlschrank und nahm den Weißwein heraus. Sie füllte ein Glas und ging in das Wohnzimmer. Das Licht ließ sie aus. Sie setzte sich auf das Sofa. Ihr Kopf war leer, ihr

Körper fühlte sich schmerzhaft an. Warum nur? Was war los?

Plötzlich durchzuckte es sie. Nein, sie konnte sich jetzt hier nicht volllaufen lassen und morgen verkatert zu den Kopenhagenern fahren. Sie nahm einen großen Schluck und goss den Rest in die Spüle. Im Bad spürte sie bereits die Wirkung des Aquavits. Sie putzte schnell die Zähne und ging ins Bett.

Tag 4

12

Ditte hatte am frühen Morgen mit Lone und Kafka eine große Joggingrunde gedreht. Die Temperaturen waren über Nacht spürbar gesunken, aber es war trocken. Normalerweise bekam sie beim Laufen den Kopf frei, heute aber nicht. Schon gestern hatte der rotiert. Es gab einige Unklarheiten, mit denen sie sich unbedingt näher beschäftigen musste. Peter Winther, dieser obskure Küster der Nexøer Kirche zum Beispiel. Oder die Bendtsens, die früheren Ferienhausvermieter, die einen ziemlich abgewrackten Eindruck machten. Oder Nana Kubiak, die hübsche Pastorin in Allinge. Wo sollte sie nur anfangen?
Lone merkte es ihr an: „Kribbelt es in dir?", fragte sie ihre Frau nach dem Duschen.
Ditte lächelte: „Vor dir kann ich auch nichts verheimlichen. Ja, das tut es. Ich glaube, ich fahre heute früher ins Büro."

Jan war ganz entspannt. Er hatte einen ruhigen Abend bei Sonja verbracht. Sie hatten etwas gegessen und sich anschließend Sonjas alte Fotoalben angeschaut. Er wollte ihr altes Leben mit Jens-Ole, ihrem verstorbenen Mann, besser verstehen. Sonja besaß nicht viele Alben, und die Mehrzahl zeigte die beiden zu Beginn ihrer Liebe. Auf Bornholm bei Freunden und auf Festen, in Kopenhagen in den Vergnügungsparks Bakken und Tivoli, in Hamburg und in Göteborg. Sonjas Erzählungen aus jener Zeit klangen einfach fröhlich, sie war nicht schwermütig geworden. Sie war im Jetzt mit Jan, ohne dass sie Jens-Ole völlig vergessen hatte. Heute Morgen waren sie gemeinsam aufgestanden, er war kurz zu sich gegangen, war unter die Dusche gesprungen und hatte sich rasiert. Jan war entspannt, denn er wusste, dass es heute neue Erkenntnisse geben würde. Christian wusste sicherlich einiges zu berichten, vielleicht hatte Ditte auch einen überraschenden Einfall gehabt und etwas recherchiert, auf das niemand anderes gekommen war. Der vielleicht wichtigste Trumpf aber waren Agnes und Jürgen Schuster. Sie würden heute bestimmt erneut vorbeikommen und noch mehr aus dem Leben ihres Sohnes erzählen. Dem Puzzle Tobias würden weitere Teile hinzugefügt.

Als Jan ins Büro kam, saß Ditte bereits dort: „Guten Morgen, Ditte, welche heiße Spur hat dich denn aus dem Bett geschubst?"
„Guten Morgen, Jan. Weiß ich auch noch nicht. Es sind zu viele. Die Eltern sind schon da." Sie zeigte auf Jans Bürotür.
Jan nickte, das überraschte ihn nicht. Er ging zu ihnen.
„Entschuldige bitte, dass wir schon so früh hier sind", begann Jürgen. „Aber seid ihr gestern weitergekommen?"
„Nein, noch nicht, aber das habe ich auch nicht erwartet. Sag mal, wie seid ihr eigentlich auf Bornholm als Urlaubsziel gekommen?"
„Ach, das hatte praktische Gründe. Vor der Wende, als unsere Kinder noch nicht da waren, sind wir ab Travemünde gefahren, das ist ein Stadtteil von Lübeck. Wir mussten nicht lange nach Frankreich oder Italien mit dem Auto fahren, sondern unser Urlaub begann gleich, das hat uns gefallen. Damals gab es noch direkte Verbindungen, später sind wir über Trelleborg und Ystad angereist oder eben von Rügen aus. Die Kinder waren

von Bornholm begeistert und wir auch, warum sollten wir woanders hin?"

„Und ihr seid immer in einem Haus der Bendtsens untergebracht gewesen?"

„Nein, 1995 sind wir mit den Kindern das erste Mal hierhergefahren. Da waren wir in einem Haus in Balka. Die ersten Jahre haben wir eigentlich immer wechselnde Häuser gehabt. Ich glaube, bei Birgitta und Gunnar waren wir erstmals 2003. Die hatten ja zwei Häuser in Øster Sømarken, die gefielen uns beide gut. Meistens haben wir das etwas größere genommen."

„Habt ihr euch mit ihnen angefreundet?"

„Angefreundet? Das wäre vielleicht etwas zu viel gesagt. Wir mochten uns, haben einmal im Urlaub zusammen im Ferienhaus gegessen und einmal bei denen in Hasle und nach ihrem Umzug in Aakirkeby. Das war so unser jährliches Ritual. Und sie haben uns etwas mit Tipps versorgt. Wo welcher Laden neu eröffnet hat oder wo ein neues und gutes Restaurant entstanden ist. Das war sehr schön, aber mehr war da nicht."

„Angepumpt haben sie uns." Agnes mischte sich aus dem Nichts ein.

„Angepumpt?" Jan wurde wach.

„Nein, nicht angepumpt", wiegelte Jürgen ab.

„Doch, wir haben nach den ersten zwei Jahren das Haus von Bendtsens nicht mehr über das Vermittlungsbüro gebucht, sondern direkt bei ihnen. Und hatten fest vereinbart, was und wann wir das bezahlen. Und ständig versuchten sie, uns zu früherer Zahlung zu überreden. Das war widerlich."

„Aggi, das war doch nicht widerlich. Ja, es nervte etwas, aber es war nicht schlimm."

„Waren die Bendtsens immer in Nöten?", hakte Jan nach.
„Wir wissen es nicht", lächelte Jürgen etwas angestrengt.
„Und habt ihr dem nachgegeben?"
„Jürgen ja, der hat so ein weiches Herz."
„Haben sie einen Grund genannt?"
Agnes kam in Fahrt: „Ja, jedes Jahr etwas anderes. Mal musste das Dach hier gemacht, im nächsten Jahr der Anbau dort. Oder der dänische Staat hatte irgendwelche Steuern erhöht, die wir nicht kannten. Und die Saison hatte noch nicht so richtig begonnen, sodass sie keine Einnahmen hatten. Das erzählten sie jedes Jahr, ob nun Juni oder August war."
„Was haben sie denn gearbeitet?", wollte Jan wissen.
„Gunnar war Vertreter für Backmaschinen, irgendeine deutsche Firma war das. Der war in ganz Dänemark unterwegs und besuchte kleine und große Bäckereien. Und Birgitta war in Rønne bei einer Bank beschäftigt, aber die haben hier doch nach und nach fast alle zugemacht. Als ihre geschlossen wurde, hat sie nicht mehr woanders gearbeitet." Jürgen hatte wieder übernommen.
„Besaß Tobias ein besonderes Verhältnis zu ihnen?"
„Nein, warum?"
„Weil er dann wieder bei ihnen gewohnt hat."
„Nur das erste Jahr hat er im Ferienhaus gewohnt, das wurde ihm aber zu teuer, er ist ja immer so drei, vier Monate geblieben. Und da haben sie ihn bei sich wohnen lassen. Das war ja gutes Geld, das sie garantiert nicht versteuert haben."
„Ab wann seid ihr nicht mehr regelmäßig nach Bornholm gekommen?"

Jürgen kräuselte die Stirn, doch seine Frau war schneller: „Das war 2009. Torge fuhr schon länger nicht mehr mit, und nun wollte auch Tobias die Welt kennenlernen. Und wir haben ebenfalls gedacht, dass es noch mehr zu sehen gibt als Bornholm. Das haben wir dann auch umgesetzt, Spanien, Baltikum, Brasilien, Türkei, Dubai, wir sind viel herumgekommen.“
„Nur Tobias ist Bornholm treu geblieben.“
„Ja, mit 16 Jahren hat er seinen ersten Dänischkurs an der Volkshochschule belegt, so begeistert war er von Bornholm. Er hat sich hier wohlgefühlt und ist später sozusagen zurückgekehrt. Die ersten Jahre nach unserer gemeinsamen Bornholmzeit war er oft in Asien. Aber nach dieser Geschichte mit dieser Jeanette ist er wieder nach Bornholm gefahren. Hier wusste keiner etwas davon, das hat ihm Sicherheit gegeben, Bornholm war sein Schutzraum.“
„Was wusstet ihr von seinem Buchprojekt?“
„Ach ja, das war sein großer Traum. Er wollte immer ein Buch schreiben. Und hier hatte er sein Thema gefunden. Bornholm, Religion, Kirche, Architektur, ältere und jüngere Geschichte. Das konnte er alles zusammenbringen. Ich glaube, er stellte sich eine Mischung aus sehr wissenschaftlichen und aus populärwissenschaftlichen Elementen vor.“
„Was es in der einen oder anderen Form schon gibt.“
„Ich weiß es nicht, ich spreche kein Dänisch. Er sagte mir nur, dass diese kleinen Anekdoten, die er in den Gemeinden sammelte, der Clou werden würden, die würden das Leben dort so nachvollziehbar machen.“
„Er hat aber auch von sensationellen Enthüllungen gesprochen. Wisst ihr davon?“

Das Apotheker-Ehepaar schaute sich an, beide schüttelten den Kopf: „Nein, davon haben wir nie gehört", zeigte Agnes sich überrascht.

„Gut, Jan, wir wollten eigentlich auch nur hören, was es Neues gibt. Wir werden heute etwas über die Insel fahren, Hammershus vermutlich, Allinge und das Kunstmuseum und vielleicht Gudhjem noch. Auch wenn es heute ganz schön kalt ist. Aber wir lassen es ganz ruhig angehen. Wenn du noch etwas wissen willst, hast du ja unsere Telefonnummern."

„Ja, vielen Dank, wir sehen uns."

Hand in Hand marschierte das Paar hinaus.

13

Karen war mit Kopfschmerzen aufgewacht. Nein, die zwei Aquavit und der halb ausgetrunkene Wein waren nicht allein schuld. Sie hatte schlecht geschlafen, sehr unruhig. Tom, was tat er bloß? Aber sie konnte nicht nur an ihn denken. Aage, ihr Chef, würde heute wieder ins Büro kommen, nachdem er wegen seiner Krebserkrankung lange im Krankenhaus gewesen war. Vermutlich sah er fürchterlich aus, vielleicht waren es seine letzten Tage, sie musste mit allem rechnen. Außerdem kam der Renntag näher, Samstag sollten die Traber in Almindingen starten. Und bis dahin wollten die Kopenhagener Kollegen wissen, wer wann und wo betrügen wollte. Sie sollte sie dabei unterstützen. Sie blickte zur Decke, gab sich einen Ruck und stand auf. Die Wohnung fühlte sich ohne Tom unwirklich an. Sie warf sich eine Tablette gegen den Kopfschmerz ein und frühstückte schnell, um das Haus bald verlassen zu können.

Am Zahrtmannsvej angekommen, durchquerte sie die Polizeizentrale zügig. Sie sah, wie Ditte und Christian in Richtung Jans Zimmer gingen. Ja, eigentlich müsste sie sich von ihnen auch auf den neuesten Stand bringen lassen. Aber jetzt nicht.
Sie klopfte an Aages Tür und trat ein. Augenblicklich wurde sie starr vor Schreck. Sie blickte den Tod an. Sie versuchte, wieder Haltung anzunehmen.
„Karen, schön, dass du kommst. Du brauchst dich nicht zu verstellen, ich weiß, wie ich aussehe, ich mache mir keine Illusionen. Ich bin hier auf Abschiedstournee." Er versuchte zu lachen. „Ich ertrage alles nur mit vielen Tabletten, ich habe den Kampf verloren, weißt du. Wenn der liebe Gott mich lässt, werde ich noch einen Monat hier sein, dann will ich nur noch zu Hause bei Solveig sein. Bis dahin sollen die in Kopenhagen meine Nachfolge regeln. Mir wäre es lieb, wenn du das wirst." Er schaute Karen mit leeren Augen an.
Die bekam kein Wort heraus, versuchte ihre Tränen zu unterdrücken. Bis es nicht mehr ging. Sie begann zu weinen: „Ach Aage, verdammt, das tut mir so leid." Sie stand auf, ging um den Schreibtisch herum und umarmte ihn.
„Ist schon gut Karen, es ist, wie es ist. Ich hatte ein gutes Leben, ein sehr gutes. Mit meiner Solveig und mit euch. Jetzt kümmere dich um Ditte und Christian und alle die anderen. Ich hoffe, Jan ist dir eine gute Hilfe. So wie ich gehört habe, habt ihr ja genug zu tun."
„Und ob, das haben wir tatsächlich." Karen nahm ein Taschentuch aus ihrer Jacke. „Ich gehe dann mal, du bist sicherlich noch länger hier."
Als sie draußen war, pustete sie kräftig durch. Wie furchtbar. Aage war dünn, sein Gesicht eingefallen, seine Haut zunehmend gelb und blass. Seine Augen

lebten nicht mehr. Er zitterte, und ein merkwürdiger Geruch ging von ihm aus. Weshalb blieb er nicht einfach zu Hause und genoss die Tage?

Sie ging in Jans Büro. Ditte, Christian und Jan sahen sie und wussten, woher sie kam.
„Habt ihr ihn schon gesehen?", fragte Karen.
Die drei nickten wortlos.
„Okay, habt ihr schon den aktuellen Stand besprochen?"
„Wir wollten gerade anfangen", antwortete Jan. „Christian, startest du bitte?"
„Ja, gerne. Ich will mich kurzfassen. Es gibt drei wichtige Erkenntnisse von gestern Abend. Erstens, Tobias ist viel im Nachtleben der Ostküste unterwegs gewesen, in Begleitung oder allein. Zweitens: War er ohne Begleitung, hat er gerne Frauen in den Lokalen oder deren Bedienungen angebaggert. War er in Begleitung, waren das junge deutsche Frauen. Oder zumindest welche, die hervorragend Deutsch sprachen. Und drittens: Ditte halte dich bitte jetzt fest, er war mit der Allinger Pastorin in einem tollen Restaurant in Svaneke teuer essen."
Alle Augen richteten sich auf Ditte, die breit grinste: „Wusste ich es doch."
Karen konnte mit dieser Erkenntnis noch nicht so viel anfangen. Aber Jan erzählte ihr ganz kurz von den Besuchen in den Pastoraten und was sie dort gehört hatten. Und was Tobias Eltern über ihn bisher erzählt hatten.
Karen nickte: „Vielen Dank, so eine richtig heiße Spur erschließt sich mir noch nicht. Aber diese deutschen Mädchen sind vermutlich einen zweiten Blick wert. Darauf seid ihr sicherlich auch schon gekommen."

„Was gibt es bei dir und den Kopenhagenern denn Neues?", wollte Christian wissen.

„Christian, du weißt, dass das absolut Topsecret ist, deshalb werde ich auch nichts dazu berichten. Führt eure Ermittlungen so intensiv fort, wie ihr es gerade tut. Ich werde euch keine große Hilfe sein können. Diese Sache mit den Kopenhagenern nimmt mich sehr in Anspruch. Und ihr habt sicherlich heute alle Aage gesehen, der wird kaum mehr arbeiten können, sondern ist auf seiner Abschiedsrunde. Das bedeutet, dass ich weiterhin seine Arbeit erledigen muss." Sie stand auf, die anderen drei nickten ihr zu, und sie verließ den Raum. Jan hätte sie gerne nach Tom gefragt, aber das verbot sich in diesem Rahmen. Sie sah schlecht aus.

Jan schaute zu Ditte und Christian: „Christian, dein Besuch an der Ostseeküste gestern hat sich wirklich gelohnt, hervorragende Arbeit. Das bedeutet, dass wir die Pastorin in Allinge nochmals aufsuchen müssen. Ditte, bitte erledige du das, du hattest den Erstkontakt mit ihr. Christian, kümmere dich bitte um etwas anderes. Die Eltern von Tobias erwähnten gestern, dass die Bendtsens sie immer um vorgezogene Bezahlung des Ferienhauses gebeten haben, als sie nicht mehr beim Vermittler, sondern direkt bei ihnen gebucht haben. Jahr für Jahr mit wechselnden Begründungen. Versuche doch einmal herauszubekommen, was der Grund dafür sein könnte. Gab es Insolvenzen, Pfändungen, Zwangsversteigerungen, Kontosperrungen oder dergleichen. Schau bitte in die öffentlichen Verzeichnisse, frage bei den Gerichten oder ihrer Bank."

„Du glaubst, dass das mit dem Mord zusammenhängen könnte?"

„Nun, es ist denkbar, dass sie wussten, dass Tobias von seinen Eltern unterstützt wird, er also Geld hat. Und dass sie vielleicht Geld von ihm verlangt oder erpresst haben. Und er sich geweigert hat, es zum Streit gekommen ist. Mit tödlichem Ausgang. Das ist natürlich nur so eine krude Theorie, ich weiß das. Aber wir haben noch wenig Greifbares, wir müssen jeden Zipfel greifen.“

Ditte räusperte sich: „Jan, entschuldige bitte, aber an deine Konstruktion glaube ich gar nicht. Wir waren beide bei diesen Leuten. Das sind ganz schlichte und heruntergekommene Menschen. Die würden nie auf die Idee kommen, jemanden an eine Glocke zu hängen. Nein, das hat eine ganz besondere symbolische Bedeutung, die irgendwo in unseren über 20 Kirchen versteckt ist.“

Jan musste schlucken. Ditte war einfach zu schlau und zu scharfsinnig. Natürlich hatte sie recht. Schon als er diese Konstruktion aussprach, wusste er, dass sie Unsinn war: „Ja, Ditte, du hast völlig recht. Ich suchte nur eine Begründung, weshalb wir uns für die Bendtsens interessieren sollten.“

„Wir interessieren uns für alle und jeden, solange wir nichts wirklich Greifbares haben, Jan. Da stimme ich dir absolut zu. Auch die Pastorin aus Allinge muss keine Spur sein, vielleicht wollte sie nur einen netten Abend haben. Aber niemand bindet einen Toten einfach so an eine Glocke. Das dürfen wir nicht vergessen.“

Christian hatte den Wortwechsel interessiert verfolgt: „Ich kümmere mich um die Bendtsens. Vielleicht bringen sie uns auf die richtige Spur.“

Jan nickte: „Ja danke, eines noch. Ihr habt Karen gesehen, sie ist kaputt. Seit Monaten ist sie nicht nur die

Chefin der Polizei, sondern auch noch die Interimsleiterin der gesamten Behörde. Und jetzt muss sie auch noch diese Kopenhagener Sondereinheit unterstützen. Ich werde versuchen, möglichst viel hier im Büro zu sein, um ihr Arbeit abzunehmen, sonst fällt sie uns noch um. Ich danke euch, dass ihr die Besuche bei Verdächtigen und Zeugen übernehmt. Aber ihr könnt sicher sein, dass ich ebenfalls draußen sein werde, wenn die Situation es verlangt."
Ditte und Karen nickten und verließen den Raum.

Jan ließ sich nach hinten in seinen Stuhl fallen. Er schaute auf sein Handy. Karen hatte ihm drei Namen gemailt. Mehr hatte sie nicht geschrieben. Aber er wusste, dass sie wissen wollte, ob er Informationen zu ihnen hatte. Und er spürte, dass sie jemanden zum Reden brauchte. Über Tom.

<u>14</u>
Karen war auf dem Weg nach Østerlars, Preben hatte sie gebeten, mit Klara und ihm die aktuelle Lage in Sachen Wettbetrug zu besprechen. Sie habe doch sicherlich neue Erkenntnisse über die drei Verdächtigen sammeln können, er sei sehr gespannt. Gar nichts hatte sie, sie hatte nicht in interne Akten geschaut und auch nicht Kollegen gefragt. Sie wusste, dass es nun unangenehm werden konnte. In ihrer Not hatte sie Jan die Namen der Verdächtigen geschickt. Sie hoffte, dass er die Botschaft verstand und die Personen recherchierte. Sie war aus Rønne herausgefahren und hatte sich auf den Parkplatz vor der Knuds Kirke gestellt. Sie fühlte sich leer, ihr Kopf schmerzte trotz der Tablette, sie wollte nur noch schreien. Es war

zu viel, alles war zu viel. Karen fühlte sich sehr allein. Sie blickte auf ihr Handy. Jan hatte nicht geschrieben. Nun gut, das konnte sie auch nicht verlangen, er sollte ja den Mord an diesem Deutschen aufklären. Sie musste weiter nach Østerlars, hinein ins Verderben. Wenn sie nicht mit Neuigkeiten aufwartete, würde es eine Meldung nach Kopenhagen geben. Und dann konnte sie sich warm anziehen.

Sie startete den Wagen und fuhr weiter. Den ständigen Wechsel von Sonne und Wolken am Himmel nahm sie nicht wahr, das war ihr gerade gleichgültig. Das Telefon klingelte, Jan rief an: „Wo bist du?"

„Ich bin gerade auf dem Weg nach Østerlars, Preben und diese Klara erwarten mich, Preben wird mich grillen, ich hatte keine Zeit, mich über diese drei Verdächtigen detaillierter zu informieren."

„Bist du schon an Aarsballe vorbei?"

„Nein, die große Kreuzung kommt erst noch."

„Gut, dann stelle dich auf den Parkplatz, wo früher der Brugsen war. Ich komme dorthin."

„Ja danke, bis gleich." Sie legte auf. Hatte er Informationen für sie? Oder wollte er nur den Seelentröster anbieten? Egal, sie freute sich. Sie näherte sich Aarsballe mit der großen Kreuzung in alle Himmelsrichtungen. Wo früher der Lebensmittelladen gewesen war, war jetzt ein Veranstaltungslokal eingerichtet. Sie fuhr auf den Parkplatz und schaltete den Motor aus.

Es dauerte nicht lange, bis Jan auf dem Parkplatz einbog. Beide stiegen aus.

„Hast du etwas herausbekommen?", fragte Karen nach der Begrüßung direkt heraus.

„Das ist schwierig, wenn nichts, aber auch gar nichts nach außen dringen darf. Ich habe mich in Kopenhagen nach unserem IT-Millionär Per Bjerg erkundigt, das hat unser Besuch auch. Fakt ist, dass man vieles über ihn ahnt, aber nichts Genaues weiß. Er hat seine Millionen aus dem Verkauf deutlich vermehrt, und das nicht nur legal. Aber man ist ihm nicht wirklich auf die Spur gekommen, da ist wohl vieles über Tarnfirmen in Süd- und Mittelamerika gelaufen. Vielleicht können wir darüber noch mehr erfahren. Denn er soll auch in Bordelle in Kopenhagen investiert haben, in erster Linie in die gleich hinter dem Bahnhof. Da war auch Ben Petersen aktiv, du erinnerst dich, einer der Listeder Bürger in dem Fall vor einem halben Jahr. Den solltest du einmal befragen."

„Das ist eine Möglichkeit, aber insgesamt klingt das alles nicht sehr vielversprechend."

„Wir müssen uns damit abfinden, dass einige Leute sich geschickter tarnen als andere. Ich glaube, der Schlüssel könnte Bjarne Melchior werden. Der ist nicht die hellste Kerze auf der Torte. Diverse Vor-strafen schon als Drogenhändler in Kopenhagen. Und hier auf Bornholm mimt er den braven Bauern. Dafür hat er aber zu viel Geld, seine Pferde kosten ja auch nicht wenig. Deren Erfolg ist durchwachsen, ich bin nicht sicher, dass die ihr Heu selbst verdienen. Angeblich waschen seine Kopenhagener Drogen-freunde über die Pferde ihre Einnahmen. Ich glaube, so ein größerer Betrag durch eine Belohnung für einen Wettbetrug würde ihm richtig guttun. Und ich bin sicher, dass er da einen Fehler machen wird."

„Ich hatte gehört, dass die Geldwäsche beendet ist und Melchior bereits finanziell aus dem Schneider ist. Ich werde ihn mir nochmals anschauen. Danke, Jan."

„Ich habe bei Bornholmslinjen angerufen und ein paar Namen aus dem Umfeld von Melchior abgefragt. Das

wird unser Besuch auch getan haben. Einer war ein Treffer, nämlich Henrik Møller, ein früherer Partner von ihm, der hat sich um die Leute gekümmert, die nicht pünktlich zahlten. Aber mir ist noch ein Name aufgefallen, den die Kopenhagener vielleicht nicht entdeckt haben, nämlich Jette Bech. Sie ist offiziell Galeriebesitzerin im Whiskey-Gürtel nördlich von Kopenhagen. Das große Geld verdient sie allerdings als exzellente Strippenzieherin. Sie hat ihre Hände bei vielen kriminellen Dingen im Spiel. Uns ist sie leider immer entglitten, weil sich stets jemand statt ihrer für schuldig erklärt hat. In den letzten Jahren ist es eigentlich etwas ruhiger um sie geworden. Sie nutzt einen Tarnnamen für ihre Reisen, nämlich Lisbeth Laursen. Und der steht auf der Passagierliste. Mit der Abendfähre kommt sie an, sie wechselt ständig die Autos, fährt aber grundsätzlich nur Cabrio. Und ganz sicherlich nicht das von Smart. Ich könnte mir vorstellen, dass sie die Kontaktperson zu den Wettbetrügern aus Asien ist. Die Augenhöhe besitzt sie."
„Großartig, Jan, tausend Dank. Ich werde mich an ihre Hacken heften." Karen drehte sich um und ging zu ihrem Wagen.
„Karen, was ist mit diesem verdächtigen Ehepaar aus Klemensker? Kennst du sie?"
Seine Chefin stoppte und atmete tief durch, bevor sie sich umdrehte. Sie blickte Hilfe suchend nach links und rechts. Dann schaute sie Jan endlich an. Drei Lkw hintereinander sorgten auf der Durchgangsstraße für gewaltigen Lärm.
„Ja."
„Ich nehme an, etwas besser."
„Ja."

„Ich vermute, du hast den Kopenhagenern nichts davon erzählt.“

„Richtig.“

„Erzähle mir von ihnen, bitte.“

Karen atmete nochmals tief durch und berichtete von der kurzen Bekanntschaft.

Jan nickte: „Hattest du immer das Gefühl, dass sie wirklich an euch interessiert waren? Oder mehr an dir als Chefin der Bornholmer Polizei?“

Karen schaute ihn verwundert an: „Darüber habe ich mir noch nie Gedanken gemacht. Nein, wieso?“

„Nun, ich kenne diese Leute nicht und will ihnen auch nichts unterstellen. Aber einmal angenommen, ich bin in kriminelle Geschäfte verwickelt. Und eines Tages bemerke ich, dass die Leiterin der Polizei um die Ecke wohnt. Dann könnte ich doch auf die Idee kommen, der etwas näherzukommen. Ich weiß, dass die keine Geheimnisse ausplaudert, aber manchmal reichen ja schon Andeutungen, um die Alarmglocken klingeln zu lassen.“

Karen schaute ihn mit offenem Mund an.

„Hattet ihr gemeinsame Interessen? Waren sie Literaturliebhaber und haben sich mit Tom über Bücher unterhalten? Waren sie so an Rosen interessiert wie du? Worüber habt ihr gesprochen?“

„Also über Bornholm, über Erlebnisse auf den Hafenfesten, über Flohmarktfunde, über Leute, die man kannte, über Reisen, etwas über die Arbeit. So mehr oberflächlich.“

Jan nickte: „Das habe ich mir gedacht. Ihr habt eine gemeinsame Reise abgelehnt, und dann ist das Interesse abgeflaut. Und ihr habt die Reise abgelehnt, weil ihr unbewusst gespürt habt, dass es keine Gemeinsamkeiten gibt.“

Karen schaute nachdenklich: „Jetzt, wo du das so sagst, fällt es mir auch auf, wir sind immer sehr oberflächlich geblieben. Das stimmt."

„Gut, dann belassen wir es dabei. Behalte es für deine nächsten Schritte einfach im Hinterkopf." Sie verabschiedeten sich. Jan fuhr weiter Richtung Listed, Karen wartete noch einen Moment, bevor sie den Wagen startete. Was meinte Jan damit, dass sie das im Hinterkopf behalten sollte? Für ihre nächsten Schritte. Sie ließ den Wagen an und wusste es.

15

Rønne, Nyker, Klemensker, Olsker, Ditte nahm die abgeernteten Felder links und rechts kaum wahr. Wenn man alle diese Straßen so oft befuhr, verlor man den Blick für sie, gerade in der sonnenärmeren Zeit. Das erste Gespräch mit Nana Kubiak war gut verlaufen, auch wenn die Pastorin nicht ehrlich gewesen war. Aber zumindest wusste sie nun, dass Ditte direkt auf den Punkt kam, nicht lange um den heißen Brei herumredete. So würde sie es auch heute tun. Ditte fuhr nach Allinge hinein. Sie wollte den Wagen unten am Hafen parken. Als sie am Brugsen vorbeikam, sah sie die Pastorin Nana Kubiak gerade in diesen hineingehen. Sie lächelte zufrieden, sie würde vor dem Laden auf die Frau warten.

Doch es verging eine Weile, ohne dass Nana Kubiak herauskam. Ditte wurde unruhig. Hatte der Brugsen einen zweiten Ausgang? Vorsichtig ging sie hinein und erspähte die Pastorin im Kassenbereich, wo sie in ein Gespräch verwickelt war. Gut, dann musste Ditte eben weiter Geduld aufbringen. Sie ging wieder hinaus.

Endlich war es so weit, Nana Kubiak trat wieder in die schwache Sonne. Ditte ging auf sie zu, was bei der Pastorin nicht gerade Jubel auslöste: „Ach hallo, na, du stehst sicherlich nicht zufällig hier."

„Nein, es gibt neue Erkenntnisse, über die ich gerne mit dir sprechen möchte. Wollen wir uns irgendwo hinsetzen?"

„Nein, ich habe nicht viel Zeit, lass uns etwas in Richtung Räucherei gehen und dann zurück zur Kirche, ich werde erwartet."

Ditte musste innerlich grinsen. Im Brugsen hatte Nana alle Zeit der Welt gehabt. Aber diese unerwartete Begegnung war ihr vermutlich unangenehm, möglicherweise ahnte sie, um welche neuen Erkenntnisse es ging. Und gab sich deshalb alle Mühe, schroff zu wirken.

„Okay, dann will ich es kurz machen. Du hattest in unserem ersten Gespräch gesagt, dass du Tobias bei seinem zweiten Auftauchen hast abblitzen lassen und keinen weiteren Kontakt mehr zu ihm gehabt hast. Nun haben wir erfahren, dass du mit ihm in Svaneke edel essen warst." Sie schaute Nana an.

„Ja, es ist mir im Nachhinein unangenehm, ich möchte das vergessen und auch nicht darüber reden. Deshalb habe ich den Abend nicht bei deinem Besuch erwähnt und gehofft, dass ihr es nicht erfahrt."

„Das musst du mir aber jetzt erklären."

„Ja, ich fand ihn bei seinem ersten Besuch nett und charmant. Nicht sonderlich sexy, mit seinen komischen Hemden schon mal überhaupt nicht. Aber es muss auch nicht jeder Mann wie Bradley Cooper aussehen. Und seine Klugheit verlieh ihm das gewisse Etwas. Als er beim zweiten Besuch fragte, ob er mich zum Essen einladen dürfe, habe ich ein etwas teureres

Restaurant genannt. Wenn es ihm ernst war, musste er die Hürde noch nehmen. Er war sofort einverstanden. Wir trafen uns also in Svaneke und gingen in das Tre Tjener."

„Aber das war noch nicht alles."

„Nein, wir sind dann noch miteinander ins Bett, bei mir. Das wolltest du wissen, oder? Du hattest eine deiner direkten Fragen doch schon auf der Zunge."

„Und danach war Schluss."

„Ja, wie du das alles erahnst, du solltest Psychologin werden." Ditte antwortete nicht darauf. „Weißt du, ich war lange enthaltsam gewesen und hatte einfach Bock darauf."

„Du musst dich nicht rechtfertigen."

„Nein, natürlich nicht. Der Sex war auch in Ordnung, aber ich hatte die ganze Zeit so ein merkwürdiges Gefühl. Ich kann es dir nicht erklären. Vielleicht hast du so etwas auch schon erlebt. Ich könnte ja dieses Mal dich direkt fragen. So ein unergründliches Gefühl. So ein Gefühl, dass etwas nicht stimmt. Als er morgens fuhr, habe ich im Bett gelegen und gedacht, das darf sich nie wiederholen. Sonst gerätst du da in einen unguten Strudel. Ich weiß nicht, in was für einen, aber bei mir sind alle Alarmglocken angegangen."

„Aber er wollte eine Fortsetzung."

„Ja, natürlich. Er kam zwei oder drei Tage später wieder vorbei, tat so, als wenn wir fast schon ein Paar wären. Ich habe ihm gesagt, dass das eine einmalige Sache war, wir uns nicht mehr sehen werden und da auf keinen Fall etwas folgt. Er wollte das nicht einsehen und hat auf mich eingeredet. Dass es doch eine tolle Nacht war, wir uns gut verstanden haben, der Sex einmalig war, er mir noch ganz andere Dinge im Bett zeigen könne und so weiter. Dieser ganze Mist, den

Männer dann so brabbeln, wenn ihnen die Felle davonschwimmen. Es war sehr unangenehm, aber am Ende hat er es eingesehen, und wir haben uns nie wieder getroffen."
„Hast du später noch mal über dieses seltsame Gefühl nachgedacht?"
„Ja, aber eher unabsichtlich. Das kam wohl so aus dem Unterbewusstsein. Ich weiß es nicht. Ich glaube, das hatte was mit dem Sex zu tun. Er hat so vehement behauptet, er könne noch ganz tolle Sachen mit mir machen, wie ich sie noch nie erlebt habe. Ich sollte doch mal zu ihm nach Hause kommen, er hätte ein großes Bett. Und das hat mich sehr, sehr vorsichtig werden lassen, ich weiß nicht, was er noch vorhatte. Aber dieses ungute Gefühl kam schon auf, als wir gevögelt haben." Sie hatten die Kirche erreicht.
„Vielen Dank für deine Offenheit", begann Ditte. „Du hast mir eine weitere Facette von Tobias aufgezeigt. Vielleicht bringt uns die näher zum Täter." Sie ging hinunter zum Parkplatz, setzte sich ins Auto, stieg wieder aus und setzte sich auf die Hafenmauer. Sie blickte über die plötzlich unruhige See und machte sich im Wind Gedanken über das, was sie gerade gehört hatte.

Christian hatte sich derweil detaillierter mit den Bendtsens befasst. Er war Vertreter für Backmaschinen und sie einst Bankangestellte, das hatte das Lübecker Apothekerpaar bereits erwähnt. Sie hatten einen Sohn und eine Tochter, die jeweils mit ihren Familien in Jütland wohnten. Sie hatten lange ein größeres Haus am Rand von Hasle besessen und waren dann in dieses kleinere in Aakirkeby gezogen. Als weiteres Eigentum gab es zwei Ferienhäuser in

Øster Sømarken, in denen wohl auch Tobias mit seinen Eltern und seinem Bruder gewohnt hatte. Die beiden waren 2016 verkauft worden, eines im Frühjahr, das andere im Herbst. Christian las die Verkaufspreise mehrfach und verglich sie mit anderen Häusern. Einen entscheidenden Punkt verstand er nicht. Warum hatten sie deutlich unter dem Durchschnittspreis für diese Region und diese Lage verkauft, wie es ja immer ausgewiesen wurde? Er schaute sich die Vorgänge näher an. Beide Häuser waren vom selben Makler verkauft worden.

Er stand auf und fuhr zum Marktplatz in Rønne. Zum Makler war es nicht weit. Er hatte Glück, noch war geöffnet. Ein mittelgroßer, etwas dicklicher Mann im blauen Anzug und mit rotem Hemd kam auf ihn zu. Christian schätzte ihn auf Mitte bis Ende 50 und wäre nicht überrascht gewesen, wenn er hinten im Büro ein halbleeres Glas Wein entdeckt hätte.

„Herzlich willkommen, mein Name ist Kaj Erik Boysen, für welches Haus interessierst du dich?"

„Für gar keines." Christian hielt ihm seinen Dienstausweis hin. Das Lächeln des Mannes erstarrte.

„Äh, hallo Christian, ja, also bei uns ist alles legal, wir machen keine schmutzigen Geschäfte."

„Das ist mir auch egal, Kaj Erik. Ich bin wegen Birgitta und Gunnar Bendtsen hier."

„Bendtsen? Bendtsen?" Er wollte offensichtlich Zeit gewinnen.

„Ja, Bendtsens aus Aakirkeby, die hatten zwei Ferienhäuser in Øster Sømarken, die du für sie verkauft hast."

„Ach, Bendtsen, ja, natürlich, Bendtsen."

„Die Häuser sind deutlich unter dem üblichen Preis verkauft worden. Weshalb?"

„Oh, das weiß ich gar nicht mehr. Warte." Er ging an einen der Computer, an dem sonst wohl seine Mitarbeiter saßen, die schon im Feierabend waren. „Bendtsen, Bendtsen, da haben wir sie. Ach so, jaja, wusste ich es doch. Ja, das war etwas, sagen wir, unglücklich. Also, der Verkauf war nicht freiwillig. Die Bank, verstehst du. Mehr kann ich dazu nicht sagen, verstehst du. Darf ich auch gar nicht, verstehst du. Diskretion ist für mich ganz wichtig. Also, die Bank hat sie zum Verkauf gedrängt. Und zwar zum schnellen. Wenn du mehr wissen willst, musst du bei der Burgundarholm Bank fragen." Er schwitzte.

„In welchem Zustand waren die Häuser?"

Der Makler kräuselte kurz die Stirn: „Also, wenn ich mich richtig erinnere, so im unteren Mittelfeld. Sie waren in Ordnung, aber es musste noch einiges getan werden. Ich glaube, bei beiden Häusern musste das Dach neu gedeckt werden. Und in dem einen war das Badezimmer ziemlich muffig, da musste auch einiges geschehen. Investiert hatten die Bendtsen in all den Jahren nur das Notwendigste."

„Sehr gut, das hilft mir sehr, vielen Dank, Kaj Erik."

„Ja, weißt du, in der Kürze der Zeit war kein besserer Preis zu erzielen. Ich erziele für alle meine Kunden Höchstpreise, weißt du. Also falls du mal dein Haus verkaufen willst, dann frage Kaj Erik Boysen." Er hatte sein Lächeln wiedergefunden.

„Danke, aber ich bin mit meinem Haus sehr zufrieden", wehrte Christian ab. Das stimmte zwar nicht. Denn angesichts des zu erwartenden Nachwuchses mussten sie sich vergrößern. Aber Kaj Erik schien ihm nicht der richtige Partner zu sein.

Er stieg auf dem Markt in seinen Wagen und fuhr die kurze Strecke nach Hause. Morgen musste er als

Erstes bei der Burgundarholm Bank vorstellig werden. Jetzt war Feierabend. Er würde schnell seine Sportsachen holen, etwas Badminton mit seinem Freund Lauge spielen und sich dann an einem Gemüseauflauf versuchen. Lærke hatte das Rezept herausgesucht und die Zutaten nach dem Unterricht auf dem Weg nach Hause gekauft. Den Rest sollte er übernehmen. Ja, er wollte es auch, er wollte seine Frau entlasten. Aber das Kadeau in Sømarken würde ihn sicherlich nie um seine Unterstützung bitten. Sonst würden sie ihren Michelinstern verlieren.

16

Karen war weiter nach Østerlars gefahren und hielt in der Nähe am Auto von Klara und Preben. Der Wagen war gut getarnt, und zugleich besaßen die beiden Kopenhagener einen recht guten Blick auf die Straße, die zum Hof von Bjarne Melchior führte, einem der Verdächtigen.

„Ist alles sauber hier?", fragte Karen zur Begrüßung.

„Ja, wir haben die Umgebung diskret gecheckt. Keine Kameras, keine Lichtschranken, alles sauber. In Almindingen bei diesem IT-Millionär auch und in Klemensker bei diesem Ehepaar ebenfalls. Die ahnen alle nicht, dass wir sie auf dem Kieker haben."

„Das klingt sehr gut, aber wir müssen trotzdem voll konzentriert bleiben."

„Natürlich, aber das ist ja auch nicht unser erster Einsatz in solcher Angelegenheit", bemerkte Preben in einem Ton genervter Arroganz. „Hast du etwas herausbekommen?" Er war aus dem Wagen gestiegen, und sie hatten sich ein kleines Stück vom Wagen entfernt.

„Ich muss vorsichtig sein, ich habe nur mit Jan darüber gesprochen. Er hat mir den Tipp gegeben, eventuell mit jemandem zu sprechen, der hier auf Bornholm lebt und mit dem wir Anfang des Jahres in einem Fall zu tun hatten. Sein Name ist Ben Petersen. Er hat früher einige Striplokale in Kopenhagen besessen, in der Istedgade natürlich. Und dort soll auch Per Bjerg einige seiner Millionen angelegt haben. Vielleicht weiß er mehr. Über Melchior gibt es keine weiteren Infos. Die dritten Verdächtigen, das Ehepaar Carlsen in Klemensker, kenne ich besser, als ich es dir anfangs gesagt habe, wir waren eine Zeit lang fast befreundet. Deshalb habe ich da nicht weiter nachgeforscht." Es war einen Moment still.

„Weshalb hast du das nicht erzählt, als wir unsere erste Erkundungstour unternommen haben?"

„Weil ich geschockt war und nicht wusste, was besser war. Ich wollte in Ruhe darüber nachdenken. Das war vermutlich falsch."

„Wann bestand diese Freundschaft?"

„Das begann in 2017, und im Jahr darauf schlugen die beiden einen gemeinsamen Urlaub vor. Tom und ich haben dankend abgelehnt, so nah waren wir ihnen nicht. Dann ist der Kontakt langsam eingeschlafen."

„Habt ihr viel über eure Arbeit gesprochen?"

„Nur oberflächlich, ich weiß sehr genau, was ich sagen darf und was nicht. Ich bin absolut sicher, dass ich keine sensiblen Informationen ausgeplaudert habe."

„Könnte es sein, dass sie deine Freundschaft gezielt gesucht haben?" Das hatte Jan vorhin auch gefragt.

„Ich habe darüber nie nachgedacht, weil ich nie das Gefühl hatte, dass sie es tun. Aber jetzt bin ich nicht mehr so sicher."

„Okay, das ist nicht gut gewesen, dass du mich nicht informiert hast, Karen. Wir brauchen hier absolute Professionalität. Aber das bleibt jetzt unter uns, es ist auch noch nichts passiert. Und du machst ohnehin derzeit zwei Jobs, nämlich deinen und den von Aage. Und nun nehmen wir dich auch noch in Anspruch. Da kommst selbst du an deine Grenzen.“ Sie gingen zurück zum Auto. War das jetzt ein Lob von Preben gewesen? Oder noch ein Kopenhagener Arroganzanfall? Karen spürte, wie die viel zu vielen Aufgaben und Herausforderungen ihr ganz allmählich den Boden unter den Füßen wegzogen.

Klara stellte sich zu ihnen: „Es ist weiterhin alles ruhig, sowohl bei uns als auch bei den anderen beiden Wagen. So langsam müsste doch Bewegung in das Ganze kommen. Wenn unser Verdacht stimmt.“

Preben nickte: „Ja, das wird es bald, ich bin sehr sicher. Karen, auf der Passagierliste von Bornholmslinjen steht ein Henrik Møller. Das ist ein alter Freund von Melchior. Der wird heute Abend nicht ohne Grund hierherkommen. Wir haben aber einen Mann an Deck, der sich an ihn heften wird. Eventuell brauchen wir einen von deinen Leuten, der ihn zwischendurch ablösen kann. So, und nun fahre nach Hause zu deinem Mann, aber halte dich bereit, falls es hier losgeht. Vielleicht brauchen wir dann nur dich, vielleicht ein paar mehr von deinen Leuten.“

Karen startete. Es gab keinen Grund, Preben zu erzählen, dass Tom derzeit nicht in Klemensker war. Das war privat. Sie schaute auf die Uhr. Zur Fähre schaffte sie es nicht mehr, um nach dieser Jette Bech Ausschau zu halten. Das Schiff würde gleich anlegen. Das war ärgerlich. Auch wenn Preben sehr diplomatisch gewesen war, hatte sie doch das Gefühl gehabt, dass er über ihr Schweigen verärgert war. Sie musste ein paar Punkte bei ihm machen, und das möglichst schnell. Von Jette Bech hatte sie ihm deshalb absichtlich nichts erzählt. Das würde sie in dem Moment tun, wenn es darum ging, ihn mit ihren Informanten zu beeindrucken.

Die Dämmerung hatte eingesetzt, langsam steuerte sie den Wagen wieder Richtung Aarsballe. Sie würde sich in Klemensker in das leere Haus setzen und ein Glas Wein trinken. Mehr nicht, denn es konnte gut sein, dass sie in der Nacht nochmal losmusste. Sie passierte das Stadion von Aarsballe, Erinnerungen an einige gute Flohmarktkäufe dort flammten kurz auf. Ihr Telefon klingelte, Jan war dran.

„Karen, wo bist du gerade?"

„Wieder in Aarsballe, ich biege gleich nach Klemensker ab."

„Ich fahre gerade hinter Jette Bech alias Lisbeth Laursen her. Ich würde sie gerne an dich weiterreichen. Wenn du an der Kreuzung also links Richtung Aakirkeby abbiegst, bekommst du sie."

Karen war schlagartig hellwach: „Jan, du bist großartig. Ich komme zu dir." Genau das hatte sie jetzt gebraucht.

Kurz darauf meldete sich Jan wieder: „So, wir sind jetzt gerade am Christianshøjkro vorbei, sie biegt rechts Richtung Svaneke ab. Vermutlich geht es gleich wieder rechts Richtung Aakirkeby, und dann muss sie ja bald links abzweigen, wenn sie augenscheinlich zu Bjerg will."

„Ja, ich bin fast hinter euch, ich sehe dein Auto." Es dauerte einen kleinen Augenblick. „So, jetzt fahre ich genau hinter dir."

„Gut, wenn sie abbiegt, fahre ich geradeaus nach Aakirkeby und endlich nach Hause. Du solltest ihr nicht folgen, das wäre zu auffällig. Aber informiere die Kopenhagener, die stehen da ja. Und verkaufe es ihnen als allein deine Arbeit."

„Jan, nein, das kann ich nicht."

„Doch, zeige ihnen ruhig, was wir Bornholmer draufhaben. Und in Kopenhagen steht das auch bei den Pluspunkten, wenn du dich tatsächlich für Aages Nachfolge bewirbst."

„Danke. Jan, eine Frage noch. Hatte sie vorher noch irgendwo eingecheckt?"

„Nein, ich vermute, sie wird bei Bjerg übernachten, groß genug ist sein Haus ja. Und sie erspart es sich, sich in einem Hotel anzumelden."

Kurz darauf bog Jette Bech ab, Jan fuhr wie vereinbart weiter. Mit der Abendfähre waren nicht nur die dunklen Gestalten Jette Bech und Henrik Møller nach Bornholm gekommen, sondern auch Line Svane, eine Cousine von Sonjas verstorbenem Mann Jens-Ole aus der Nähe von Roskilde. Sie würde bis Sonntag bleiben und auch im Haus von Sonja schlafen. Für Jan bedeutete das ein paar Nächte in seinem Haus. Natürlich vermisste er Sonja, aber so schlimm war es momentan nicht. Der neue Fall begann ihn stärker zu beanspruchen. Und er wusste, dass er dann mitunter schlechte Stimmung verbreitete. Sonja hatte ihm das bereits deutlich gemacht.

Zu Hause angekommen, setzte er sich auf sein Sofa und öffnete eine Flasche seines geliebten Svaneke IPA. Er schaltete den Receiver an und wählte bei Spotify Kenny Washington aus. Den amerikanischen Jazzsänger hatte er im Svanekegaarden gesehen, den

Namen des Trios, das mit ihm auf der kleinen Bühne gestanden hatte, hatte er vergessen. Er startete „The best is yet to come". Sein Blick fiel auf die Bücherwand. Schlagartig fielen ihm die unzähligen Bücherkartons ein, die im ersten Stock aufgeschichtet waren. Es waren Toves Bücher gewesen. Nach ihrem Tod hatte er ein paar an enge Freunde verschenkt, aber den Rest behalten. Er hatte sie einfach nicht weggeben können. Doch da oben wurden sie auch nicht besser. Er würde sich wohl von ihnen trennen müssen. Nur nicht jetzt. Erneut nahm er einen großen Schluck aus dem Bierglas und war einfach nur zufrieden. Er hatte Karen unterstützen können, das machte ihn gerade sehr glücklich. Denn bei ihr lief gerade eine Menge schief. Unverdientermaßen.

Karen folgte Jan ein kurzes Stück. Als sie außer Sichtweite des Abzweigers war, drehte sie und fuhr zurück. Die Bech war tatsächlich den Weg zu Per Bjerg hineingefahren. Sie wählte die Nummer von Kasper, der mit Betine den Weg zum IT-Millionär im Auge hatte: „Karen, hast du Neuigkeiten für uns?"
„Ja, ich bin in eurer Nähe. Es müsste gleich ein Wagen zum Haus von Bjerg fahren, seht ihr ihn?" Kasper antwortete nicht, vermutlich suchten Betine und er den Horizont ab.
„Dahinten bewegt sich etwas, das könnte ein Wagen sein, aber ohne Scheinwerfer. Ziemlich gewagt. Weißt du, wer das ist?"
„Ja, das ist Jette Bech."
„Die Jette Bech?"
„Genau die. Sie scheint ihre Finger im Spiel zu haben. Sie ist gerade mit dem Katamaran aus Ystad angekommen."

Wieder keine Reaktion. Vermutlich schauten die beiden auf die Passagierliste von Bornholmslinjen.

„Sie steht aber nicht auf der Passagierliste", meldete sich Betine.

„Nein, aber Lisbeth Laursen. Das ist ihr Name auf Reisen."

„Stimmt, die ist hier verzeichnet. Woher wusstest du das?"

„Ich habe auf dem Weg nach Hause von einem Informanten einen Tipp bekommen. Ich vermute, sie wird dort im Haus auch übernachten und morgen die Aktion vorantreiben."

„Das klingt plausibel", übernahm Kasper wieder. „Erstklassige Arbeit, Karen. Du kannst jetzt wirklich nach Hause, wir bleiben hier, aber ich vermute, dass wir auch eine ruhige Nacht haben."

„Ja, danke, gute Nacht." Karen brüllte einen Freudenschrei heraus. Endlich konnte sie sich auf ihr Haus und das Glas Wein freuen.

Kaum hatte Karen den Hörer aufgelegt, merkte Betine mit spöttischem Unterton an: „Na, da wird unsere rothaarige Inselpolizistin wohl jetzt in Jubel ausbrechen. Hat sie auch mal Glück gehabt."

„Unsere rothaarige Inselpolizistin ist eine erstklassige Polizeichefin, und in Kopenhagen wird sie längst als Nachfolgerin von Aage Munch gehandelt, wenn der stirbt."

„Soll mir egal sein, solange du nicht auch noch mit ihr eine Affäre anfängst." Sie legte ihre Hand auf seinen Oberschenkel.

„Nein, du füllst mich als Affäre vollkommen aus", lächelte er zurück und legte eine Hand auf ihre Brust.

„Noch eine Affäre mehr und meine Frau bekommt das alles heraus."

„Oder mein Mann bemerkt was, weil ich plötzlich mit ihm schlafen will." Sie lachte.

„Wollen wir nicht ins Hotel fahren, hier passiert heute Abend doch eh nichts mehr?"

„Von mir aus gerne, aber wir sollten so zwischen 5 und 6 Uhr wieder zurück sein, dann werden unsere Verdächtigen in die Gänge kommen."

Kasper griff Betine unter die Bluse: „Ich weiß gar nicht, ob ich die 20 Minuten bis zum Hotel in Melsted noch aushalten kann." Klara suchte den Hebel, um den Sitz in eine Liegeposition zu bringen.

„Nein, kein Schweinkram im Auto, nachher entdecken die Kollegen noch etwas", wandte Kasper ein. „Lass uns nach draußen gehen." Sie stiegen aus. Betine öffnete den Gürtel ihrer Hose und schob diese samt Slip auf den Boden. Dann drehte sie sich um, stützte sich auf das Autodach und schob ihre Beine auseinander. Kaspers Hose und Unterhose lagen ebenfalls am Boden. Beide bewegten sich heftig und laut stöhnend. Plötzlich hörte Betine hinter sich ein anderes Geräusch. Sie drehte sich um und sah, wie eine Stange auf Kaspers Kopf niedersauste. Sie konnte nicht reagieren, weil ihre Füße noch in ihrer Hose steckten. Gegen den nachfolgenden Schlag auf ihren Kopf war sie machtlos.

Tag 5

<u>17</u>

Jan lag noch im Bett. Er sinnierte über den gestrigen turbulenten Tag. Es hatte sich viel getan, aber noch nicht genug. Das Bild von Tobias war bisher nicht wirklich klarer geworden. Seine Eltern verklärten ihn, wie Eltern das meistens mit ihren Kindern tun. Auf Bornholm schien er ein anderer gewesen zu sein. Wie anders, das war noch nicht erkennbar geworden. Sie mussten unbedingt weitere Personen aus seinem Bekanntenkreis identifizieren.

Er stieg aus dem Bett, vermutlich würden Tobias Eltern gleich vor seiner Bürotür stehen und nach Neuigkeiten fragen. Er füllte Wasser und Kaffeepulver in die Kaffeemaschine und startete sie. Nun ab unter die Dusche. Das Telefon klingelte. Karen. Das war zu dieser frühen Stunde kein gutes Zeichen.

„Guten Morgen, Jan. Ich stehe hier bei Kasper und Betine in der Nähe von Per Bjergs Haus. Sie wurden beide niedergeschlagen und sitzen auf dem Boden, angekettet an einen Baum."

„Verdammt, es hat sie also jemand entdeckt. Bjerg scheint draußen doch Leute gehabt zu haben. Wie geht es den beiden?"

„Sie haben ziemlich üble Beulen am Kopf, ich würde auf eine Eisenstange tippen. Ich habe schon unseren Arzt und die Spurensicherung alarmiert. Betine kommt langsam zur Besinnung, Kasper ist noch ziemlich benebelt. Sie müssen die ganze Nacht hier draußen gewesen sein."

„Mist, damit dürfte die ganze Aktion gescheitert sein."

„Das fürchte ich auch. Aber Jan, da ist noch etwas. Die beiden sitzen hier mit heruntergezogenen Hosen und Slips."
„Das bedeutet?"
„Das bedeutet, dass der Täter sie entweder lächerlich machen wollte und ihnen die Klamotten heruntergezogen hat. Oder sie hatten gerade Sex miteinander, als der Täter zuschlug."
„Das wird ja immer besser. Hast du sie darauf schon angesprochen?"
„Nein, sie sind noch nicht wieder klar genug."
„Hast du die beiden anderen Teams schon informiert?"
„Nein, noch nicht, das tue ich gleich. Und Kopenhagen muss auch Bescheid wissen."
„Ja, aber das muss das restliche Team erledigen, also Preben oder einer der anderen."
„Ja, ich schaue mal, was hier noch anliegt, wenn Knud die beiden untersucht hat, und komme dann schnellstmöglich ins Büro."
Der Kaffee war inzwischen durchgelaufen. Jan nahm einen Becher mit ins Bad, stellte ihn auf die Ablage und stieg unter die Dusche. Auch dieser Tag versprach viel Abwechslung.

Als Jan in die Polizeizentrale kam, saß Ditte schon an ihrem Platz. Jan gab ihr ein Zeichen, ihm zu folgen. Er schloss die Tür.
„Du weißt, Karen ist in die Ermittlungen der Kopenhagener eingespannt, über die sie nicht sprechen darf. Die Kopenhagener haben das heute Nacht versemmelt. Wie und wo, kann Karen erzählen, wenn sie mag. Nur, dass du dich nicht wunderst, wenn sie den Rest der Woche doch wieder vermehrt hier ist."
„Ist die ganze Aktion abgesagt?"

„Darüber wird in der *Rigspoliti* entschieden werden, aber sie werden keine andere Wahl haben."

„Und besteht die Option, dass wir das übernehmen?"

„Das will ich nicht hoffen. Wir haben mit dem Mord an Tobias genug zu tun, das ist unsere Baustelle. Das andere ist eine Kopenhagener Baustelle, und das soll sie auch gerne bleiben. Was hat dein Besuch in Allinge ergeben?"

Ditte berichtete, was Nana Kubiak ihr erzählt hatte. Jan hörte ruhig zu: „Okay, danke. Glaubst du ihr?"

„Ja", antwortete Ditte mit voller Überzeugung. „Vielleicht nicht jedes Wort. Aber dieses Unwohlsein, diese Beklemmung, die glaube ich ihr. Und ich bin sicher, dass wir dort auf der richtigen Spur sind."

„Wie meinst du das?"

„Nun, ich bin sicher, dass der Grund mit der Kirche zu tun hat, sonst hätte der Täter ihn nicht an die Glocke in Rutsker gebunden. Vielleicht kommt sogar der Täter selbst aus der Kirche. Und möglicherweise spielt auch Sex eine Rolle, Tobias war ja zumindest als Charmeur und Schürzenjäger wohl recht aktiv. Vielleicht ist da etwas passiert, was ihm jemand übelgenommen hat."

Jan dachte nach: „Ja, das könnte sein. Aber das ist mir noch zu spekulativ. Ich möchte gerne mehr von seinen Bezugspersonen auf Bornholm kennenlernen. Bekannte, Freunde, vielleicht auch Freundinnen."

„Ja, Jan, natürlich müssen wir auch das erledigen. Aber ich möchte auch mehr über die wissen, die wir schon kennengelernt haben. Über die Bendtsens, um die sich Christian gerade kümmert. Und über Peter Winther, den Küster. Und vielleicht kann uns auch dieser Pastor in Nexø noch helfen, mit dem hat Tobias doch viel erzählt."

„Frank Schou, ja, an den habe ich sowieso noch Fragen. Ich rufe ihn gleich einmal an und frage ihn, ob ich vorbeikommen kann. Sind Tobias Eltern noch gar nicht dagewesen?“

„Nein, anscheinend wollen sie uns heute in Ruhe lassen.“

„Warte ab, noch ist der Tag nicht vorbei, es wird gleich erst 10 Uhr.“

Christian war früh aufgestanden und hatte sein morgendliches Fitnessprogramm durchgezogen. Dieses Zimmer würde er in einem halben Jahr aufgeben müssen, wenn seine Tochter oder sein Sohn das Licht der Welt erblickte. Es sei denn, sie würden zuvor noch ein größeres Haus finden. Er hatte die Kaffeemaschine angestellt und war unter die Dusche gegangen. Christian trocknete sich ab und nahm die letzten Schlucke aus seiner Flasche State. Dann ging er in die Küche, wo Lærke schon mit einem Becher Kaffee stand. Er gab ihr einen Kuss auf die Backe, dann verschwand sie im Bad. Es ging ihr gut, die Schwangerschaft bereitete ihr bisher keine Probleme. Es war alles entspannt.

„Alles in Ordnung bei dir? Du wirkst etwas angespannt.“ Lærke kam aus dem Bad zurück.

„Ja, es ist eigentlich alles in Ordnung. Aber der neue Fall, weißt du. Ich hoffe, dass ich gleich ein paar wichtige Puzzleteile finde, die uns einen ordentlichen Schritt nach vorne bringen.“

„Ich drücke dir die Daumen.“ Lærke wusste um den Ehrgeiz ihres Mannes. Er wollte Karriere machen und seiner größer werdenden Familie Sicherheit bieten. Das ließ ihn manchmal über das Ziel hinausschießen. Aber wenn sie es richtig verstand, hatte er vorgestern

wichtige Zusammenhänge entdeckt. Dieser tote
Deutsche hatte wohl etwas mit einer Pastorin gehabt,
in Rutsker? Oder war das in Allinge? Es lief gut für ihn,
das war schön für ihn und leichter für sie. Ihr ging es
bestens mit dem Zwerg im Bauch. Es war noch ein
paar Monate hin, aber ihre Freude wuchs von Tag zu
Tag.
Christian nahm sie in den Arm: „Wie geht es dir?“
„Prächtig“, antwortete Lærke. „Ich freue mich so sehr.
Ich bin unglaublich gespannt.“
„Ja, ich auch, wir müssen uns dringend um den Namen
kümmern.“
„Christian“, lachte sie, „es dauert noch ein paar
Monate, wir haben keinen Druck.“
„Wenn du meinst.“ Sie gaben sich einen langen Kuss.
Lærke riss sich los: „Ich muss fahren.“

Christian setzte sich wieder hin, las die Nachrichten im
Web und räumte etwas auf. Er klickte auch wieder die
Angebote der örtlichen Makler durch. Irgendwo
musste es doch ein Haus geben, das gut gelegen, be-
zahlbar und groß genug war. Als die Uhr sich Richtung
der 10 bewegte, zog er seine Jacke an und ging zum
Store Torv. Fünf Minuten vor 10 Uhr stand er vor der
Tür der Burgundarholm Bank. Burgundarholm war
eine der ganz frühen Bezeichnungen für Bornholm,
und mit der Namenswahl wollte die Bank eine tiefe
historische Verwurzelung suggerieren, die sie nicht
besaß. Bornholm besaß keine eigenständige Bank
mehr, seit Bornholmerbanken sowie die Hasle Bank
1992 schließen mussten. Der Niedergang der Bornholmer Fischerei hatte beiden Banken die Geschäfts-
grundlage entzogen. Was sonst sollten sie finanzieren?
Die Burgundarholm Bank war um die Jahrtausend-

wende als Genossenschaft gegründet worden, 51 % gehörten den Bornholmer Bürgern, der Bornholmer Kommune 15 % und 34 % lagen bei einer der Kopenhagener Großbanken. Endlich öffnete jemand die Tür. Christian ging zu einem der Schalter, zeigte seinen Ausweis und nannte sein Anliegen. Der Mitarbeiter war sichtlich überrascht. So viel Stress gleich zu Arbeitsbeginn verstörte ihn: „Moment bitte, ich gehe einmal zu unserer Leitung.“

Kurz darauf kam der Mann in Begleitung einer hochgewachsenen Frau mit langen schwarzen Haaren und einer Brille mit breiter schwarzer Fassung zurück. Christian erkannte sie, sie war auch im politischen Leben der Insel aktiv. War sie nicht bei den Sozialdemokraten? Oder doch bei Venstre?

„Guten Tag, ich bin Helle Larsen, ich leite die Bank. Kommst du bitte mit?“ Christian folgte ihr. Das Büro war nüchtern, aber geschmackvoll mit Möbeln dänischer Klassiker eingerichtet.

„Du möchtest Informationen zu einem unserer Kunden haben. Gibt es dafür eine Genehmigung?“

„Nein“, räusperte sich Christian. „Ich dachte, die zwei Tage bis zur Genehmigung ersparen wir uns. Also, es geht um das Ehepaar Bendtsen, das jetzt in Aakirkeby wohnt. Die haben 2016 in kurzem Abstand ihre beiden Ferienhäuser in Øster Sømarken verkauft. Für wenig Geld. Und meine Frage ist nun, weshalb? Gab es Druck zum Beispiel von der Bank?“

„Weshalb interessieren dich diese Leute?“ Die Frau fixierte ihn mit ihren dunklen Augen. Christian erzählte ihr kurz von Tobias und dass er ermittelt hätte, dass die Bendtsens immer mal wieder in Geldnöten gewesen seien. Er betonte ausdrücklich, dass sie derzeit keine Verdächtigen seien, aber man sich halt mit allen Personen aus dem Umfeld des Toten befassen müsse.

Helle Larsen verzog währenddessen keine Sekunde eine Miene. Christian war irritiert, versuchte das jedoch nicht zu zeigen. Als er fertig war, nickte sie endlich: „Okay, verstanden. Ich schaue mir mal das Konto an, vielleicht kann ich dir helfen." Sie tippte vermutlich ihr Passwort in den PC. Suchend fuhr ihr Blick über den Bildschirm: „Ja, wir haben sie damals gedrängt, die Häuser zu verkaufen. Nun, gedrängt ist vielleicht nicht ganz richtig. Wir haben sie unmissverständlich dazu aufgefordert."

„War ihr Konto so überzogen?"

„Ja, und das über einen sehr langen Zeitraum. Das ging schon so um 2010 los. Dann haben sie von selbst ihr großes Haus bei Hasle verkauft und das kleinere in Aakirkeby erworben. Das war 2013. Da haben wir nicht gedrängelt, die Initiative kam von ihnen. Danach sah ihre Liquidität deutlich besser aus, aber mit der Zeit verschlechterte sie sich leider wieder. Wir haben mehr als einmal ein Auge zugedrückt, aber irgendwann geht es nicht mehr. Wir müssen uns schließlich gegenüber unseren Anteilseignern rechtfertigen, wieso wir den Leuten solche Spielräume lassen. Und an einem bestimmten Punkt können wir das nicht mehr."

„Waren die beiden Häuser denn sauber finanziert?"

Sie schaute wieder auf den Schirm: „Ja, die Anzahlung stimmte, die monatlichen Raten waren in Ordnung, die Einnahmen aus der Vermietung gut. In Sømarken vermieten sich die Häuser doch fast von selbst. Nein, sie haben nur zu viel entnommen."

„Und wie sieht es heute aus?"

„Ich glaube gut. Warte bitte kurz.“ Sie öffnete die Tür zum Schalterraum, rief jemanden und derjenige trat in das Zimmer ein.

„Das ist Thomas, der Kundenbetreuer der Bendtsens.“ Sie erklärte ihm kurz, worum es gerade ging. „Wie sieht es bei Bendtsens heute aus? Mein Bildschirm zeigt mir überschaubare Einnahmen und Ausgaben. Hast du auch den Eindruck, dass sie sich gefangen haben?“

Thomas nickte: „Ja, seit zwei Jahren ist da Ruhe eingekehrt. Mit dem Verkauf der Häuser haben sie wohl ein paar Außenstände beglichen, und nun gibt es keinerlei Probleme mehr. Sie haben ihre Rente, die ist nicht üppig, aber sie geben auch nicht viel aus.“

„Wisst ihr, weshalb sie diese Außenstände hatten?“

Thomas schaute Helle Hilfe suchend an. „Nein,“ antwortete sie, „wir können nur etwas zu den Kontobewegungen sagen. Das haben wir getan. Alles andere sind nur Vermutungen, zu denen wir nichts sagen können.“

„Okay, das verstehe ich. Vielen Dank, ihr habt mir sehr geholfen.“

„Sehr gerne.“ Helle Larsen lächelte erstmals. „Ich wünsche dir viel Glück für deine Ermittlungen.“

Draußen atmete Christian einmal tief durch. Helle hatte etwas. Sofort ärgerte er sich über seinen Gedanken. Nicht schon wieder. Er hatte zu Hause die großartigste Frau der Welt, die ihm demnächst ein Kind schenken würde. Er ging auf den Marktplatz, auf dem der Imbissstand gerade erst aufgemacht hatte. Er kaufte sich einen Fransk Hotdog mit Fransk Dressing und setzte sich auf den Brunnen. Wieso hatte er sich den gekauft? Er hasste dieses Dressing doch, nahm eigentlich immer lieber Remoulade. Egal, er wollte darüber nicht nachdenken, sondern musste jetzt ins Büro fahren.

Im Büro berichtete Christian von seinem Besuch bei der Bank.
„Spielsucht", lautete der kurze Kommentar von Ditte.
„Wie kommst du darauf?", fragte ein überraschter Christian.
„Wenn die Häuser soweit in Ordnung sind, aber auch nicht groß investiert wurde. Wenn die Bank nichts von irgendwelchen Wertpapieren und Wertverlusten weiß. Wenn sie keine Porsches vor der Tür haben, wohin sollen sie dann Geld verloren haben? Ich könnte mir jedenfalls vorstellen, dass einer von den beiden mit üblen Typen Karten gespielt oder zu oft am einarmigen Banditen gedrückt hat. Oder auf Pferde gewettet hat."
Ihre beiden Kollegen ließen diese Idee sacken. „Sie haben Kinder, vielleicht lässt sich das über die herausbekommen", schlug Christian vor.
„Ja, aber das ist für mich nur die zweitbeste Idee", kam es von Jan. „Gib ihnen erst die Chance, es selbst zu sagen. Fahr einfach heute noch hin. Ob sie jemanden unterstützen mussten, eines ihrer Kinder vielleicht. Oder frag sie nach einer Therapie, die sie vielleicht gemacht haben. Und ob Tobias ihnen finanziell geholfen hat. Ditte wird sich mit Peter Winther befassen, von dem kommt sie anscheinend nicht los." Jan grinste. „Und ich fahre nochmal zu Frank Schou, dem Pastor von Nexø und Povlsker."

Ditte schüttelte noch immer den Kopf. Sie käme von Peter Winther nicht los, hatte Jan gemeint. Ja, er hatte gegrinst, sie wusste, wie er das meinte. Aber sie war in ihren 44 Jahren auf dieser Erde kaum einem ekelhafteren Menschen begegnet als ihm. Sie konnte nicht wirklich beschreiben weshalb. Die gedrungene Gestalt, diese extrem altbackenen Anzüge, diese klebrigen, so schrecklich quer über die Glatze gekämmten Haare. Es war alles, wirklich alles furchtbar an ihm. Er ging auch nicht normal, er schlich. Und war neugierig ohne Ende. Der versteckte etwas, da war sich Ditte ganz sicher. Ob das mit Tobias zusammenhing, das würde sie noch herausfinden.

Sie fand im Web verhältnismäßig wenige Informationen über ihn. Er war 64 Jahre alt, in Sorø auf Seeland geboren, gelernter Tischler. Als ein solcher hatte er wohl auch einige Jahrzehnte gearbeitet. Das hatte sie in einem Artikel in den „Sjællandske Nyheder" gelesen, in der Nähe von Slagelse auf Seeland hatte er 2014 seine erste Stelle als Küster angetreten, der Ortsname sagte Ditte nichts. Der Pastor der Gemeinde hieß ihn in der Zeitung mit warmen Worten willkommen. Nach nur drei Jahren dort war Winther 2017 nach Bornholm gezogen. Auch hier freute sich der Pastor wohl sehr, jedenfalls laut „Bornholms Tidende". Winther musste also noch drei Jahre arbeiten. Persönliches stand nicht in dem Artikel, nichts über eine Frau oder einen Mann, über Kinder oder Sport, irgendwelche Sammelleidenschaften oder irgendetwas, was ihn hätte sympathisch machen können. Er wiederholte ständig, dass er erst spät zu Gott gefunden habe, nun aber sein Leben zu 100 % ihm widmete. Das war nicht verwerflich, musste Ditte zugeben. Sie konnte ihm nichts vorwerfen, es gab keine Anhaltspunkte für ein fehlerhaftes Verhalten. Es gab keinen Grund, gegen ihn zu ermitteln. Nur Ditte Holms Verdacht.

Christian wiederum war wohl selten in seinen 34 Jahren auf dieser Erde so feindseligen Blicken ausgesetzt gewesen wie denen von den Bendtsens. Sobald er seinen Dienstausweis gezeigt hatte, hatten sich deren Mienen verfinstert.
„Warum kommst du? War es dem Fernsehkommissar hier nicht fein genug?", merkte Birgitta Bendtsen gleich an.
„Mein Kollege Jan Kofoed ist kein Fernsehkommissar", lächelte Christian.
„Doch, natürlich, wir haben ihn doch im Fernsehen gesehen."
„Ja, aber er ist ein richtiger Kommissar. Fernsehkommissare sind Schauspieler, die nur einen Kommissar spielen"
„Ach was, er war doch im Fernsehen."
Christian beschloss, diese Diskussion nicht fortzusetzen. Die beiden sahen tatsächlich etwas verlottert aus, wie Ditte und Jan sie beschrieben hatten. Es miefte im Haus, das sicherlich schon länger einen neuen Anstrich außen verdient hatte, wie ihm gleich aufgefallen war.
„Wir haben inzwischen Kontakt zu den Eltern von Tobias. Sie haben uns erzählt, dass ihr sie jedes Jahr um einen Vorschuss angefragt habt."
„Das ist nicht verboten", übernahm gleich Gunnar Bendtsen das Wort.
„Das habe ich auch nicht behauptet. Wofür brauchtet ihr das Geld?"
„Müssen wir dir nicht sagen."

„Nein, gewiss nicht. Aber ihr habt immer irgendwelche Baumaßnahmen vorgeschoben, von denen später nichts zu sehen war.“

„Kann ich mich nicht dran erinnern.“

„Jedenfalls waren die Schusters davon nachher so genervt, dass sie nicht mehr nach Bornholm gefahren sind. Zumindest Agnes und Jürgen.“

„Hätten ja ein anderes Haus nehmen können.“

„Habt ihr Tobias auch angepumpt?“

„Wir haben Tobias nicht angepumpt und seine Eltern auch nicht.“ Gunnars Stimme wurde lauter und empörter. „Wir haben nur um etwas Anzahlung gebeten, wie es das jedes Vermittlungsbüro auch tut.“

„Hat Tobias euch sonst irgendwie geholfen?“

„Was soll die Frage? Womit geholfen? Nein, nix. Wir haben ihm geholfen, so war das nämlich.“

„Inwiefern habt ihr ihm geholfen?“

„Na damals, als er mit diesem Brian hier war, da haben wir den Preis nicht erhöht. Obwohl der sich sicherlich auch mal gewaschen hat.“

„Was für ein Brian?“ Nun wurde es für Christian äußerst interessant.

„Na, das war auch so ein Student.“

„Hat der ebenfalls in Hamburg studiert?“

„Das wissen wir nicht, aber das war ein Däne, und ich glaube, der studierte auch in Dänemark. Und der sollte bei diesem Buch mitschreiben.“

„Was hat der denn studiert?“

Gunnar zuckte mit den Schultern: „Keine Ahnung, wir haben mit den beiden kaum gesprochen, die waren so beschäftigt. Irgendetwas mit Forschung, ja, das haben sie mal gesagt.“

„Und wann war das?“

Sie überlegten beide kurz, dann sagte Birgitta: „Ich bin sicher, dass es 2016 war."

„Und dieser Brian war nur das eine Jahr mit?"

„Ja, wir haben im Jahr darauf nach ihm gefragt. Aber Tobias meinte nur, sie hätten sich aus den Augen verloren, Brian hätte kein Interesse mehr an der Zusammenarbeit am Buch gehabt. Ich glaube, er hat seinen Namen nie wieder genannt."

„Interessant. Weshalb habt ihr eure beiden Häuser in Øster Sømarken verkauft und seid von eurem größeren Haus bei Hasle in das kleinere hier gezogen?"

„Ja, weil das alles zu groß war und wir das nicht mehr alles geschafft haben. Putzen und reparieren und so." Christians Laune wurde schlechter: „Ich glaube, es lag eher am Bezahlen. Die Bank hat euch die Pistole auf die Brust gesetzt."

„Wer sagt das? Die Bank? Diese Arschlöcher? Bloß weil wir mal kurz das Konto überzogen haben."

„Wie ihr von den Fernsehkommissaren wisst, verraten die nie ihre Quellen. Auf jeden Fall geschah der Verkauf nicht freiwillig."

„Ist ja nicht verboten."

„Nein. Ich frage mich nur, wofür ihr das ganze Geld genutzt habt, das ihr in euren Jobs verdient habt?"

„Ausgegeben."

„Ja, aber auch noch etwas mehr. Ihr habt an euren Häusern nichts gemacht, habt keinen schicken italienischen Sportwagen vor der Tür stehen, und auf luxuriösen Kreuzfahrten wart ihr vermutlich auch nicht. Habt ihr euch irgendwo an der Börse verspekuliert? Oder ist die Kohle für Prostituierte draufgegangen? Habt ihr eure Kinder unterstützt? Oder war oder ist einer von euch spielsüchtig?"

„Nichts davon."

„Birgitta, Gunnar, ihr könnt euch hier so bockig anstellen, wie ihr wollt. Wir bekommen es heraus. Und dann bin ich wieder hier, darauf könnt ihr euch verlassen." Er ging wortlos hinaus. Er hatte gehofft, dass einer von beiden auf seine Provokationen reagierte. Vergebens.

Frank Schou saß in seinem Büro in der Nexøer Kirche. Er freute sich, als er Jan sah: „Wie weit sind deine Ermittlungen?"
„Wenn ich weiter wäre, würde ich nicht noch einmal zu dir kommen müssen", grinste Jan.
„Vermutlich, ja. Dann frage los, in 20 Minuten bekomme ich Besuch."
„Ja gerne, danke, dass du dir Zeit nimmst. Ich hatte letztes Mal vergessen, dich zu Peter Winther zu befragen, deinem Küster. Ich finde ihn, ich sag mal, etwas speziell."
„Ja, das ist er. Er ist einem sicherlich nicht sofort sympathisch, aber er ist ein guter Mann. Ein hervorragender Küster, der sich hier für nichts zu schade ist. Er war früher Tischler und hat, glaube ich, ein wildes Leben gelebt. Viel Arbeit, viele Frauen, viel Alkohol. Er war wohl nie verheiratet, hat keine Kinder. Und dann hat er eines Tages Gott entdeckt. Er hat dem Alkohol entsagt, den Frauen ebenso. Und nun lebt er praktisch in einer Art Zölibat. Ganz konservativ in seinem Auftreten. Aber denk an Tobias, der hatte auch einen eigentümlichen Kleidungsstil, wenn auch einen anderen als nun Peter."
„Das ist wohl wahr. Du hattest erzählt, dass Tobias und du viel über eure Träume und Erwartungen gesprochen habt. Ist dir noch etwas Konkretes einge-

fallen? Hat er dir zum Beispiel gesagt, als was er eines Tages arbeiten möchte?"

„Das ist amüsant, dass du ausgerechnet das fragst. Denn darüber habe ich nach unserem letzten Gespräch nachgedacht und mich erinnert. Er sprach davon, dass es zwei große Träume gäbe. Entweder einen Job an einer Uni oder bei einer Stiftung zum Beispiel, wo er forschen könne. Und wo zwei seiner drei Studiengänge vereint seien, also Archäologie und Theologie. Oder Architektur und Archäologie oder eben Theologie und Architektur. Sein anderer Traum war eine Stelle auf Bornholm."

„Auf Bornholm? Als was?"

„Das hat er nicht gesagt. Aber wenn ich mir seine drei Studiengänge anschaue, dann vermutlich am ehesten als Archäologe bei Bornholms Museum. Die haben immer Bedarf, und wenn hier an Land vielleicht diese riesigen Transformatoren für den Wasserstoff gebaut werden sollen, dann wird man zunächst den Boden nach alten Gegenständen durchforsten. Für Theologie oder Architektur sehe ich keinen Bedarf."

„Nein, den sehe ich auch nicht. Aber er hätte natürlich auch etwas ganz anderes machen können, vielleicht Teilhaber eines Restaurants werden."

„Vielleicht, aber so pragmatisch hat er nicht gedacht. Der war nicht der Typ, der sich hinsetzt und fragt, was gerade gebraucht wird. Sondern der hatte einen Traum und hat sich gefragt, wie er den verwirklichen kann."

„Was hat ihn an Bornholm so fasziniert, deiner Meinung nach?"

„Hier konnte er sein, wie er wollte. Selbst seine Hemden haben die Leute nur amüsiert. Aber niemand hat ihn ausgelacht. Vermute ich zumindest. In seiner deutschen Welt kam er nicht so richtig an. Man hat ihn als wissbegierigen Wissenschaftler nicht geschätzt, sondern als Dauerstudenten, der mit dem Geld von Mama und Papa dauernd etwas Neues studiert. Und besonders gekränkt hat ihn anscheinend eine Frau. Die war wohl wunderschön, wie ein Fotomodell, meinte er. Die hat ihn leider nur ausgenutzt, war nur an seinem Geld interessiert. Und als er mehr wollte, ließ sie ihn fallen. So machte sie ihn zum Gespött an der Uni. Als er mir das erzählt hat, weinte er. Und zwar nicht zu wenig."

Jan dachte über das Gesagte nach: „Hat er einmal etwas gesagt, ob er hier auf Bornholm eine weibliche Bekanntschaft hatte?"

„Er traf sich wohl ab und an mit jüngeren Frauen. Mit denen war er irgendwo ins Gespräch gekommen, beim Kaufmann oder bei Kunsthandwerkern oder in der Kneipe. Und mit der ein oder anderen ist er auch ausgegangen. Aber ich kann mich nicht an eine erinnern, mit der es konkreter wurde. Zumindest hat er nichts davon erzählt."

„Und hat er eine konkrete berufliche Perspektive auf Bornholm erwähnt?"

„Ja und nein. Er sprach einmal davon, dass sich eine Möglichkeit ergeben hätte. Mehr könne er nicht sagen. Er würde noch daran arbeiten, dass diese Option Realität würde. Aber was das war und wo, das hat er nicht mehr erzählt."

„Ich danke dir, so langsam schieben sich die Puzzleteile zusammen. Ganz langsam zwar, aber das Bild von Tobias wird etwas klarer. Jetzt müssen wir sein hiesiges Umfeld noch besser kennenlernen." Jan ging in den Kirchenraum. Sein Blick streifte nur kurz den farbenprächtigen Altar, dann wanderte er hoch zu den zwei Schiffen, die rechtwinklig zueinander von der Decke hingen. Der grüne Dreimaster sah noch recht neu aus, während der rote Dreimaster namens „Tora" nicht Richtung Altar segelte. Ein ungewöhnlicher Anblick. Vielleicht müssten sie auch ungewöhnliche Wege gehen, um hinter das Geheimnis von Tobias zu kommen.

Jan ging zurück zum Hafen, wo er geparkt hatte. An der Würstchenbude neben dem Herrenausstatter kaufte er einen Ristet Hotdog und setzte sich auf eine Bank. Als er gerade hineinbeißen wollte, klingelte sein Telefon, Karen war dran.

„Jan, störe ich dich?"

„Ich habe gerade einen noch warmen Hotdog in der Hand."

„Gut, dann iss den in aller Ruhe, ich erzähle dir derweil kurz von meinen Erlebnissen mit den Kopenhagenern. Kasper und Betine sind ins Krankenhaus gekommen, beide haben eine schwere Gehirnerschütterung. Die beiden haben in der Tat vor dem Auto Sex gehabt und haben den oder die Angreifer nicht bemerkt. Spuren vom Überfall haben wir natürlich nicht gefunden, zumal es gegen Morgen auch noch kurz genieselt hat, da waren die Hunde selbstverständlich ohne Chance. Jedenfalls haben die anderen vier mit Kopenhagen beraten und die Aktion abgebrochen. Die Verdächtigen werden jetzt nichts Dummes mehr machen, weil sie wissen, dass sie unter Beobachtung stehen. Die Leute, die das viele Geld nun vergeblich gesetzt haben, werden es sich sicherlich zurückholen wollen. Da muss der Bech oder unserem IT-Millionär noch etwas einfallen, sonst stehen die Wettsyndikate in ihrem Schlafzimmer. Wir sollen aber nichts mehr unternehmen."

„Sehr gut, wir haben ohnehin keine Kapazitäten. Aber es könnte auch sein, dass sie ihr Vorhaben trotzdem durchziehen und hoffen, dass wir sie in Ruhe lassen oder lassen müssen. Ich nehme einmal an, dass Betine und Kasper große Probleme bekommen werden."
„Bestimmt. Etwas hat die Spurensicherung doch gefunden, nämlich noch zwei Richtmikrofone. Vermutlich hat Bjerg das Gelände überwachen lassen, gerade vor dem großen Coup beim Trabrennen. Und dazu gehörten wohl auch Richtmikrofone. Unsere Leute meinen, dass die nicht alle wieder eingesammelt haben, deshalb haben wir die zwei gefunden. Und Kasper und Betine waren wohl etwas zu laut. Angeblich hatten sie vorher das Gelände nach Mikrofonen und Lichtschranken abgesucht. Aber entweder nicht gründlich genug oder sie haben das nur behauptet."
„Nun, wenn es so war, dann haben sie aber schon vorher eure Gespräche wahrgenommen." Schweigen.
„Ja, du hast recht, verdammt, aber so weit hatte ich gar nicht gedacht. Das ist gründlich schiefgegangen. Wir sehen uns im Büro."
„Ja, bis dann."

Jan warf die Serviette in den Mülleimer und startete Richtung Rønne. So angegriffen, wie Karen gerade war, machte sie sich jetzt vermutlich für das Scheitern der Operation mitverantwortlich. Aber das war sie nicht. Die gesamte Aktion war in Kopenhagen schlampig vorbereitet worden. Wenn man es mit einem Profi wie dem IT-Millionär Per Bjerg zu tun hatte, dann checkte man das Gelände weit vorher und deutlich gründlicher, natürlich mit Spezialisten. Das war nicht geschehen. Man hatte ihn einfach unterschätzt. Der triebgesteuerte Dilettantismus von Betine und Kasper kam noch obendrauf.

Zwei Stunden später hatte sich Jan im Fitnessstudio umgezogen und ging auf das Laufband. Meist bekam er so den Kopf frei. Doch jetzt gelang das nicht. Er hatte das Gefühl, dass sie irgendetwas übersahen oder nicht genau genug durchdrangen. Er musste über sich selbst grinsen. Denn dieses Gefühl hatte er jedes Mal zu Beginn eines Falles. Das war seine Ungeduld, seine ständige Angst, dass der oder die Täter schneller waren, Spuren verwischen und unerkannt bleiben konnten.

Er hatte noch mit Christian gesprochen, der von dem sehr destruktiven Verhalten der Bendtsens berichtete. Anscheinend wollten sie eine Mauer der Unfreundlichkeit errichten und so weitere Nachfragen abblocken. Dadurch machten sie sich einfach noch verdächtiger. Sie hatten etwas zu verheimlichen, das war klar. Interessant konnte allerdings dieser Brian werden. Da hatte es wohl ein Zerwürfnis mit Tobias gegeben. Wie gravierend das gewesen war, müssten sie schnellstens herausfinden.

Hingegen erschien ihm der Küster unverdächtig. Ja, er war eine seltsame Kreatur, aber sein Pastor schwor auf ihn. Dass Menschen bei radikalen Schnitten im Leben auch äußerliche Veränderungen vornahmen, und das nicht immer zu ihrem Vorteil, passierte tagtäglich. Frauen färbten plötzlich ihre Haare, Männer ließen sich einen Bart wachsen, wer vorher bunt trug, wechselte auf schwarz, der Einrichtungsstil wurde ein ganz anderer, ach, es gab so viele Beispiele.

Tobias war ja auch eines. In Deutschland wohl optisch eher der unscheinbare Mitläufer, spielte er hier den

Insel-Casanova. Trug Hawaii-Hemden, flirtete heftig und ließ sich auch von Abfuhren nicht verschrecken. Vielleicht hatte er es hierbei übertrieben, und ein gehörnter Ehemann hatte sich gerächt. Oder eine Frau hatte sich einen Beschützer geholt, weil Tobias zu aufdringlich wurde.

Ja, Ditte würde jetzt einwenden, dass so jemand nicht den Aufwand betreiben würde, den toten Tobias an die Kirchenglocke zu binden. Gut möglich, aber das konnte auch ein Ablenkungsmanöver sein.

Er schaute auf den kleinen Monitor. Er war schon eine Weile gelaufen, aber das Tempo war viel zu niedrig. Er schaute auf sein Shirt. Das war noch staubtrocken. Er schaltete den Kopf aus und erhöhte die Geschwindigkeit deutlich.

Tag 6

<u>19</u>

„In zehn Tagen wollen wir in den Urlaub fliegen", merkte Lone an, als Ditte und sie beim Frühstück saßen. „Meinst du, ihr habt euren Fall bis dahin aufgeklärt? Oder sollen wir lieber umbuchen?"

„Wenn du mich heute fragst, glaube ich nicht, dass wir den Fall bis dahin aufgeklärt haben. Wir verfolgen zu unterschiedliche Spuren und deshalb keine wirklich intensiv."

„Habt ihr alle unterschiedliche Verdächtige?"

„Ja, genauer gesagt Jan und ich. Christian macht momentan Feldarbeit und beschafft sehr viele Informationen, die sich nach und nach hoffentlich zu einem Bild zusammenfügen. Wie läuft es bei dir in der Baubehörde?"

„Du weißt ja, wie sehr wir in der Kritik stehen. Wir würden viel zu lange für Genehmigungen brauchen, ist ja schon ein dauernder Vorwurf. Das stimmt, aber bei uns sind viele Leute in Pension gegangen, und bis die neuen Kollegen sich eingearbeitet haben, dauert es eben. Es gibt halt sehr viele Anträge für Renovierungen, An- und Umbauten. Und wenn tatsächlich der Startschuss für Bornholm als Energieinsel kommt, dann wird es Bauanträge hageln. Dann müssen Wohnungen und Häuser gebaut werden, Hotels werden neu entstehen, Läden werden erweitern wollen, das wird richtig heftig. Dann brauchen wir jede Menge Verstärkung. Das Problem ist nur, dass Bornholm kein Geld hat, diese Leute einzustellen."

„Ja, das wird turbulent. Bornholm wird seinen Charme verlieren, fürchte ich. Mit all den Windrädern vor den Stränden im Süden. Und diesem riesigen Park mit den

Umspannwerken bei Aakirkeby. Und wer weiß, was noch kommt."

„Ich bin da nicht so pessimistisch", entgegnete Lone. „Bornholm hat nun mal nur wenige Möglichkeiten. Andere Industrien werden sich hier nie ansiedeln, und als Insel der Fischer ist Bornholm Vergangenheit. Dieser Wechsel von der Fischer-Insel zur Energie-Insel ist eine riesige Chance mit neuen Arbeitsplätzen, mit mehr Einwohnern, mehr Wohnungen, besseren Straßen und Schulen. Und an den Blick auf die Windräder werden sich die Touristen schon gewöhnen. Die stehen ja draußen im Meer und nicht neben unseren Rundkirchen oder auf Hammershus."

„Na, das klingt ja alles sehr nüchtern. Ich hoffe, du behältst recht. Ich bin nicht so sicher, ich bin da anders als du. So, nun muss ich los und den Fall aufklären, damit wir in den Urlaub kommen." Sie stellte ihr Geschirr in die Spülmaschine, gab ihrer Frau einen Kuss, nahm Tasche und Jacke und stieg in ihr Auto. Lone hatte noch eine halbe Stunde Zeit. Die Sonne strahlte heute. Sie beschloss, mit Kafka auf ein nahes Feld zu gehen und mit ihm Ball zu spielen.

„Ich denke, wir sollten uns mit den Pastorinnen und Pastoren unterhalten, die wir noch nicht angetroffen haben. Vielleicht hat einer von denen doch noch eine interessante Anmerkung zu Tobias", begann Jan das Meeting mit Ditte und Christian. „Christian, dir gegenüber haben die Bendtsens gestern einen gewissen Brian erwähnt. Von dem würde ich gerne mehr wissen. Du sprichst von uns allen am besten Deutsch, könntest du dich bitte mit der Hamburger Polizei in Verbindung setzen. Die sollen bitte für uns herausbekommen, ob es 2016 einen dänischen Staatsbürger namens Brian an der Hamburger Universität gab, die Fakultät müsste etwas mit Archäologie zu tun haben. Und wer zu der Zeit sein Professor war. Ditte, möchtest du Peter Winther weiterbearbeiten?"

Ditte ging auf die kleine Provokation gar nicht ein: „Christian hatte von seinem Besuch an der Ostküste die Information mitgebracht, dass Tobias mit deutschen oder Deutsch sprechenden Frauen unterwegs war. Es gab da eine Blonde mit Nasenpiercing, die später in Allinge gesehen worden war. Ich würde diese Spur gerne aufnehmen."

„Wie willst du das anstellen?", fragte Jan. „In Allinge und Sandvig wohnen zwar zusammen nur um und bei 1.500 Menschen, aber das dauert trotzdem, diese eine bestimmte Person zu finden."

„Was macht eine deutsche Studentin auf Bornholm? Urlaub, ja. Und wenn sie keinen Urlaub macht? Dann arbeitet sie. Als was? In den Glasbläsereien oder bei den Keramikern. Wenn sie perfekt Dänisch spricht, vielleicht auch in der Gastronomie. Aber ich würde mal die Glasbläser und Keramiker befragen. Ich bin sehr sicher, dass wir dort fündig werden."

„Das ist eine ganz hervorragende Idee, mach das gerne."

In diesem Moment ging die Tür auf und Agnes und Jürgen Schuster traten ein.

„Hallo", begann Jürgen sofort, „habt ihr Neuigkeiten?"

„Nein, wir haben ein paar neue Informationen, so langsam wird das Bild klarer. Aber von der Ermittlung des Mörders sind wir noch ein Stück entfernt. Sagt bitte einmal, kennt ihr einen Kommilitonen von Tobias namens Brian, ein Däne?"

„Ja", antwortete Agnes sofort. Sie machte heute einen viel lebendigeren Eindruck als in den letzten Tagen. „Mit dem hat Tobias sich gut verstanden, ich glaube, der hat in Odense studiert. Oder in Aarhus? Ich habe es vergessen. Die hatten auch gemeinsame Pläne für dieses Buch. Aber plötzlich war es aus. Das war merkwürdig. Wir haben Tobias mehr als einmal nach Brian gefragt. Aber er meinte nur, Brian hätte die Lust verloren, hätte andere Pläne gehabt, das wäre dann eben so. Das haben wir ihm nicht geglaubt, aber was sollten wir machen?"

„Habt ihr einen Nachnamen oder eine Telefonnummer?"

„Weder noch, leider, gar nichts."

„Nun gut, darum kümmern wir uns."

„Jan, wir haben eine andere Frage", führte Jürgen aus. „Wir würden uns gerne die Wohnung von Tobias in Nexø anschauen und mit seinem Vermieter besprechen, wer die Wohnung leerräumt. Uns reicht es das ein oder andere als Andenken mitzunehmen. Ist das schon möglich?"

„Grundsätzlich ist es das, aber im Moment noch nicht. Unsere Spurensicherung hat alles gesichert und aufgelistet. Nun müssen wir nochmals durchgehen und uns Ordner und andere Gegenstände ansehen. Dann entscheiden wir, was vorerst bei uns bleibt und was verzichtbar ist. Bisher hatten wir leider dafür noch keine Zeit. Ich habe mir vorgenommen, morgen eine Weile in seiner Wohnung zu verbringen. Vielleicht kann ich danach das ein oder andere bereits freigeben."

„Gut, das verstehen wir natürlich. Wir werden auf jeden Fall hierbleiben. Wir wollen Tobias mitnehmen, ich habe schon mit einem Bestatter in Lübeck gesprochen, der zum gegebenen Zeitpunkt kommt und ihn nach Hause bringt."

„Ja, alles klar. Wir werden euch bei den Formalitäten natürlich unterstützen. Sagt mal, wie gefällt euch Bornholm eigentlich nach 13 Jahren Pause?"

„So viel hat sich nicht verändert. Na gut, bei den Geschäften schon, da hat es viele Wechsel gegeben. Aber der Plattenladen in der Fußgängerzone hier ist immer noch da, in dem waren wir oft. Die Pfeife von dem Inhaber roch so gut." Jürgen lachte. „Aber dass am Markt der wunderschöne Laden leer steht, in dem früher diese große Buchhandlung mit dem tollen Antiquariat im ersten Stock war, das ist eine Schande."

„Colbergs, ja, das ist eine Sünde. Da war zwischendurch mal ein Schnäppchenmarkt drin, und seitdem findet sich leider niemand mehr. "

„Es gibt aber auch schöne neue Sachen wie dieses Besucherzentrum bei Hammershus oder den Schmetterlingspark bei Aakirkeby", ergänzte Agnes. „Keramiker, die wir noch kannten, sind verschwunden, aber es gibt neue. Die Glasbläser sind noch da, und es gibt schöne neue Läden für leckere Sachen wie Lakritz, Schokolade oder Karamell."

Ihr Mann fiel ihr ins Wort: „Die Strände sind schmaler geworden, das ist uns aufgefallen. Das Meer hat sich viel davon geholt. Und in den Häfen liegen überhaupt keine Fischerboote mit ihren knallroten Reusenfahnen mehr, der Anblick ist besonders traurig."

„Das stimmt leider, Bornholm ist keine Fischer-Insel mehr. Und jetzt im Oktober spielt das Wetter leider auch nicht immer mit. Heute Gott sei Dank schon. Ja, dann machen wir uns wieder an die Arbeit, wenn euch noch etwas einfällt, meldet euch unbedingt", gab Jan ihm recht.

Christian holte sich einen Kaffee aus der Küche und setzte sich sofort wieder an seinen Schreibtisch. Vor einem halben Jahr hatte er während einer Recherche Kontakt zu einem Hamburger Polizisten bekommen, der ein begeisterter Bornholmurlauber war. Den würde er wieder anrufen und ihn bitten, Kontakt zur Hamburger Universität aufzunehmen. Vielleicht kamen sie so an konkretere Informationen zu diesem Brian heran.

Er durchsuchte den alten Fall und fand Namen und Telefonnummer des Hamburger Kollegen. Er hatte es nur zweimal läuten lassen, da wurde das Gespräch schon von der anderen Seite angenommen: „Hej Christian, wie schön, dass Bornholm sich meldet. Wie geht es bei euch, hattet ihr in diesem Jahr wieder viele Besucher auf der Insel? War Svaneke wieder überlaufen und gab es in Gudhjem wieder keinen Parkplatz? Und wie waren die Flohmärkte? Meine Familie hat dieses Jahr gestreikt, die wollten lieber an die Nordsee, und wir waren zwei Wochen auf Föhr. Eine deutsche Insel, von der du vielleicht schon mal gehört hast. Ist ganz nett, aber kommt nicht an Bornholm heran.“

Er atmete kurz, was Christian sofort nutzte: „Hej, toll, dass du dich gleich an mich erinnert hast. Wir hatten einen schönen Sommer mit vielen Touristen, ja. Aber wir haben auch wieder einen Mord aufzuklären, deshalb rufe ich dich an.“

„Oh, was ist geschehen?“ Christian erzählte ihm von Tobias.

„Ich bitte dich nur um zwei Dinge. Zum einen brauche ich die Namen und möglichst auch Telefonnummern von den Professoren, bei denen Tobias Seminare

absolviert oder sogar gearbeitet hat. Und in 2016 muss es an dem Institut für Archäologie, oder wie das sonst bei euch heißt, einen Dänen namens Brian gegeben haben, der mit Tobias zusammengearbeitet hat. Der hat eigentlich in Dänemark studiert, aber war vielleicht für ein Gastsemester in Hamburg."
„Puh, das sind ja einige Aufgaben. Aber ich denke, das bekomme ich hin. Wenn die Professoren heute arbeiten, das weiß man bei denen ja nie." Er lachte über seine eigene Bemerkung. „Ich melde mich schnellstmöglich bei dir."

Jan war derweil in Richtung Knudsker unterwegs. Hier wollte er mit dem Pastor über Tobias sprechen. Sein Blick fiel auf den berühmten Steinzaun, in den 44 Eisenringe zum Anbinden von Pferden eingelassen waren. Das hatte irgendetwas mit den Höfen in der Umgebung zu tun, Jan erinnerte sich nicht mehr genau, er würde Sonja fragen, sie war hier aufgewachsen. Die Kirche war verschlossen, Jan hatte aber die Adresse des Pastors. An dessen Wohnhaus hing allerdings ein Zettel an der Tür, dass er diese Woche im Urlaub sei und man sich in dringenden Fällen an die Pastorin von Nylars und Vestermarie wenden möge. Das passte gut, denn nach Nylars wollte er ohnehin. Er orientierte sich auf der engen Straße Richtung Süden, rechter Hand baute unübersehbar der Konzern NCC Granit ab. Beim Golfclub bog er auf die Straße 38 nach Nexø ab und erreichte bald Nylars.
Als er auf den Parkplatz der Rundkirche kam, ahnte er, dass das keine gute Idee gewesen war. Der Parkplatz war voll. Fragte sich nur, ob für eine Hochzeit oder eine Beerdigung. Ein kurzer Blick, dann war er sich sicher, dass es sich um eine Hochzeit handelte. Er stieg

aus und hoffte, die Pastorin zu entdecken. Die kam tatsächlich gerade fröhlich grüßend über den Platz. Jan ging schnell auf sie zu.

„Das passt jetzt gerade gar nicht", war ihre knappe Antwort auf Jans Anliegen.

„Das sehe ich, wie sieht es bei dir am Nachmittag aus?"

„Das ganze Wochenende geht nichts, du kannst am Montag um 11 Uhr zu mir kommen." Und schon lief sie weiter. Auf dem Weg zum Wagen erntete Jan noch ein paar irritierte Blicke der Hochzeitsgäste. Ja, natürlich hätte er sich denken können, dass Freitag der schlechteste Tag für solche Besuche war. Entweder Hochzeit oder Beerdigung, an Samstagen und Sonntagen kamen noch Taufen hinzu. Er hätte den gestrigen Tag dafür nutzen sollen und ärgerte sich.

Er suchte die Telefonnummer der Gemeinde in Svaneke heraus, dort war Ditte noch nicht gewesen. Eine Frau nahm den Hörer ab, die ihm auf seine Frage, ob der Pastor in einer halben Stunde für ein Gespräch zur Verfügung stehen würde, hohnlachend mitteilte, dass die beiden Pastorinnen das ganze Wochenende zwischen den Kirchen von Svaneke, Bodilsker und Ibsker pendeln würden, die eine müsse Sonntag sogar nach Christiansø. Sie könne ihm Montag um 11 Uhr anbieten. Jan dankte, sagte, da hätte er schon etwas vor, er würde sich nochmals melden. Gut, dass er angerufen und sich so den Weg auf die andere Seite der Insel erspart hatte.

Amalie Bond war noch eine Alternative, die Pastorin von Hasle und Rutsker, wo Tobias auf die Glocke gebunden worden war. Er rief sie an, und tatsächlich hatte sie gleich eine Stunde Pause. Er solle nach Hasle kommen. Also drehte er wieder um in Richtung Rønne, umfuhr die Hauptstadt auf dem Ringvej und hoch nach

Hasle. Er fühlte sich plötzlich ziemlich müde, obwohl die Sonne heute ihr Bestes gab. Hoffentlich gab es im Pastorat Kaffee.

Ditte war ebenfalls nach Hasle gefahren, dann aber auf die Umgebung nach Rutsker abgebogen. Die Landschaft wurde allmählich hügeliger, nach Rutsker ging es nur aufwärts. Sie sah bereits den Tatort, die Kirche. Eigentlich hatte sie keine Zeit auszusteigen und die grandiose Sicht über die Felder, die See und hinüber nach Schweden zu genießen. Aber auf die zwei Minuten kam es nun auch nicht an. Zumal die Sonne heute herrlich schien. Sie blickte nach Schweden, ein paar Schiffe waren in der Fahrrinne zu sehen. Sie musste daran denken, dass Lone von ein paar Enthusiasten erzählt hatte, die einen Tunnel von Bornholm nach Schweden forderten. Der wäre wohl so um 35 Kilometer lang, dazu kämen die Ein- und die Ausfahrt, insgesamt 50 Kilometer. Verrückt. Lone hatte gemeint, angesichts der Kosten würde das nie etwas werden. Sie musste es ja wissen, sie war die Fachfrau.
Bald führte sie der Weg durch Olsker mit dem großen Antikgeschäft. Lone und sie waren dort nur zweimal gewesen, es war ihnen einfach zu unaufgeräumt. Dann bog sie Richtung Gudhjem ab. Bald hatte sie die Keramikwerkstatt von Line Bonde erreicht. Von ihr hatte die Pastorin aus Olsker gegenüber Christian erzählt. Sie hatte im Sommer eine deutsche Praktikantin, die eine Zeit lang viel Kontakt mit Tobias hatte. Der war wohl irgendwann abgeebbt und bald ganz eingeschlafen.
Ditte betrat die Werkstatt. Eine blonde Frau so Ende 40 schaute auf. Sie war hager, das Gesicht etwas eingefallen, den Augen fehlte ein Strahlen. Aber sie ver-

suchte zu lächeln. Das Arbeiten mit dem Ton hatte die Hände in Mitleidenschaft gezogen, sie waren völlig zerfurcht.

„Hallo, willst du dich erst umschauen?"

„Nein danke. Ich bin Ditte Holm von der Bornholmer Polizei." Ditte erklärte ihr, weshalb sie gekommen war. Der Gesichtsausdruck der Keramikerin wurde zunehmend kälter.

„Ein ekelhafter Kerl, wie aus einem ganz billigen amerikanischen Film. Diese lächerlichen Hemden, das Mini-Cabrio und ein Gehabe, als wenn er Keanu Reeves wäre. Ich mochte ihn vom ersten Augenblick an nicht. Der hat sich gleich ganz gezielt an Charu herangemacht, aber ich habe nichts gesagt, ich wollte ihr das nicht gleich verderben."

„Wo kam Charu her, ich meine, aus welchem Land?"

„Charu heißt Gupta mit Nachnamen, sie ist eine Deutsche, auch wenn ihr Name nicht so klingt. Ihre Eltern sind aus Indien eingewandert, sie sind wohl beide in der IT tätig. In Hamburg, bei einem Flugzeugbauer. Charu ist in Hamburg geboren worden. Ein so hübsches Mädchen, ich habe noch nie so eine wunderschöne Frau gesehen, glaube ich."

„Wie ist Charu zu dir gekommen?"

„Jedes Jahr fragen Studierende oder Auszubildende an, ob sie hier im Sommer ein Praktikum machen können. Bornholmer Keramik hat einen hervorragenden Ruf, die Insel ist schön, das reizt viele. Ich habe die letzten Jahre immer Praktikanten hier gehabt, aus Deutschland und Dänemark, aus Schweden und aus Polen, sogar aus dem Baltikum und Finnland. Sie studiert Bildende Künste in einer Stadt, die Greifswald heißt. Sie hat bei mir angefragt, wie viele andere auch."

„Weshalb hast du sie genommen?"

Ein leichtes Grinsen ging durch Lines Gesicht: „Sie war die Erste, die für dieses Jahr angefragt hatte. Und mir gefielen ihre Arbeiten, sie hatte Fotos mitgeschickt."

„Wie lange bleiben die meisten?"

„Manche vier Wochen, andere Monate. Sie haben bei mir freie Unterkunft, bekommen Essen und etwas Taschengeld. Dafür arbeiten sie in meinem Auftrag, sie können eigene Ideen umsetzen, müssen aber auch zum Beispiel Teller und Becher nach meinen Vorlagen erstellen. Die ich dann hier verkaufe."

„Und wann kam sie, wie lange blieb sie?"

„Sie kam Anfang Juni und wollte bis Anfang August bleiben. Und dann ist sie ganz kurzfristig Ende Juli gefahren."

„Weshalb, hat sie das gesagt?"

Line schüttelte heftig den Kopf: „Nein, sie sagte, sie müsse überraschend weg, aus privaten Gründen. Ich habe sie zwei, drei Tage später nochmals gefragt, aber sie hat nichts gesagt."

„Wenn ich das richtig gehört habe, hatte sie zunächst engen Kontakt zu Tobias und der wurde dann weniger. Hat sie dazu etwas gesagt oder hast du eine Vermutung?"

„Nein, keine und sie hat auch nichts gesagt. Das war so das Übliche, er hat gerade wenig Zeit, ich habe gerade wenig Zeit, ich muss noch für das Studium lernen, Tobias sitzt gerade an seinem Buch und so weiter."

„Du mochtest ihn nicht, daran hast du gerade keinen Zweifel gelassen."

„Stimmt. Er hatte so etwas Unangenehmes. Ich kann es dir nicht beschreiben, was es genau war. Er war einerseits so schleimig, andererseits so bestimmend, jedenfalls wenn er hier war. Er umgarnte Charu, und dann verfiel er plötzlich in den Befehlston. Ich musste mich immer schütteln, wenn ich ihn sah. Nicht nur wegen seiner Hemden."

„Du warst also froh, als die Beziehung zerbröselte?"

„Ja, das war ich."

„Hast du Kinder?"

„Ja, Zwillinge, zwei Mädchen. Sie haben gerade mit ihrem Studium in Kopenhagen begonnen." Line hatte anscheinend Vertrauen zu Ditte gefasst und geriet ins Plaudern. „Dort lebt auch ihr Vater. Zu ihm habe ich immer noch einen guten Kontakt, es passte nur einfach nicht mehr. Er lebt in einer anderen Welt als ich, er ist ein sehr erfolgreicher IT-Unternehmer. Er nimmt meinen Beruf nicht ernst."

Das war keine Information, die Ditte gerade half, sie versuchte wieder zurück auf den Fall zu kommen: „Ihr Kunsthandwerker kennt euch ja gut untereinander, unterstelle ich mal. Weißt du, wer noch deutsche Praktikantinnen in diesem Sommer hatte? Oder welche, die sehr gut Deutsch sprechen?"

„Charu hat sich öfter mit einer Leonie getroffen, ebenfalls eine Deutsche, die war bei Kathe, Kathe Kyster, die hat auch eine Keramikwerkstatt, die findest du in Østermarie am Ortsausgang Richtung Svaneke."

„Ja, die kenne ich, da haben meine Frau und ich mal Kaffeebecher gekauft. Vielen Dank, du hast mir sehr geholfen." Der kurze, verwunderte Blick entging Ditte nicht.

Draußen beschloss sie, nicht direkt nach Østermarie zu fahren. Stattdessen steuerte sie den Wagen das kurze Stück Richtung Gudhjem. An der Tankstelle am Ortseingang holte sie sich einen Kaffee und fuhr hinunter zum Hafen. Heute hätte sie hier sogar einen Parkplatz gefunden. Aber sie fuhr weiter bis Nørresand, dem kleinen Zweithafen der Stadt. Wenn die Boote den eigentlichen Hafen wegen eines Sturmes nicht anlaufen konnten, fanden sie hier Unterschlupf. Sie setzte sich auf eine Mauer und nippte an dem heißen Becher. „Unangenehm" war das Wort, was ihr in Erinnerung geblieben war. Line hatte so etwas beschrieben, was auch Nana Kubiak, die Allinger Pastorin, erwähnt hatte. Eine Mischung aus Charme und Drängeln. Verbunden mit einer nicht gerade hohen körperlichen Attraktivität. Was wollte Tobias wirklich auf Bornholm? War er tatsächlich der große Wissenschaftler, der seit Jahren an einem Buch saß? Versteckte er sich hier vor seinem Alltag in Deutschland? Konnte er auf Bornholm etwas ausleben, was ihm sonst nicht vergönnt war? So sehr auf der einen Seite das Bild von ihm an Kontur gewann, so sehr kamen ständig neue Fragen hinzu.

Jan hatte den Wagen in der Storegade in Hasle abgestellt. Erst vor knapp zwei Wochen hatte hier der letzte Fall sein dramatisches Ende genommen. Er schaute kurz zum Haus des Opfers. Er selbst hatte handwerkliche Fehler begangen, die er sich nicht verzeihen konnte. Aber die Täter waren gefasst, nun galt es, diesen aktuellen Fall aufzuklären. Amalie Bonde erwartete ihn bereits vor der Kirche. Sie gingen hinein. „Seid ihr in euren Ermittlungen weitergekommen?"
„Ja und nein. Unser Bild von Tobias Schuster wird langsam klarer. Aber einen Verdacht haben wir noch nicht. Was spricht man in Pastorenkreisen über diesen Fall?"
„Gar nichts, ehrlich gesagt. Das ist den meisten egal. Was alle aufregt, ist, dass eine Glocke so missbraucht wurde. Aber Tobias interessiert niemanden mehr. Den

fanden anfangs alle interessant, weil er viel wusste, gut redete und dieses Buchprojekt über die Kirchen angekündigt hatte. Aber als das nie kam, hat ihn auch keiner mehr ernst genommen. Für die meisten war er ein Aufschneider und Schwätzer. Ich glaube, Frank Schou in Nexø ist der Einzige, der noch einen engeren Kontakt zu ihm hatte."

„Wir knobeln noch daran, was der Täter uns mit diesem Anbinden an die Glocke sagen will. Das wirkt äußerst symbolisch."

„Ja, aber keine Pastorin, kein Pastor oder sonst wie in der Kirche Engagierter würde eine Glocke auf diese Weise entweihen."

„Da hast du recht. Aber vermutlich hat ein kirchlicher Zusammenhang diese Tat ausgelöst."

„Vielleicht. Es kann auch das Legen einer falschen Spur sein. Oder der Täter wollte einfach etwas Symbolträchtiges machen, ganz ohne weitere Hintergedanken."

„Welchen Bezug hatte Tobias zu deiner Gemeinde?"

„Du meinst, weil er in Rutsker an die Kirchenglocke gebunden wurde?"

„Ja, deswegen."

„Er hatte überhaupt keinen Bezug, soweit ich weiß. Vielleicht gab es unten in Nexø Ärger, und davon soll der Fundort in Rutsker ablenken."

„Ja, das kann natürlich auch sein."

„Wie geht es dir selbst eigentlich?"

Jan schaute sie verwundert an: „Wie meinst du das?"

„Ich habe nach der Tat am Sonntag nachgeschaut, was über dich so in der Zeitung stand. Ich hatte mich nur erinnert, dass du ein sehr erfolgreicher Ermittler warst, alles andere hatte ich vergessen. Du hast deine Frau an Corona verloren. Ich nehme an, dass das sehr schwer war. Deshalb meine Frage. Aber entschuldige, das ist meine Berufskrankheit als Seelsorgerin, du musst mir nicht antworten."

„Mir geht es einerseits immer noch sehr schlecht, Tove war eine wunderbare Frau und unsere Ehe großartig. Diese Wunde wird nie verheilen. Aber es geht mir andererseits auch gut. Ich habe eine neue Partnerin, in die ich mal in meiner Schulzeit sehr verliebt war. Wir haben uns wiederentdeckt, sie ist verwitwet, wir sind miteinander einfach glücklich. Und mein Team bei der Polizei ist großartig, wir finden immer stärker zusammen. Ja, und Bornholm ist meine Heimat, hier habe ich meine Wurzeln. Das habe ich so in den letzten Jahrzehnten nicht gespürt, aber jetzt ist dieses Gefühl zurückgekehrt."

„Das klingt sehr schön, was du sagst. Ich wünsche dir, dass du immer mehr zur Ruhe kommst."

„Ich habe eine Frage bisher nicht beantwortet, drücke mich vor ihr. Vielleicht kannst du als Fachfrau einen Rat geben? Tove liegt in Kopenhagen begraben. Ich weiß nicht, ob ich sie hierherholen soll. Oder ich eines Tages zu ihr gehe."

„Wo hat sie ihre Wurzeln?"

„Ich denke, sie hatte keine, zumindest nicht so wie ich. Sie kommt eigentlich aus Jütland, aber das war ihr immer egal. Sie hatte keine räumliche Heimat, wenn du so willst. Ihre Heimat war die Welt der Musik, der Kunst und der Bücher."

„Dann hast du die Frage doch schon beantwortet."

Amalie Bonde lächelte ihn an und verließ die Kirche.

Jan blieb noch einen Moment sitzen. Er schaute hinauf zu „Emanuel", so hieß der mächtige Segler, der hier hing. Diese Schiffe symbolisierten das Leben, sie fuhren immer Richtung Altar, also zu Gott. So wie alle

es eines Tages tun. Seine Augen wurden feucht. Hatte
er die Frage gerade beantwortet?

<u>21</u>

Christians Telefon meldete sich. Eine deutsche
Nummer erschien auf dem Display, aber nicht die der
dortigen Polizei. Er nahm das Gespräch an.
„Guten Tag, hier ist Professor Kreutzer von der Universität in Hamburg. Ich habe von der hiesigen Polizei
gehört, dass Sie nach Informationen über Tobias
Schuster suchen. Er ist als Assistent bei mir im Institut
tätig. Was kann ich für Sie tun?"
Christian brauchte nur einen kleinen Moment, um sich
auf diese überraschende Situation einzustellen: „Ja,
vielen Dank, dass Sie mich so schnell anrufen." Die
Deutschen mit ihrer formalen Sprache, mit „Du" und
„Sie". „Ja, also Tobias ist tot. Ich weiß nicht, ob mein
deutscher Kollege Ihnen das schon gesagt hat?"
„Was? Nein, wieso? Nein, er hat nichts gesagt. Tot?
Tobias? Wie das? Was ist passiert? Ein Unfall?"
Christian berichtete ihm die Geschehnisse der letzten
Tage in Kurzform: „Herr Professor Kreutzer, meine
erste Frage ist, wie Sie Tobias beschreiben würden?"
„Puh, das ist nicht so einfach nach so einer schockie-
renden Nachricht. Also, Tobias war ein sehr schlauer
und fleißiger Mann. Er hatte bereits Theologie
studiert, dann Archäologie an meinem Institut und
nun eben noch Architektur. Das ist sehr ungewöhnlich. Aber er träumte von dem Beruf des Universalgelehrten, er wollte sich in vielen Bereichen aus-
kennen. Eine gewisse Oberflächlichkeit ließ sich da
nicht vermeiden. Als Archäologe war er gut, aber ich
hatte auch bessere Studenten."

„Sie haben ihn trotzdem als Assistenten eingestellt."
„Ja, er ist zuverlässig und für viele junge Studenten eine Art Fixpunkt. Er verkörperte Ruhe und Erfahrung, das schätzen viele, wenn sie hier anfangen und noch ohne Orientierung sind. Er arbeitet auch weiterhin bei mir, obwohl er inzwischen Architektur studiert. Nein, das ist ja jetzt Vergangenheit."
„Soweit ich weiß, ist er manchmal während der Semester nach Bornholm gefahren."
„Ja, das habe ich ihm genehmigt. Ich hatte das Gefühl, dass er das braucht, und das war kein Problem. Er konnte doch auch von dort arbeiten."
„Also ist er am Institut sehr angesehen."
„Bei den jüngeren Studenten ja, bei den älteren sehr wenig. Wie gesagt, die waren teilweise fachlich besser. Und Tobias hatte bei denen so etwas das Image des Dauerstudenten, der mit dem Geld von Mama und Papa seinem Hobby Studium nachgeht."
„Aber richtige Feinde hatte er nicht?"
„Nein, jedenfalls nicht, dass ich wüsste."
„Es müsste 2016 einen dänischen Studenten gegeben haben, Vorname Brian. Erinnern Sie sich an den?"
„Ja, Brian, an den erinnere ich mich. Wie hieß er noch mit Nachnamen? Moment, ich schaue kurz nach. Ja, genau, Brian Rose. Er kam aus Odense, studierte dort Ur- und Frühgeschichte und war für ein Semester hier. Ich glaube, er verstand sich mit Tobias sehr gut. Aber ob sie später noch Kontakt hatten, weiß ich nicht."
„Danke, Herr Professor Kreutzer, das war erst einmal alles. Wenn ich noch weitere Fragen habe, werde ich mir erlauben, Sie anzurufen."
„Machen Sie das, sehr gerne."

Christian schnaufte erleichtert durch. Deutsch fiel ihm recht leicht, aber sich auf das deutsche „Sie" zu konzentrieren war anstrengend.

Er holte sich eine seiner State Energydrink-Flaschen aus der Küche und setzte sich wieder an seinen PC. Brian Rose fand er schnell, der arbeitete jetzt beim DANAHE in Kopenhagen. Der Verein sagte ihm spontan nichts. Er suchte die Website auf. Danmarks Natur Helter (Dänemarks Natur Helden) verbarg sich hinter der Abkürzung. Wenn er es richtig verstand, verfolgte der Verein das Ziel der Bewahrung der dänischen Natur. Er würde ihn gleich einmal kontaktieren, wenn er nicht schon im Feierabend war. Der Freitag neigte sich allmählich seinem Ende zu, zumindest als Arbeitstag.

Christian suchte sofort die Nummer vom DANAHE in Kopenhagen heraus und wählte sie. Er ließ sich zu Brian durchstellen.

„Hallo, ich bin Brian."

Christian stellte sich vor und berichtete kurz vom Grund seines Anrufes.

„Ich wünschte, ich hätte diesen Verbrecher nie getroffen."

„Oh, das ist eine harte Aussage. Wie kommst du dazu?"

„Das ist eine längere Geschichte, die ich aber jetzt nicht erklären kann. Ich bin auf dem Sprung und will gleich mit ein paar Freunden nach Schweden. Montag bin ich hier im Büro, den Rest der Woche unterwegs in Projekten."

Christian hatte das Gefühl, Brian könnte ein wichtiger Gesprächspartner werden, und deshalb sollte jemand aus dem Team mit ihm reden: „Dann würde einer von uns am Montag nach Kopenhagen kommen. Wann hättest du Zeit?"

Brians Widerwillen war spürbar: „Okay, wenn´s sein muss, hätte ich ab 12 Uhr bis ungefähr 14 Uhr Zeit."
„Sehr schön, dann blockiere diese Zeit doch für uns, ich melde mich noch und sage dir, wer kommt."
Er schrieb Ditte und Jan eine kurze Nachricht, verbunden mit der Frage, wer kurzfristig am Montag nach Kopenhagen fahren könne oder solle. Die Entscheidung lag bei Jan.

Nachdem sich Amalie Bonde von ihm verabschiedet hatte, war Jan noch etwas in der Kirche sitzen geblieben, bevor er nach draußen ging und zwischen den wenigen Gräbern schlenderte. Einen Moment blieb er vor dem imposanten Grab des großen Opernsängers Vilhelm Herold stehen. Gedanken schossen durch seinen Kopf, ungeordnet und wild. Er dachte über das nach, was Amalie Bonde ihn gefragt hatte. Sein Telefon vibrierte. Eine Nachricht von Christian. Wer kurzfristig nach Kopenhagen könne oder solle. Diese Nachricht setzte Jan etwas unter Druck. Und zugleich war sie ein Wink. „Gute Arbeit, Christian. Ich fahre", schrieb er an Ditte und Christian.

Ditte war erleichtert. Auf Kopenhagen hatte sie überhaupt keine Lust. Sie wollte lieber die Spur mit den jungen deutschen Frauen verfolgen. Sie schaute auf die Uhr. Zeit für den Feierabend, die Keramikerin Kathe und Østermarie mussten bis Montag warten. Sie sollten heute Besuch bekommen, eine Kollegin von Lone aus dem Bauamt wollte mit ihrem Mann vorbeischauen. Die Kollegin war im letzten Jahr Veganerin geworden, der Mann hingegen hatte keine Lust, auf Fisch und Fleisch zu verzichten. Das war wohl daheim nicht ganz einfach, wie Lone zu berichten wusste. Und auch für Lone und sie als Gastgeber war das eine Herausforderung. Sie ernährten sich zwar vorzugsweise vegetarisch, aber eben nicht komplett. Und vegane Kost war für die Küche eine noch größere Herausforderung, weshalb sie sich entschieden hatten, ein kleines Büfett überwiegend kalter Speisen aufzubauen. Lone hatte den Einkauf übernommen und wollte die veganen Speisen zubereiten, Ditte sollte sich um Fisch und Fleisch kümmern. Das Fleisch würde sie oberhalb von Gudhjem bei Brugsen kaufen, den Fisch in der Räucherei. Sie lief das kleine Stück zurück zum größeren Hafen und betrat die Räucherei.

Auch das Ehepaar Dam bekam an diesem Freitagabend Besuch, eine Kollegin von Lærke mit ihrem Mann. Die Kollegin sollte in einem Jahr in Pension gehen. Lærke hatte in ihren ersten Jahren als Grundschullehrerin unglaublich viel von ihr gelernt, sie immer wieder fragen können, viele Tipps erhalten, sie war eine Art Mentorin geworden. Sie würde sie vermissen. Der Mann war bereits in Rente. Lærke hatte eine große Lammkeule gekauft, die sie nach dem Anbraten in dem alkoholfreien Brown Ale der Svaneke Brauerei köcheln wollte, dazu sollte es Bornholmer Kartoffeln und Bohnen geben. Christian freute sich schon darauf, zumal er das Ehepaar auch sehr mochte.

Jan machte sich etwas fein. Sonjas Besucherin, die Cousine von Jens-Ole, Sonjas verstorbenem Mann, war eine tiefreligiöse Frau. Sonja ging fast jeden Tag in die nahe Nicolai Kirke, meist nur für fünf Minuten. Auch sonst war ihr der Glaube wichtig, aber das war nichts gegen die Religiosität dieser Cousine. Jan war sie damit zu anstrengend, er war folglich nicht böse, dass

Sonja mit ihr allein sein wollte. Aber heute Abend sollte er zum Essen kommen. Sonja hatte ihm Dorsch mit Rotkohl versprochen, da musste sie ihn nicht zweimal bitten. Er wollte aber nicht allzu lange bleiben, denn den morgigen Samstag wollte er nutzen, um ganz in Ruhe die kleine Wohnung von Tobias zu inspizieren.

Tag 7

22

Jan war früh aufgestanden, er konnte einfach nicht mehr schlafen. Vielleicht war es die Neugier auf das, was sich alles in Tobias Wohnung verbarg. Der gestrige Abend war überraschend entspannt verlaufen, die Cousine hatte sich mit ihren religiösen Überzeugungen zurückgehalten, und sie hatten sich über allgemeinere Themen unterhalten wie das Leben auf Bornholm und die Entwicklungen in Kopenhagen, die Hauptstadt dehnte sich ja immer mehr in Richtung ihres Wohnortes Roskilde aus. Das Königshaus und die Ukraine hatten sie gestreift, Corona und den Klimawandel, die Jugend heute und gutes Essen. Dennoch war Jan froh, als er sich verabschieden konnte, der Mord an Tobias trieb ihn um.

Nun war er auf dem Weg nach Nexø. Rønne war schon etwas wach geworden, doch der Rest der Insel schlief noch. Die Straße war fast leer, das würde sich in Nylars vermutlich bald ändern, in der Rundkirche würden auch heute sicherlich Hochzeiten oder Taufen stattfinden. Oder Trauerfeiern. In Lobbæk bremste ihn ein Trecker aus, der aber kurz darauf abbog. Der kleine Ort hatte in dem letzten Fall eine große Rolle gespielt. Er erinnerte sich an die Zeit, bevor er Bornholm verließ. Da hatte es in Lobbæk einen Brugsen und noch einen anderen Kaufmann gegeben, einen Schlachter, einen Bäcker, eine Meierei und zwei Banken. Von denen existierte keiner mehr. Aber machte es Sinn, den alten Zeiten nachzutrauern?
Bis Aarkirkeby hatte Jan freie Fahrt. Er wählte die Ortsumgehung, es war weiterhin wenig los. Er kam an

der Bodils Kirke vorbei und blickte kurz auf den Hut des Teufels, der an der Kirche klebte. Ihn hatte der Teufel aus Wut nach dem Pastor geworfen. Jan grinste. Eine hübsche Geschichte, auch wenn er sie schon seit ungefähr 55 Jahren kannte. Endlich war er in Nexø. Er hielt vor dem Haus von Peter Winther, ging durch die Garage in den Hinterhof und stieg die Stufen zur Wohnung von Tobias hinauf. Das Polizeisiegel war unversehrt. Er schloss auf. Spätestens jetzt war Peter Winther hellwach.

Jan stand im kleinen Flur. Ein Paar Sandalen, ein Paar Holzclogs, ein Paar Arbeitsstiefel und zwei Paar Halbschuhe lagen dort übereinander. An der Garderobe hingen ein grüner Parka, eine blaue Windjacke, eine gelbe Regenjacke und eine dünne, dunkelrote Daunenweste. Nichts Aufregendes. Langsam ging Jan ins Bad. Das hatte er schon beim ersten Besuch sorgfältig gecheckt. Ein Rasierer samt Nivea After Shave, Zahnbürste, Seife, Deo, Kamm, Shampoo, Nagelschere, WC-Reiniger, mehrere dunkle Handtücher in verschiedenen Größen, alle von Jysk. Er hob die Handtücher an, dort war nichts versteckt. Das Bad war recht sauber, das war ihm vorige Tage schon aufgefallen.
Er wechselte in die kleine Küche. Die Spurensicherung hatte die Lebensmittel, die verschimmeln konnten, entfernt. Ansonsten war alles wie vorher. Er öffnete die Hängeschränke. Konserven, Gewürze, Nudeln, Gläser, Becher, Teller, er schob alles hin und her, doch nirgendwo verbarg sich etwas. Unter der Spüle waren, wie überall, die Mülleimer untergebracht, daneben standen zwei Flaschen Putzmittel und ein Eimer. Neben dem Herd stand noch ein kleiner Schrank, der

Töpfe sowie Back- und Auflaufformen enthielt. Keine Überraschungen.

Er öffnete das Schlafzimmer mit dem etwas breiteren Bett. Der Bettbezug zeigte Segelschiffe und Leuchttürme. Er öffnete die Schränke. Ein paar wenige normale Hemden, dann Hosen, Strümpfe, Unterzeug, viele T-Shirts, ein paar Pullover unterschiedlicher Dicke. Und natürlich viele Hawaii-Hemden. Es mussten circa 20 Stück sein. Noch ein Set Bettbezüge, Jan identifizierte das Muster als Palmen am Inselstrand. Ein Bügeleisen, das passende Bügelbrett stand neben dem Schrank. Er hob die gestapelten Hawaii-Hemden und T-Shirts an. Zwischen den Shirts lagen zwei Seile. Jan nahm sie heraus, eines war recht lang, vielleicht fünf Meter, das andere maß vermutlich nur 1,50 Meter. Brauchte er die für die Arbeit? Oder hatte Tobias Neigungen, die ihm bis jetzt entgangen waren? Zumindest waren sie die erste Überraschung. Er kniete sich hin und schaute unter das Bett. Er zog eine Plastikbox heraus. Sie enthielt Klamotten, alle schwarz. Er nahm sie heraus. Das war vermutlich seine Kleidung in Deutschland, die er bei der An- und Abreise trug.

Nun fehlte der größte und vermutlich auch wichtigste Raum, das Wohnzimmer. Der bestand aus einem Schreibtisch samt Stuhl, Regalen voller Bücher, einem Wust an Papier mit handschriftlichen Notizen, Zeitungen und Zeitschriften, in den Regalen standen auch ein paar Ordner. Hier wartete Arbeit auf ihn, die Zeit musste er sich nehmen. Er ging in die Küche, in der er vorhin einen Instantkaffee entdeckt hatte. Zwei Minuten später saß er mit einem dampfenden Kaffeebecher an Tobias Schreibtisch und nahm das erste Blatt in die Hand.

Die Zeitungen und Zeitschriften überflog er nur. Einige
Ausgaben von „Bornholms Tidende", von „Politiken"
und „Weekendavisen". Dass er auf das Männer-Life-
stylemagazin „Euroman" stieß, überraschte ihn nicht.
Dann sortierte er die Fachzeitschriften aus, die dreh-
ten sich um die Archäologie. Er begann mit den hand-
geschriebenen Notizen auf vielen DIN-A4-Blättern,
welche alle durcheinanderlagen. Sie waren sämtlich
auf Deutsch. Deshalb musste sich Christian den Stapel
anschauen oder er würde ihn zu Spezialisten in
Kopenhagen schicken. Jan schaute auf die Uhr. Knapp
zwei Stunden saß er nun schon hier, ohne irgendwelche Erkenntnisse, einmal von den beiden Seilen
abgesehen. Den Laptop hatte die Spurensicherung
mitgenommen und bereits gemeldet, dass der insofern leer war, als dass Tobias alles in seiner Cloud
abgespeichert hatte. Nicht einmal das einfachste
Word-Dokument hatte er auf dem Laptop gelassen.
Sein Web-Verlauf war komplett gelöscht. Der Mann
hatte etwas zu verbergen, sonst würde er nicht so
gründlich hinter sich aufräumen. An die Cloud waren
die Kollegen noch nicht herangekommen, sie hatten
Kopenhagen um Hilfe gebeten.
Etwas frustriert atmete Jan durch und holte sich aus
der Küche ein Glas Leitungswasser. Er stellte sich vor
die Bücherregale. Dänische und deutsche Bücher, viele
über Bornholm, viel Fachliteratur über Kirchen und
über Architektur. Er nahm jedes Buch durch und
prüfte, ob irgendetwas zwischen den Seiten lag. Ab
und zu fand er einen kleinen Zettel, der ihm aber ohne
Bedeutung erschien, dazu reichte sein Deutsch. Ein
paar Romane standen dort auch, „Pelle Eroberen" von
Martin Andersen Nexø. Und mehrere deutsche Titel,
die ihm nichts sagten. „Der Untertan" von einem Hein-

rich Mann war einer, „Giganten“ von einem Alfred Döblin ein anderer. Sie sagten ihm beide nichts, er googelte kurz nach den Lebensdaten der Autoren, das schienen Zeitgenossen von Andersen Nexø gewesen zu sein. „Die Schatzinsel“ von Robert Louis Stevenson kannte er natürlich. „Skatteøen“.

Er kam zu den Ordnern. „Nylars & Nyker“ stand auf dem einen, „Knudsker & Vestermarie“ auf dem nächsten. Hier hatte er wohl seine Notizen zu den Kirchen abgelegt. Jan nahm den Ordner mit „Hasle & Rutsker“ heraus. Seite für Seite blätterte er ihn durch, die Texte waren teils auf Dänisch, teils auf Deutsch. Insbesondere die Anekdoten aus den Gemeinden, von denen einige Pastoren bereits berichtet hatten, waren auf Dänisch niedergeschrieben, vielleicht hatte Tobias sie aufgenommen. Aber ansonsten schienen die Ordner nichts Sensationelles zu enthalten. Jan schaute sich den Abschnitt „Rutsker“ sehr genau an, war Tobias doch dort abgelegt worden. Doch relevante Informationen entdeckte er auf den ersten Blick nicht.

Er griff sich einen Ordner mit der Aufschrift „Allgemein“ und schlug ihn auf. Er blickte auf eine Reihe von Abkürzungen und verstand nichts. „SG“, „P Onkel T“, „Station Ka“, „Unfall 19“, „Lösung Rom“, „Reste beim Lübecker.“ Was war damit gemeint?

„Buddenbrook Heimat“ stand auf einem zweiten Zettel, der dahinter geheftet war. Wer war „Buddenbrook“? Die Zahlen „750“, „150b“ und „600“ standen untereinander. Gefolgt von „B Wortbruch“ und „P Poena Idee“. B Buddenbrook hatte einen Wortbruch begangen und P Poena hatte eine Idee. War das so zu verstehen? Jan fühlte sich etwas überfordert. Er blätterte weiter und traute seinen Augen nicht. Tobias hatte sich anscheinend alle Regelungen zur Erlangung der dänischen Staatsbürgerschaft heruntergeladen und ausgedruckt. Wollte er tatsächlich dänischer Staatsbürger werden? Und in welchem Zusammenhang standen die beiden anderen Zettel damit? Jan klappte den Ordner zu, in seinem Kopf herrschte völlige Wirrnis. Er versiegelte die Wohnungstür wieder, ließ das Auto stehen und ging mit dem Ordner unter dem Arm vor zum Hafen. Er brauchte jetzt frische Luft und Zucker. In der Imbissbude am Parkplatz bestellte er sich eine Jolly Cola und dazu einen Ristet Hotdog. Das Rätsel dieser Notizen würde er sicherlich nicht allein lösen, dazu brauchte er die Unterstützung seines Teams.

Er schaute wieder auf die Uhr. Eigentlich konnte er noch gut zur Trabrennbahn fahren. Erstens schaute er dort gerne zu, und zweitens machte er vielleicht noch Beobachtungen beim Treiben der Wettbetrüger. Die ersten zwei, drei Läufe würde er verpassen, aber das war nicht schlimm. Er ging zurück zum Wagen und war sich sehr sicher, dass Peter Winther gegenüber hinter der Gardine stand. Jan verließ Nexø Richtung Ibsker. Bald passierte er die Ibs Kirke und gelangte an die Kreuzung mit der Steinsetzung Louisenlund. Linker Hand standen 70 Bautasteine, weshalb gerade hier, war unbekannt. Um 1850 kaufte der damalige König das Wäldchen und schenkte es seiner Frau. Jan lächelte, manches Schulwissen vergaß man nie. Tove hätte ihm vermutlich einen Vogel gezeigt, wenn er ihr bis zu 2,50 Meter hohe Steine in einem Wald geschenkt hätte. Und Sonja sicherlich auch. Hatte der König, war es nicht einer der Frederiks gewesen, sie einzeln einpacken lassen? Oder vielleicht gleich das ganze Wäldchen? Wohl kaum, Leute wie diesen Verpackungskünstler Christo und seine Frau Jeanne-Claude gab es damals wohl noch nicht.

Er bog links Richtung Østermarie ab. Dort fiel sein Blick auf die halb abgerissene Kirche, die neben der neuen Kirche stand. Noch so etwas, was man nicht verstehen musste. Vielleicht hätte Tobias ihm das erklären können. Kurz darauf passierte er das urgemütliche „Fru Petersens Café" mit seinem opulenten Kuchenbüfett. Es gehörte zu Sonjas Lieblingen auf der Insel. Dann ging es nach Almindingen hinein und links auf den bereits gut gefüllten Parkplatz der Trabrennbahn. Er schloss seinen Wagen ab. Das Auto eine Reihe weiter kannte er, es war das von Karen. Er schrieb ihr eine kurze Nachricht mit dem Vorschlag, sich vorerst zu ignorieren. Sofort kam ein „Daumen hoch"-Icon zurück.

23

Karen war etwas überrascht, als Jan sich plötzlich meldete. Aber sie war auch erleichtert, so war sie hier nicht allein. Sie war ja auch aus Neugier hier, einen Auftrag hatte sie nicht, Kopenhagen hatte alle Ermittlungen eingestellt. Die würde man sicherlich wieder aufnehmen, aber nicht mehr in diesem Jahr, die Saison neigte sich dem Ende zu, es war der zweitletzte Renntag. Doch sie wollte beobachten, wie die Verdächtigen agieren würden. Vermutlich hatten die auch alle ein Foto von ihr in der Tasche, falls sie doch auf das Gelände kommen würde. Vielleicht hatten sie sie auch schon entdeckt. Sie sah Jan kommen und drehte sich langsam weg.

Jan hatte Karen sofort gesehen, mit ihren roten Haaren war sie nicht wirklich unauffällig, auch wenn sie diese unter einem Hut versteckt hatte. Tatsächlich ermitteln konnte sie hier ebenso wenig wie er, Kopenhagen hatte alles untersagt. Aber die Neugier hatte sie genauso angetrieben wie ihn. Würde man einen der Verdächtigen sehen? Wie würden sie vorgehen? Würden sie ihr Vorhaben mit den manipulierten Rennverläufen durchziehen oder lieber alles regulär laufen lassen und somit einen finanziellen Verlust riskieren? Neun Läufe sollte es geben, die ersten Läufe waren uninteressant, in denen starteten meist junge Pferde, über die man wenig wusste, entsprechend gering waren die Einsätze. Wenn er sich richtig erinnerte, vermutete die *Rigspoliti* Wettbetrug in den Rennen 6 und 8. Die ersten drei Rennen waren bereits absolviert. Bald also würde es spannend werden.

Er holte sich ein Wasser und schlenderte einmal auf der Besucherseite vor und zurück. In dem Restaurantbereich, in dem auch die Wetten angenommen sowie Essen serviert wurden und man einen hervorragenden Blick auf die Rennen besaß, entdeckte er Jette Bech, die kriminelle Cabriofahrerin. Sie saß mit einem Mann am Tisch, das musste Henrik Møller sein, der alte Kumpel von Bjarne Melchior, dem einen Verdächtigen. Die beiden aßen und tranken und scherten sich wenig um das Geschehen draußen. Das würde sich bald ändern. Jan ging in das Gebäude und gab eine Wette ab. Dann suchte er sich einen Platz, von dem aus er die beiden gut beobachten konnte.
Karen ging draußen am Fenster vorbei. Die beiden am Tisch nickten sich zu und Møller folgte ihr. Der Bereich mit den Pferden war eigentlich gut gesichert, aber nicht übertrieben, Karen würde gegebenenfalls auf das Gelände vordringen können. Aber vermutlich

hatte die Bech dafür gesorgt, dass jemand Karen zurückwies.

Es dauerte nicht lange, bis Møller wieder zurückkam und den Daumen hochstreckte. Zwei Minuten später erfolgte der Start für den sechsten Lauf. Nun erhoben sich auch die Menschen an den Tischen, um ja nichts zu verpassen. Es war ein spannendes Rennen, die Führung wechselte ständig. Die letzte Runde wurde eingeläutet, die Rufe aus dem Publikum wurden lauter, und dann folgte ein Aufschrei. Die Startnummer 8 „Baltic Beauty", die Top-Favoritin, begann auf der Gegengraden zu galoppieren und wurde deshalb kurz darauf disqualifiziert. Der Sieg ging an die Startnummer 5. Menschen schrien ihre Wut heraus oder lachten höhnisch, warfen ihre Wettscheine auf den Boden, hielten sich die Köpfe oder schüttelten sie zumindest. Hier war gerade vergleichsweise viel Geld verloren worden. Bei den Wettanbietern in Ostasien dürfte stattdessen viel Geld gewonnen worden sein, zumindest von einigen Leuten. Bech und Møller jubelten sich gegenseitig zu. Sie zogen ihr Programm also tatsächlich durch.

Der siebente Lauf verlief regulär, die Erwartungen der Wetter erholten sich. Lauf 8 begann auch ganz normal, wobei bald schon das Geraune begann, dass Nummer 7 „Munich Star", der alle seine Rennen in dieser Saison gewonnen hatte, etwas unrund trabte. Er bewegte das rechte Vorderbein zunehmend eigenartig, wagte nicht richtig aufzutreten und wurde deshalb langsamer. In der letzten Runde wurde er nach hinten durchgereicht. Es spielten sich Szenen wie in Rennen 6 ab. Bech und Møller prosteten sich zu, zahlten und verließen das Restaurant. Ihr Tag war gelungen. Jan folgte ihnen langsam, aber er war nicht der Einzige, der nicht noch auf das Rennen 9 warten wollte. Der Frust vieler Zuschauer war groß. Sie gaben Jan gute Deckung. Er sah, wie die beiden auf einen Audi A8 zusteuerten, dessen Tür von innen geöffnet wurde. Bech und Møller wurde jeweils ein Koffer übergeben, dann rollte der Audi gen Ausfahrt. Jan notierte sich die Nummer, er war sich sicher, dass der Wagen zum Fuhrpark von Per Bjerg gehörte. Die anderen beiden gingen zu Bechs Cabrio und verließen ebenfalls das Gelände.

Jan setzte sich in seinen Wagen. Karen schrieb ihm gerade, dass sie sich noch das neunte Rennen anschauen würde. Jan startete Richtung Rønne. Kurz nach der großen Kreuzung mitten im Wald standen die Kollegen mit einer Radarfalle. Erst noch viel Geld beim Wetten verlieren und dann noch beim Rasen erwischt werden, so manche Bornholmer würden heute Abend kräftigen Frust schieben.

Karen rief an. Jan berichtete ihr von seinen Beobachtungen: „Und hast du etwas entdeckt?"

„Ich wollte ja ganz gerne zu den Ställen, aber da waren heute sehr rigide Torwächter, ganz im Gegensatz zu sonst. Mir ist schon klar, wer die da platziert hat."

„Die Kopenhagener hatten doch drei Verdächtige ausgemacht, aber nur in zwei Rennen ist auch etwas passiert, oder?"

„Nein, bereits im zweiten Rennen ist etwas nicht sauber gelaufen, die Frau im Sulky hat ihr favorisiertes Pferd mit aller Macht zurückgehalten, das habe selbst ich bemerkt. Es könnte sein, dass sie deswegen noch gesperrt wird."

„Du warst doch draußen unter den Leuten, hatten die Erklärungen für das Galoppieren in Rennen 6?"

„Ja, ich hatte so zwei Super-Experten neben mir, die vermutlich jedes Rennen sehen und das seit 30 Jahren. Die meinten, der Mann im Sulky hätte so eigenartige Bewegungen mit der Peitsche gemacht, und daraufhin habe das Pferd mit dem Galoppieren begonnen."
„Okay. Und im anderen Lauf?"
„Das konnte sich keiner erklären. Jemand meinte, dass da vielleicht eine Verletzung nicht entdeckt wurde oder eine alte wiederaufgebrochen ist. Ich tippe da eher auf einen Schlag mit einer Eisenstange."
„Das könnte gut sein. Bech und ihr Begleiter haben jedenfalls ihre Belohnung abgeholt."
„Von wem?"
„Das konnte ich nicht sehen, aber das Kennzeichen habe ich. Ich würde mich allerdings wundern, wenn das nicht jemand aus dem Haus unseres IT-Millionärs wäre. Hast du etwas von Tom gehört?"
„Nein nichts, ist weiß nicht, was das soll, Jan, ich bin wirklich verzweifelt. Ich bin einmal gespannt, ob er morgen wieder auftaucht, er muss Montag wieder arbeiten."
„Ich wünsche dir trotzdem ein gutes Wochenende, Karen. Bleib stark."
„Danke, Jan, ich will es versuchen."

Im Wagen ließ Jan den bisherigen Tag Revue passieren. Diese kryptischen Zettel von Tobias konnten hoffentlich zur Aufklärung entscheidend beitragen. Wenn man sie entschlüsselt bekam. Nicht weniger interessant war das, was gerade neben der Trabrennbahn geschehen war. Vermutlich wurden Melchior und diese Carlsens aus Klemensker jetzt ausbezahlt, für ihren Schwindel belohnt. Wie viel erhielten sie wohl und was taten sie mit dem Geld? Er wäre gerne bei der Übergabe dazwischengegangen, aber das war ein Projekt der *Rigspoliti*, in das er sich nicht einzumischen hatte.

Zu Hause nahm er sich eine große Flasche Wasser und setzte sich in seinen Egg Chair. Tove war so stolz gewesen, als sie ihm das Meisterstück von Arne Jacobsen zu Weihnachten schenkte. War das 2007 gewesen? Er griff sein Telefon und wählte die Nummer seines Sohnes Rune auf den Færøern. Der war erkennbar erfreut, seinen Vater zu hören, und sie tauschten zunächst aus, wie es ihnen und ihren Lieben gerade ging, Rune erzählte von der Lachszucht und Jan von den Morden an dem Gründer der Lebensmittelkette und dem Journalisten neulich sowie aktuell dem deutschen Dauerstudenten. Von Nachwuchs sagte Rune nichts, was Jan sehr bedauerte. Wurde es nicht endlich Zeit für Silja und Rune?

„Rune, ich habe lange nachgedacht und für mich beschlossen, Mama hier nach Bornholm zu holen. Ich möchte sie dichter bei mir haben. Ich bin sicher, dass sie das auch möchte. Was ist deine Meinung? Wäre das für dich in Ordnung?"

„Papa, das ist allein deine Entscheidung. Ich bin damit absolut einverstanden und würde mich freuen. Was sagt Sonja dazu?"

„Ich habe es ihr noch nicht gesagt, ich komme erst morgen Nachmittag dazu, sie hat gerade Besuch von einer Cousine Jens-Oles."

„Ich kenne Sonja nicht gut, aber ich bin sehr sicher, dass sie das ebenfalls gut finden wird. Was sagt meine Schwester dazu?"

„Mit der habe ich auch noch nicht darüber gesprochen."

„Ich bin mir sicher, dass sie sich deiner Entscheidung anschließen wird." Sie sprachen noch ein wenig wieter, Rune erwähnte, dass er noch vor Weihnachten eine Dienstreise nach Kopenhagen absolvieren müsse und sie sich hoffentlich dort oder sogar auf Bornholm sehen könnten.

Jan lehnte sich zurück. Ja, natürlich war das seine Entscheidung. Aber die Meinung seiner Kinder war ihm ebenso wichtig wie die von Sonja. Er schaute auf die Uhr. Ja, er konnte seine Tochter Rikke in Amerika anrufen. Er drückte auf Facetime.

„Papa, wie schön, dich zu hören und zu sehen. Wie geht es dir?" Sie erzählten, zwischendurch kamen seine Enkel und sein Schwiegersohn ins Bild und winkten ihm zu. Rikke erzählte von ihrer Arbeit und wie ihre Kinder sich entwickelten, Jan von Sonja, von Bornholm und von den Morden.

„Ich dachte immer, Bornholm sei die perfekte Idylle, die Landschaft ist verzaubert, und alle haben sich lieb. Morde auf Bornholm? Liegt das vielleicht am Auftauchen des dänischen Detectivs Magnum?"

Jan lachte: „Das hat mein Kollege Christian auch schon vermutet. Ich glaube aber nicht. Ich habe eine andere Frage an dich." Er erzählte ihr von seinen Überlegungen, Toves Leichnam nach Bornholm zu überführen. „Rikke, was meinst du dazu. Wäre das für dich in Ordnung?"

„Papa, ich finde das großartig, aber es ist einzig und allein deine Entscheidung. Hast du schon mit Rune darüber gesprochen? Und weiß Sonja davon?"

„Rune findet das gut, Sonja kann ich erst morgen fragen."

„Sie wird zustimmen, da bin ich sicher." Sie sprachen noch etwas weiter, Rikke fragte, ob Sonja und Jan nicht

einmal nach Amerika kommen wollten. Jan versprach,
Sonja zu fragen. Dann legten beide auf. Er freute sich
über die Antworten, er spürte ein gutes Gefühl in sich
aufkommen. Morgen würde er mit Sonja darüber
reden.

Ein paar Straßen weiter saßen zu dieser Stunde Lærke
und Christian auf dem Sofa, Lærke erstellte eine Liste
mit der Grundausstattung für das Baby, Christian
blätterte in dem Namensbuch hin und her. In Nyker
lag Ditte in den Armen von Lone, und sie sahen
gemeinsam die Serie „Virgin River" auf Netflix. Kafka
schlief vor dem Sofa. In Klemensker saß Karen in
einem weitgehend dunklen Haus, nur eine einzige
Lampe war angeschaltet. Sie fühlte sich überfordert
und alleingelassen, der Pinot Grigio auf dem Tisch war
sicherlich nicht das richtige Mittel dagegen, aber das
war ihr gerade egal.

Tag 8

24

Der Mann saß in seinem Sessel und starrte in den grauen Morgenhimmel. Seit einer Woche hatte er kaum geschlafen. Diese unbekannte Frau hatte ihn vor zehn Tagen angerufen und vor Tobias gewarnt. Der war am nächsten Tag zu ihm gekommen, wie sie vorhergesagt hatte. Tobias hatte ihm gesagt, was er über diesen Vorfall damals wusste. Und er beabsichtige, das auch in seinem Buch zu enthüllen, welches in zwei Monaten erscheinen sollte. Dass der Mann unendliche Schuld auf sich geladen hätte und nach der Veröffentlichung auf Bornholm keinen Fuß mehr vor die Tür setzen könne. Die Bornholmer würden ihn lynchen.

Es war noch schlimmer, als er es nach dem Anruf dieser Frau befürchtet hatte. Tobias war mit dem Bus gekommen, sein Wagen war angeblich defekt. Er hatte von ihm gefordert, ihm eine schriftliche Zusage für einen Job zu geben. Er hatte ihm geantwortet, dass er das nicht könne. Daraufhin hatte Tobias ihm angeboten, sich freizukaufen. Für 500.000 Kronen würde er auf eine Veröffentlichung verzichten. Grinsend hatte er gesagt, dass er dafür ein kleines Haus kaufen und sich endgültig auf Bornholm niederlassen könnte. Er hatte das Gefühl, dass Tobias mit einer großen Machete vor ihm stand.

Sie hatten in der Küche gesessen. Der Mann sagte, auf diesen Schock würde er sich einen Cognac aus dem Wohnzimmer holen. Tobias hatte spöttisch gelacht und gemeint, er könne auch ein Glas für ihn mitbringen. Im Wohnzimmer hatte er sich die bereitgestellte Eisenstange gegriffen, war wieder in die

Küche gegangen und hatte sofort zugeschlagen. Immer und immer wieder. Selbst als er sicher war, dass Tobias nicht mehr lebte, hatte er auf ihn eingeprügelt, auf Gesicht, Hände, Füße, Brustkorb, einfach wahllos. Sein Zorn war nicht zu bremsen. Irgendwann hatte er vor lauter Erschöpfung aufgehört, sich tatsächlich einen großen Cognac eingeschenkt und anschließend Tobias in die Schubkarre gelegt. Die hatte er im Garten vor den Schuppen gestellt und abgedeckt. Die Eisenstange hatte er danebengelegt. Zurück im Haus hatte er noch einen Cognac getrunken und noch einen. Irgendwann war er im Wohnzimmer eingeschlafen.

Morgens war er früh wach geworden. Ihm war schlecht, sein Kopf drohte zu platzen. Kein Wunder, die Cognacflasche war drei viertel leer. Was war gestern nur passiert? Tobias, na klar. Wie sollte er das regeln? Wie um Himmelswillen konnte er diesen verdammten Deutschen loswerden? Er würde ihn am besten gleich im tiefen Gehölz von Almindingen vergraben. Er ging in den Garten. Die Schubkarre war leer, nur die Eisenstange lag neben ihr. Ihm wurde schlecht, er übergab sich. Hatte er sich getäuscht, hatte Tobias doch noch gelebt? Er geriet in Panik. Dann würde der sicherlich in den nächsten Tagen wieder vor der Tür stehen und Rache üben. Er ging wieder ins Haus, schloss alle Türen ab, ließ die Rollos herunter und schenkte sich einen Cognac ein. Und noch einen, die Flasche war jetzt endgültig leer. Um 6 Uhr morgens. Bald schlief er fest ein.

Mittags wachte er in seinem Sessel wieder auf. Er schlurfte in den Garten. Ja, die Schubkarre war leer, das hatte er nicht geträumt. Wo war dieser verdammte Tobias hin? Er musste sofort alle Spuren ver-

nichten. Noch benommen ging er in die Küche, nahm eine Kopfschmerztablette aus dem Schrank und schaltete das Radio ein. Er begann die Küche zu feudeln. Zumindest das war schlau von ihm gewesen, die Tat in der Küche zu verüben, die war leichter zu reinigen. Plötzlich stoppte er und stellte das Radio lauter. P4 Bornholm meldete, dass in der Ruts Kirke ein Toter gefunden worden war. Aufgehängt an der Glocke. Der Mann sei Deutscher und würde die Insel seit Jahren besuchen. Die Nachricht verbreitete sich wie ein Lauffeuer, und dank mehrerer Anrufe war er zwei Stunden später sicher, dass der Tote Tobias war. Er war erleichtert, einerseits. Andererseits stellte sich die Frage, wer ihn aus der Schubkarre herausgeholt und nach Rutsker gebracht hatte. Und was das sollte, Tobias an der Glocke aufzuhängen? Hatte diese merkwürdige Frau ohne Namen damit etwas zu tun?
Der Mann spürte Angst. Die Polizei ermittelte bereits seit einer Woche, und einer von ihnen war dieser Polizist aus Kopenhagen, der jetzt wieder auf Bornholm arbeitete. Seine Frau war an Corona gestorben, das hatte er in der „Tidende" gelesen. Dort stand auch, dass dieser Kofoed einer der erfolgreichsten dänischen Ermittler war. Weshalb musste der ausgerechnet jetzt auf die Insel gekommen sein? Aber vielleicht war diese unbekannte Anruferin die viel größere Gefahr? Vielleicht würde sie ihn jetzt auch erpressen? Gab es einen Ausweg? Der Mann zitterte.

25

Auch in Nyker saß jemand grübelnd da. Lone hatte ihre Staffelei aufgestellt und sich ihrem neuen Hobby, der Malerei, gewidmet. Sie hatte sich ein Buch für

Einsteiger gekauft und zahlreiche Videos auf Youtube angeschaut. Sie hatte neulich in einem Buch ein schönes Stillleben gesehen, ein roter Krug mit grünen Äpfeln, ein paar Bananen und ein paar Weintrauben, alles auf einem kleinen braunen Tisch angerichtet, der Hintergrund war schwarz. Das wollte sie gerne nachmalen. Sie hatte vorige Tage mit den Bananen begonnen, hatte mehrfach von vorn begonnen, es war schwerer, als sie gedacht hatte. Endlich, nach dem soundsovielten Versuch, sahen die Bananen schließlich wie Bananen aus. Heute wollte sie sich an dem roten Krug versuchen. Der war durch ein Muster im oberen Teil auch nicht so einfach zu gestalten, aber sie wollte und musste sich durchbeißen. Wahrscheinlich würde das Bild am Ende kein Meisterwerk werden, aber jeder fing einmal an. Und vielleicht würde ja ein Wunder geschehen. Sie lächelte, denn unbewusst hatte sie als Begleitmusik Carl Nielsens Suite „Aladdin" ausgewählt.

Ditte war im Garten, um diesen winterfest zu machen. Sie hatte sich verändert, seit Jan auf die Insel gekommen war. Jedenfalls empfand Lone das so. Ditte war ehrgeiziger geworden, wollte sich beweisen. Ja, sie zeigte das nicht so offensiv wie Christian, über den sie sich deswegen zuweilen amüsierte. Aber vor Lone konnte sie das nicht verbergen. Sie war nicht mehr die gelassene Ditte. Vielleicht hing das auch damit zusammen, dass alle das baldige Ableben von Aage Munch erwarteten und davon ausgingen, dass Karen ihm auf seinen Job folgen würde. Das würde zu einigen Personalrochaden führen. Lone war sich sicher, dass ihre Frau sich gerade für höhere Aufgaben zu qualifizieren versuchte. Und deshalb ihre Beziehung etwas vernachlässigte.

Welchen Ärger sie in der Baubehörde hatte, erzählte sie ihrer Frau deshalb nur bruchstückhaft. Die Behörde stand ständig im Blickpunkt der Öffentlichkeit, sie galt den Bornholmern als viel zu träge. Tatsächlich hatten Untersuchungen gezeigt, dass die Bornholmer Byg, wie die Baubehörden hießen, für Genehmigungen deutlich länger brauchte als die meisten anderen in Dänemark. Intern war der Druck enorm gestiegen. Es gab Gerüchte über Umstrukturierungen, der Flurfunk berichtete, Lone solle die Leitung einer Abteilung übernehmen. Mit ihr hatte allerdings noch niemand gesprochen. Sie verspürte einfach nur Stress und hätte sich gerne bei Ditte angelehnt. Aber ihre Frau war auf ihr eigenes Fortkommen fokussiert. Es war gut, dass der Urlaub vor der Tür stand.

Lærke hingegen fühlte sich wohl. Ihr ging es körperlich gut, der Schatz in ihrem Bauch wuchs und ihre Freude darauf auch. Christian war ein ganz anderer geworden, seit er von dieser Dienstreise nach Fünen zurückgekommen war und sie ihm erzählt hatte, dass sie schwanger sei. Er war enorm fürsorglich geworden, man konnte schon von Überfürsorge sprechen. Er nahm ihr alles Mögliche aus der Hand und kümmerte sich. Sein Beruf war ihm weiterhin wichtig, aber sein ganz extremer Ehrgeiz wurde weniger, er wurde jeden Tag ein wenig gelassener. Nun ja, das mit dem Kochen war noch eine Baustelle. Er sollte ja nicht zu einem neuen René Redzepi mit seinem weltberühmten Restaurant Noma werden, sondern einfach ein paar Basisgerichte kochen können, falls es ihr einmal nicht so gut ging oder ihr Baby sie zu sehr in Anspruch nahm. Noch brannte ihm zu viel an, anderes verkochte er zu Pampe. Aber er versuchte es zumindest, er war ein Schatz. Später würde sie mit ihm zu ihren Eltern nach Allinge fahren und ihnen erzählen, dass sie Oma und Opa werden würden.

Christian freute sich, gleich seine Schwiegereltern zu treffen. Sie waren bei ihnen zum Mittagessen eingeladen, nach diesem und einem abschließenden Kaffee wollten Lærke und er wieder zurückfahren. Sie wollten noch einmal ein paar Häuser von außen anschauen, die sie bei den Maklern entdeckt hatten, und dabei etwas frische Luft genießen. Sie sahen Lærkes Eltern selten, obwohl es nach Allinge wahrlich nicht weit war. Bislang hatten sie ihnen Lærkes Schwangerschaft verschwiegen, heute würden sie es erzählen. Die beiden würden sich unermesslich darüber freuen, dass sie Oma und Opa werden würden. Das würde sie über Lærkes Bruder hinwegtrösten, das schwarze Schafe der Familie. Christian erinnerte sich, wie Lærke ihm damals, als sie erst kurz zusammen waren, die große Zuneigung ihrer Eltern zu Christian erklärt hatte.

„Leif hat mit uns gebrochen", hatte sie während eines Strandspaziergangs begonnen. „Er hat Bornholm immer gehasst, das war ihm hier alles zu klein, zu spießig. Er ist bei jeder Gelegenheit nach Kopenhagen gefahren. Woher er das Geld nahm, weiß ich nicht, er hat hier nur etwas bei Brugsen gejobbt und bei unseren Eltern gewohnt. In Kopenhagen hat er dann eine Frau kennengelernt, so eine aus der Drogenszene. Da ist die richtig tief drin und sieht so auch aus. Mein Bruder kifft nur, keine harten Sachen, aber er ist ihr verfallen. Leider. Meine Eltern haben das nicht akzeptiert, es gab ständig Streit. Vorgestern hat er seine Sachen zusammengepackt und ist abgehauen. Hat nur einen Zettel hinterlassen, dass er von uns dreien

enttäuscht ist und nichts mehr mit uns zu tun haben will. Keine Adresse, nichts."
Ob sie darüber traurig sei, hatte Christian gefragt. Sie hatte mit den Schultern gezuckt. Nein, sie hoffe, dass er eines Tages zur Besinnung komme und sich wieder blicken ließe. Aber die letzten Monate seien einfach furchtbar gewesen. Er, Christian, müsse nun aber darauf gefasst sein, der Ersatzsohn zu werden. Ja, so hatte er eine Erklärung für die unerwartete Herzlichkeit bekommen.
Er sah sich nicht als Ersatzsohn, freute sich aber über die Zuneigung von Lærkes Eltern. Seine waren weit weg, die waren nach Nordjütland gezogen, nach Frederikshavn. Dort müssten sie noch vor Weihnachten ebenfalls hin, um von der Schwangerschaft zu berichten.

Karen war in der Nacht aufgewacht und hatte sich im Bad übergeben. Nun saß sie am Frühstückstisch, vor sich etwas Weißbrot und eine Kanne Kaffee. Die Tablette hatte ihre Kopfschmerzen bereits gelindert. Sie fühlte sich völlig leer, nicht nur körperlich. Was sollte sie nur mit diesem Tag anfangen? Arbeiten wollte und musste sie nicht, das Wetter lud nicht in den Garten ein, auf den Fernseher hatte sie keine Lust, Lesen ging vermutlich erst heute Nachmittag wieder. Sollte sie einmal wieder in die Kirche gehen? Ja, vielleicht, das hatte sie schon öfters gedacht. Aber besser nicht gerade heute, was sollten die Leute denken, wenn die Bornholmer Polizeichefin leichenblass und zusammengesunken auf der Kirchenbank hockte?
Eine Stunde später hatte sie eine Idee. Sie fühlte sich auch wieder fahrtüchtig. Das Kunstmuseum sollte sie ablenken. Sie liebte das Gebäude, die Lage war groß-

artig, und das Museum war nicht zu groß. Die feste
Ausstellung kannte sie sehr gut, sie ging direkt Richtung Sonderausstellung. „Bornholmermalere tur-
retur" hieß die. Man stellte Bornholmer aus dem 20.
und 21. Jahrhundert gegenüber, suchte Gemeinsamkeiten, Gegensätze und Weiterentwicklungen. Das war
ihrem Kopf ein wenig zu anstrengend. Sie erfreute sich
einfach an den älteren Bildern, an denen von Edvard
Weie und Karl Isakson, von Oluf Høst und Kristian
Zahrtmann. Eine andere Künstlerin hatte lange bunte
Stoffbahnen über die Museumsräume gehängt. Das
sah sehr hübsch aus, fröhlich, die Bewegungen der
Stoffe wirkten auf Karen beruhigend. Den tieferen
Sinn dieser Kunst wollte sie jetzt nicht wissen, die
erklärenden Tafeln ließ sie aus.
Sie fuhr zurück, beglückt von ihrem Besuch des
Museums und unglücklich, weil sie sich so unendlich
allein fühlte. In Klemensker legte sie sich auf das Sofa
und schlief gleich ein. Als sie wieder die Augen öffnete,
stand Tom vor ihr. Sie erschrak.

Tag 9

<u>26</u>

Jan saß auf der Frühfähre nach Ystad. Der gestrige Sonntag hatte zwei gute Nachrichten mit sich gebracht. Die eine war, dass Sonja mit der Umbettung von Tove einverstanden war: „Auf diese Frage habe ich schon lange gewartet. Ja, Jan, tu das, das wird für mehr Ruhe bei dir sorgen. Und so auch für uns gut sein." Sie hatte ihm einen dicken Kuss gegeben. „Und wo?" war ihre zweite Frage gewesen. „In Svaneke?" Dort war Jan geboren worden, und dort lagen seine Eltern begraben. „Nein, in Rønne. Ich möchte neben Tove sein und dicht bei dir." Sie hatte Tränen in den Augen und ihn erneut geküsst.

Nachmittags war er mit Sonja noch durch Rønne geschlendert, der Nieselregen verleitete nicht gerade zu einem größeren Ausflug. Dabei waren sie Lærke und Christian begegnet, die sich einige Häuser von draußen anschauten, die sie bei den örtlichen Maklern gefunden hatten.

Dann hatte Karen ihm geschrieben, dass Tom wieder zurückgekommen war. Er habe ein paar Tage für sich gebraucht, sei nun etwas entspannter und hatte sich für sein Drängen und seine Unbeherrschtheit in letzter Zeit entschuldigt. Das war die zweite gute Nachricht. Hoffentlich finden die beiden wieder zueinander, dachte Jan.

Der Katamaran „Express 5" hatte pünktlich abgelegt, und Bornholm war schon schnell nicht mehr zu sehen gewesen. Das Wetter wirkte durch die unregelmäßigen Regenschauer äußerst ungemütlich. Er wollte nach der Ankunft in Ystad möglichst zügig nach Kopenhagen weiterfahren und dort direkt zur Verwaltung des Bispebjerg Friedhofs. Er war nicht angemeldet und konnte nur hoffen, dass es dort einen Gesprächspartner gab. Wenn Christian mit seiner Einschätzung recht hatte, konnte das Gespräch mit Brian länger dauern. Dann wäre bestimmt niemand mehr im Kirchenbüro. Die Durchsage, hinunter zum Autodeck zu gehen, erfolgte. Die Entladung der Lkw und Pkw verlief erfreulich schnell, und Jan erreichte bald die teilweise zweispurige Fahrbahn Richtung Malmö. Unterwegs nutzte er jede Möglichkeit zum Überholen. Malmö wurde rechter Hand erahnbar. Wenn es mit den Morden so weiterging, würden Sonja und er nicht mehr zu ihrem Urlaub in Skåne kommen, sondern bis zu ihrem Weihnachtsbesuch in Malmö warten müssen, den sie sich versprochen hatten. Er überquerte den Øresund und rollte in den Tunnel. Das Navi leitete ihn von nun an auf dem schnellsten Weg zur Straße „På Bjerget". Er kannte den Weg, aber in Kopenhagen wurde ständig gebaut, und er wollte keine Zeit verlieren.

Die wunderschöne und berühmte Grundtvigskirke war geschlossen. Nun gut, solange das Büro geöffnet war. Er ging weiter. Verdammt, auch das war montags grundsätzlich zu. Damit hatte er nicht gerechnet und die Öffnungszeiten nicht geprüft. Hilfesuchend schaute er umher. Nur ein Friedhofsgärtner war zu sehen. Der hatte mit ihm Mitleid: „Versuche doch, Bodil anzurufen, die Büroleiterin."

„Die hat ja heute frei, die will ich nicht stören. Ich habe auch nur ihre Büronummer von damals noch."

Der Gärtner drückte auf sein Handy, erreichte besagte Bodil, erklärte ihr kurz, worum es ging, und überreichte sein Handy stolz Jan.

„Bodil, entschuldige, ich wollte dich an deinem freien Tag nicht stören, aber…“

„Schon gut, Jan, ich erinnere mich an dich. Aber weißt du, solche Dinge wie das Überführen eines Sarges bespricht man heute nicht mehr persönlich im Büro, sondern regelt das digital.“ Sie lachte ein wenig: „Logge dich mit deiner MitID bei borger.dk ein, dort kannst du alles beantragen. Und wenn du nicht klarkommst, rufe mich gerne an, meine Nummer hast du ja jetzt.“

„Aber ich habe doch damals…“, stotterte Jan.

„Ja, ich weiß, damals haben wir das für dich übernommen, auf Bitte deines Chefs. Weil du völlig durch den Wind warst. Aber das bist du jetzt hoffentlich nicht mehr.“

„Nein, das bin ich nicht mehr. Jetzt erinnere ich mich auch wieder. Entschuldige, ich mache das nicht so oft, Gott sei Dank.“

Jan bedankte sich bei ihr und anschließend beim Gärtner. Der Regen begann wieder, und er lief zum Auto. Er schaute auf die Uhr, er war gut in der Zeit. Zum DANAHE im Svanevej war es nur noch ein Katzensprung. Da konnte er sich vorher noch irgendwo für einen Imbiss hinsetzen. Harry's Place fiel ihm ein, die Würstchenbude befand sich nur wenige Schritte entfernt in einer Parallelstraße. Eigentlich war es für einen Hotdog noch zu früh, aber wer weiß, wann er zum Mittagessen kommen würde. Und Harrys Würste waren es wert.

Punkt 12 Uhr betrat er das Gebäude des DANAHE. Brian Rose stand schon am Eingang und führte ihn hoch in einen der Besprechungsräume. Er war ein großer und kräftiger junger Mann, sicherlich ging er öfter ins Fitnessstudio als Jan. Und ernährte sich gesünder. Seine kräftigen Hände fielen ihm gleich auf, er besaß ein sympathisches Lächeln und dichte schwarze Haare. Jan nahm sich von dem bereitgestellten Wasser.

„Du kommst wegen Tobias?"

„Ja, genau, er ist umgebracht worden, und ich bin einer von denen, die den Täter ermitteln sollen."

„Ich habe mich vorhin über dich informiert, du bist ja recht bekannt und erfolgreich. Was machst du auf Bornholm?"

Jan hatte nicht vor, seine persönliche Geschichte auszubreiten: „Meine Frau ist 2020 gestorben, und da habe ich beschlossen, meine letzten Dienstjahre auf Bornholm zu verbringen. Ich bin gebürtiger Bornholmer. Wie bist du zu den Danske Natur Helter gekommen?" Jan wollte wieder die Gesprächsführung übernehmen.

„Du meinst, weil ich doch mal Ur- und Frühgeschichte studiert habe?" Brian war anscheinend ein sehr in sich ruhender und abgeklärter Mann. „Nun, nach dieser Sache mit Tobias, auf die wir ja gleich kommen werden, hatte ich auf das Thema einfach keinen Bock mehr. Ich habe das Studium abgebrochen. Durch einen Zufall habe ich einen Job hier beim DANAHE bekommen, in der Kommunikationsabteilung. Erst als Aushilfe, dann wurde es ein fester Job, weil ihnen meine Arbeit gefallen hat. Ich habe Pressetexte geschrieben und Kampagnen mitentwickelt. Mit der Zeit war ich inhaltlich so fit, dass ich in die Gruppe gewechselt bin, die sich um die bewahrungswürdigen Gebiete in Dänemark kümmert. Wo sind gefährdete Gebiete, was müssen wir für die tun, wie können wir sie verteidigen und so weiter? Der Naturschutz und die Bewältigung

der Klimakrise sind die wichtigsten Aufgaben überhaupt. Und davon will ich ein Teil sein."

„Das klingt nach einer interessanten und tatsächlich
wichtigen Aufgabe, meine Anerkennung. Lass uns zu
Tobias kommen. Wie habt ihr euch kennengelernt?"

„An der Uni in Hamburg. Ich studierte damals in
Odense und wollte gerne mal für ein Semester an eine
größere Uni. Mein Deutsch ist recht gut, da bot sich das
an, dorthin zu gehen. Ja, so bin ich nach Hamburg
gekommen, das war im Wintersemester 2015/2016.
Tobias hatte gerade angefangen, aber der hatte schon
Theologie abgeschlossen. Die einen bewunderten ihn
dafür, die anderen hielten ihn für einen Aufschneider,
der mit dem Geld seiner Eltern ewig studieren kann."

„Und du?"

„Na ja, ich war ja neu, hatte keine Vorurteile und fand
ihn sympathisch. Nach einiger Zeit fragte er mich, ob
ich Lust hätte, mit an seinem Buch zu arbeiten. Er sei
da der ein oder anderen Sensation auf der Spur. Ehrlich gesagt, war ich skeptisch. Bücher über Bornholms Kirchen gibt es wirklich genug. Aber andererseits konnte Tobias gut erzählen und Visionen entwickeln. Ich war begeistert, und wir sind dann
gemeinsam nach Bornholm gefahren und haben bei
Birgitta und Gunnar gewohnt. Ich nehme an, dass du
die kennst."

„Selbstverständlich. Kannst du einmal ein Beispiel für
seine Sensationen geben?"

„Ja, ich erzähle dir von unserem großen Bruch. Wir
haben ohne Pause geforscht und geschrieben, Tag und
Nacht. Tobias war davon überzeugt, dass so um 1160
auf Bornholm noch eine fünfte Rundkirche gebaut
werden sollte."

„Eine fünfte Rundkirche?"

„Eine fünfte Rundkirche, ja. Er war überzeugt, dass es
Sinn und Zweck der Rundkirchen war, einen Himmelsstern nachzubilden. Genauer gesagt den Krebs. Bist du
fit in Himmelssternen?"
„Überhaupt nicht."
„Okay, dann versuche ich mal, das zusammen-
zubekommen. Der Himmelsstern Krebs sieht aus wie
ein Y kopfüber. Für die Ägypter stellte der Stern eine
Schildkröte dar, und die stand für Tod und Wieder-
geburt. Zu der Zeit fand auch die Sonnenwende in der
Zeit des Krebses statt. Tobias war überzeugt, dass die
Rundkirchen nur gebaut wurden, um dem Krebs und
seiner Bedeutung zu huldigen. Wenn du dir ein Bild
des Krebses anschaust, siehst du oben einen Stern, das
war für ihn die Ols Kirke. Und unten zwei, das waren
für ihn Ny Kirke und Nylars Kirke. Der in der Mitte ist
folglich Østerlars. Aber etwas nördlich von diesem
sieht man noch einen Stern. Und Tobias meinte nun,
dass dieser fünfte Kirchenbau bereits begonnen worden war und es in der Erde dafür Beweise geben
müsste. Er ist übrigens selbst Sternzeichen Krebs, das
hat ihn zusätzlich motiviert."
„Wo genau vermutete er diesen Bau?"
„Es gibt da bei Gudhjem etwas im Landesinneren
einen großen Hof, die sind bekannt für Rapsöl und
Senf, mir fällt der Name nicht mehr ein."
„Meinst du Lehnsgaard? Das ist aber kein Hof, sondern
ein wunderschönes und weitläufiges Gut. Mit einer
langen Geschichte."
„Das kann sein. Jedenfalls behauptete Tobias, dass er
da auf der anderen Straßenseite Steine ausgegraben
habe, wie sie auch für die Ols Kirke verwendet wurden. Er hat mir sogar einen gezeigt."
„Du hast ihm also geglaubt?"

„Ja, damals schon. Heute bin ich überzeugt, dass er den bei einer anderen Rundkirche herausgebrochen hat."
„Aber deswegen habt ihr euch nicht zerstritten?"
„Nein. Wir haben weiter nach Beweisen geschaut und alles in einen besonderen Ordner gelegt, der nur in unserer gemeinsamen Cloud war. Er hatte kein Material auf seinem Laptop, ich nicht auf meinem, alles war nur in der Cloud, unsere Texte, unsere Bilder, unsere Mails. Tobias meinte, das wäre sicherer."
Jan ahnte etwas.
„Eines Tages kam ich nicht mehr an die Daten, Tobias hatte sie woanders hin kopiert und den Ordner gelöscht. Ich habe getobt, geschrien, ihm eine geknallt. Aber er meinte, das wäre sowieso alles seine Arbeit und ich hätte mich nur drangehängt, um von ihm zu profitieren. Dann habe ich nach einiger Zeit herausbekommen, dass er unsere Arbeit bei einer Stiftung eingereicht hat. Diese Stiftung verleiht jedes Jahr den Ellingepigen-Preis. Du weißt, Ellingepigen ist diese Moorleiche von vor Christi Geburt, die man vor ungefähr hundert Jahren bei Silkeborg gefunden hat."
Jan nickte, das lernte jedes Schulkind, der Fund war sehr bedeutend, wie der Grauballemand und der Tollundmand.
„Diese Stiftung haben sieben dänische Firmen gegründet, die irgendwie mit Graben zu tun haben. Die einen vertreiben Trecker, die anderen Schaufeln und so weiter. Jede der Firmen gibt 111.111 Kronen in den Topf. Und für diesen Preis hat sich Tobias beworben und ihn bekommen. Plötzlich hatte er 777.777 Kronen auf dem Konto. Nur für sich. Er hatte die nicht mit mir teilen wollen, deshalb die ganze Aktion. Ich habe mich bei der Stiftung noch beschwert. Doch die haben nur gesagt, wenn ich Beweise hätte, könnte ich mich gerne

wieder melden. Aber ich hatte keine. Ich war ja total naiv, ich hatte Tobias so vertraut. Er war doch mein Freund." Es war still im Raum. Wenn das stimmte, dachte Jan, dann veränderte das sein Bild von Tobias grundsätzlich.

„Und du hast nie wieder mit ihm gesprochen?"

„Nein, ich wollte dieses Schwein nie wieder sehen. Bevor du fragst, ja, ich hatte mehr als einmal Mordgedanken. Aber für den in den Knast, nein, das wäre er nicht wert gewesen."

„Seine Eltern sehen ihn eher als den begabten Universalgelehrten."

„Hör mir auf mit seinen Eltern. Die sind genauso. Die machen ein auf harmlose Wohltäter, die guten Apotheker. Aber das sind genau solche Schweine. Tobias hat mir das genau erzählt. Als die DDR zerfiel, sind die gleich rüber und wollten Apotheken erwerben. Das ging allerdings nicht, da gab es anfangs Schutz für die Ostdeutschen. Aber die hatten nicht immer das Geld für alle Investitionen, die notwendig waren. Tobias Eltern haben denen dann Kredite gegeben, und als dieser Schutz ein paar Jahre später fiel, wurden aus den Krediten Anteile. Und als die Apotheken immer wertvoller wurden, haben sie ihre Anteile verkauft. Mit richtig sattem Gewinn, hat Tobias gesagt. Die Apotheker mussten hohe Kredite aufnehmen, um die Schusters auszuzahlen."

Noch ein Bild von Jan wurde zerstört, die Schusters machten so einen harmlosen und fürsorglichen Eindruck.

„Ich muss wieder arbeiten. Ich will dir nur noch eines sagen. Tobias hat unter seinen Eltern gelitten. Die haben ihn tierisch unter Druck gesetzt, er sollte was ganz Großes werden. Sein Bruder ist genau deswegen

nach Kanada abgehauen, der hatte keinen Bock mehr auf seine Eltern. Und Bornholm ist Tobias´ Kanada gewesen. Hier hatte er nicht den dauernden Druck seiner Eltern, hier kannte keiner seinen Reinfall mit dieser einen Frau, die ihn so ausgenutzt hat. Hier ist er nicht von den älteren Semestern veräppelt worden. Wusstest du, dass die ihn mal zu einer Veranstaltung so einer schlagenden Verbindung mitgenommen haben? Abgefüllt haben sie ihn, und als er in die Toilette gekotzt hat, haben sie seinen Kopf in die Schüssel gesteckt. Am nächsten Morgen ist er irgendwo in einem Park aufgewacht. Er konnte sich an nichts mehr erinnern. Nein, Bornholm war seine Zuflucht. Er hätte alles getan, um dort bleiben zu können. Für immer."
Brian schaute Jan sehr eindringlich an, um dem Gesagten noch mehr Gewicht zu verleihen. Ja, das war viel, was sein Gegenüber da herausgelassen hatte, aber auch ungemein hilfreich.
„Brian, ich danke dir sehr, das war sehr umfangreich, und ich habe für die Fahrt zurück nach Bornholm viel zum Nachdenken. Danke."
Brian nickte: „Gerne, ich hoffe, es hilft dir. Es würde mich auch interessieren, wer von ihm so sehr die Schnauze voll hatte. Ich bringe dich noch zum Ausgang."

Jan steuerte seinen Wagen durch den regnerischen Kopenhagener Feierabendverkehr. Auch wenn er alle diese Straßen zigmal gefahren war, war er hoch konzentriert, dicht an dicht schoben sich die Wagen aus der Stadt. Bald konnte er Richtung Malmö abzweigen, schlagartig wurde der Verkehr geringer. Links erhob sich das große Einkaufszentrum Fields, in dem im Sommer ein junger Mann mehrere Menschen getötet hatte. Im Tunnel spürte Jan aufkommende Müdigkeit, die sich wieder legte, als er über die Øresundbrücke fuhr. Welch eine grandiose Aussicht. Kaum war er in Schweden, meldete sich die Müdigkeit zurück. Er war gut in der Zeit und konnte die Geschwindigkeit drosseln. Der Tag war emotional bewegend gewesen, sowohl der beinahe missglückte Besuch bei der Friedhofsverwaltung als auch das Gespräch mit Brian Rose hatten viele Gedanken ausgelöst.

Er wählte die Nummer von Ditte: „Hallo Ditte, wie sieht es bei euch aus?"

„Hallo Jan, gut, denke ich. Christian und ich haben einige interessante Dinge herausgefunden. Und du?"

„Oh ja, viel neuer Stoff für uns. Dann lass uns das alles morgen früh zusammentragen."

„Wenn uns nicht die Eltern erneut dazwischenfahren, sie waren heute früh wieder hier."

„Ich schreibe ihnen nachher vom Schiff eine Nachricht. Hast du Karen gesehen?"

„Ja, aber sie sah nicht gut aus, etwas wirr."

„Aha, dann werde ich mich morgen mit ihr einmal zusammensetzen."

Er hatte gehofft, dass es Karen wieder besser gehen würde. Tom war zurückgekommen, und die Ermittlungen wegen des Wettbetrugs hatten sich eh erledigt. Aber irgendwas stimmte wohl immer noch nicht. Er erreichte Ystad. Gerne wäre er jetzt zu seinem alten Kollegen Lasse Hellström gefahren, der hier ermittelte und mit dem er hin und wieder zusammenarbeitete. Aber für dessen überschwängliche Fröhlichkeit war er jetzt nicht empfänglich. Eigentlich hatte er noch Zeit, um einen kleinen Spaziergang durch die gemütliche Fußgängerzone zu absolvieren. Aber angesichts des Wetters beschloss er zum Fähranleger durchzufahren.

Eine Stunde später klopfte ein Mann im Arbeitsoverall an seine Fensterscheibe und rief, er solle endlich auf das Schiff fahren. Jan war eingeschlafen. An Bord holte er sich einen Kaffee, schrieb Tobias Eltern, dass es keine neuen Erkenntnisse gebe, er mit seinem Team morgen viele Besprechungen hätte und sie bitte nicht kommen mögen. Und Sonja schickte er eine Nachricht, dass es zwar spät geworden sei, aber er auf jeden Fall noch zu ihr kommen würde. Sie antwortete mit einem Smiley.

<u>27</u>

Ditte und Christian hatten sich am Montagmorgen zusammengesetzt und über die nächsten Schritte verständigt. Dann waren die beiden Fotos von Jan hereingekommen, die die zwei Notizzettel von Tobias zeigten. Und er hatte noch ergänzt, dass Tobias sich wohl für die dänische Staatsbürgerschaft interessiert hatte.

Gerade wollten die beiden sich diese Notizen anschauen, als Tobias Eltern hineinschritten. Ditte wimmelte sie umgehend ab, es gebe nichts Neues, Auskünfte könne ohnehin nur Jan erteilen, und der sei heute in der Hauptstadt. Das war nicht der Wochenauftakt, den sich die Eltern erhofft hatten, aber sie diskutierten das auch nicht, sondern zogen unverdrossen ab.

Ditte kannte nicht alle Vokabeln auf den beiden Zetteln, „Wortbruch" und „Buddenbrook" musste Christian ihr übersetzen bzw. erklären. Wobei er aus dem Deutschunterricht nur wusste, dass Letzteres ein Buch von einem deutschen Schriftsteller war, einem

Lübecker, wenn er es richtig erinnerte. Gelesen hatte er das Buch nicht.

Ditte schrieb die Wörter des ersten Zettels untereinander auf das Whiteboard. Daneben die Worte des zweiten Zettels. Sie grinste: „Ich könnte nachschauen, aber ich bin auch so sicher, dass niemand in Dänemark Poena heißt. Das ist Latein und heißt Strafe.“ Christian nickte anerkennend, als Ditte „Strafe“ an die entsprechende Stelle auf der Tafel schrieb: „Ich habe auch einen Tipp. 750 sind Kronen, 150b bedeutet, dass 150 bezahlt wurden und jetzt nur noch 600 offen sind. Aber ob wir hier über Hunderte, Hunderttausende oder Millionen sprechen, weiß ich auch noch nicht.“

„Das klingt einleuchtend. P kommt gleich zweimal vor. Auf dem einen Zettel ist P der Onkel von T oder andersherum. Und auf dem anderen hat P eine Idee für eine Strafe.“

„Sehr merkwürdig. Lass uns da morgen mit Jan weitermachen. Ich will mich heute wieder mit diesen Bendtsens befassen. Mich interessiert schon, wofür die das viele Geld tatsächlich brauchen.“

„Gut, tu das, ich werde mal die Kunsthandwerkerin aufsuchen, bei der dieses andere deutsche Mädchen in diesem Sommer gearbeitet hat.“

Christian setzte sich an seinen Schreibtisch, öffnete eine Flasche State und starrte vor sich hin. Wofür brauchten die Bendtsens so viel Geld, wohin verschwand es? Dittes spontane Vermutung von Spielsucht erschien ihm nicht unwahrscheinlich. Aber wie sollte er herausbekommen, ob das zutraf? Direkt gefragt hatte er sie vorige Tage, als er sie damit konfrontierte, wofür sie vielleicht so viel Geld brauchten. Sie hatten das vehement bestritten. Einen Moment liebäugelte er damit, nun doch die Namen und Telefonnummern von deren Kindern herauszubekommen, eine Tochter und einen Sohn hatten sie erwähnt. Aber vermutlich war das nicht die geschickteste Art. Irgendwelche Suchtberatungen zu fragen war auch sinnlos. Deren Kapital waren Vertrauen und Verschwiegenheit. Plötzlich hatte er die Lösung. 88 % der Spielsüchtigen sind Männer, hatte er in seiner Ausbildung gelernt. Folglich suchte er im Web nach Gunnar Bendtsen. Er fand ein Foto aus der „Tidende", das er sich auf sein Handy lud. Dann ging er zu seinem Wagen.

Er steuerte die Store Torvegade an, dort gab es einen Laden mit Spielautomaten. Ein paar Spieler hatten sich bereits eingefunden. Sie beachteten Christian nicht, sondern schauten gebannt auf die einarmigen Banditen. Der Mann hinter dem Tresen musterte den vor ihm stehenden Mann eindringlich. Wahrscheinlich stand er hier schon das ein oder andere Jahrzehnt und kannte seine Pappenheimer. Und erkannte auch Polizisten sofort. Deshalb druckste Christian auch nicht lange herum, sondern zeigte seinen Dienstausweis. Und hielt dem Mann sein Handy hin, auf dem Gunnar Bendtsen zu sehen war.

„War der diese oder letzte Woche hier?", raunte er ihm leise zu. Man musste schon sehr genau hinschauen, um das leichte Kopfschütteln zu erkennen. Der Mann wollte unbedingt diskret sein.

„Kommt der überhaupt hierher?" Wieder diese leichte Kopfbewegung. Einer der Spieler drehte sich jetzt um.

„Darf der hier überhaupt durch die Tür kommen?" Ein leichtes Zögern, dann wieder das kaum erkennbare Kopfschütteln.

„Danke. Ich wünsche dir noch einen schönen Tag." Der
Mann nickte kurz. Jetzt guckten sich mehr Spieler nach
Christian um.
Der freute sich, die Spielsucht war es also, die das Geld
bei den Bendtsens abfließen ließ. Er würde sie direkt
damit konfrontieren. Vermutlich würden sie darauf
beharren, dass das ja ihre Sache sei. Doch mit dieser
trotzigen Haltung würde er sie nicht mehr durch-
kommen lassen.

Ditte hatte sich auf den Weg nach Østermarie gemacht,
Kathe war ihr Ziel, die Keramikerin, bei der eine
Leonie im Sommer mitgearbeitet hatte. Sie kannte den
Laden und fuhr auf den Parkplatz. Kathe kam aus
ihrem Wohnhaus und ging zur Werkstatt und zum
Laden, sie hatte wohl nicht mit Kunden gerechnet.
„Hallo, ich mache dir mein Geschäft auf", lächelte sie
Ditte an. „Ach, du bist doch die in Olsker…"
„Ja, danke, das werde ich wohl nicht mehr los. Aber
deswegen bin ich nicht hier, sondern wegen Leonie."
„Wegen Leonie? Leonie Groth? Warum? Ist ihr etwas
passiert?"
„Nein, sie hat doch im Sommer bei dir gearbeitet, das
hat mir Line Rude erzählt."
„Das stimmt, sie kam im Mai hierher."
„Wie habt ihr Kontakt zueinander bekommen?"
„Sie hat mich einfach angeschrieben, wie viele andere
jedes Jahr. Ich hatte noch keine Unterstützung und
habe ihr zugesagt. Sie hat drüben bei uns geschlafen,
in einem Seitenflügel."
„Wer ist uns?"
„Ja, bei uns, also bei Andreas, meinem Mann, mir und
Mathilde, unserer Tochter. Marcus, unser Sohn, ist
gerade auf einer Weltreise."

„Wie war Leonie so?“

„Mmh, das war eine sehr nette junge Frau, sie hat ja eine Ausbildung zur Keramikerin gemacht. Ihren eigenen Stil mochte ich nicht so sehr, sie vermutlich meinen auch nicht, sie war in Deutschland auf eine Waldorfschule gegangen, das ist so etwas esoterisch. Diese Leute tragen so weite Gewänder, und die Farben sind etwas merkwürdig. Na gut, ich will dir keinen Vortrag halten, Leonie war auf jeden Fall handwerklich hervorragend.“

„Habt ihr gut zusammengearbeitet?“

„Absolut. Sie musste ja auch Becher und Teller in meinem Stil drehen und brennen, das hat sie klaglos getan.“ Kathe lachte etwas.

„Sie hatte Kontakt zu Tobias, dem Deutschen?“

„Ach so, jetzt verstehe ich, weshalb du hier bist. Ja, dieser schreckliche Kerl. Der ist doch umgebracht worden. Er ist anfangs öfters hierhergekommen. Die beiden haben sich auch abends mal getroffen, ich glaube in Svaneke und in Snogebæk waren sie unterwegs. Er hatte ein Cabrio, einen Mini. Ein tolles Auto. Aber nicht, wenn jemand in Hawaii-Hemden darinsitzt.“ Kathe fasste sich an die Stirn.

An seine Hemden erinnerte sich jeder. Ditte musste innerlich lachen.

„Und wie lange ist sie geblieben?“

„Eigentlich war bis mindestens Juli vereinbart. Dann ist Hochsaison, und ich brauche Unterstützung. Aber sie ist nach ungefähr sechs Wochen, so Ende Juni, plötzlich verschwunden. Sie hat ihre Sachen genommen, hat sich ihr letztes Geld, das ihr noch zustand, auszahlen lassen und ist gefahren. Sie hatte so einen kleinen Wagen, der mehr Rost als Farbe hatte, ein Peugeot glaube ich.“

„Hat sie einen Grund für die überstürzte Abreise genannt?"

„Nein, sie hat gesagt, das sei privat, sie könne darüber nicht reden. Sie sah dabei sehr, sehr traurig aus. Ich habe versucht, an sie heranzukommen, aber sie hat sich total verschlossen. Nur Mathilde hatte einen Zugang zu ihr."

„Glaubst du, dass Tobias etwas damit zu tun hatte?"

„Ich weiß es nicht, aber es würde mich nicht wundern. Der war mir irgendwie unheimlich, ein ganz komischer Typ. Lieb und nett und plötzlich ein cholerisches Arschloch. Entschuldige. Der machte mir Angst."

„Leonie hatte doch auch Kontakt zu Charu."

„Ja, die lernten sich irgendwann im Juni kennen und haben auch einiges miteinander unternommen. Aber wie gut sie sich kennengelernt haben, weiß ich nicht. Meine Tochter hat mir nur erzählt, dass sich Tobias sofort an Charu herangemacht hat, als Leonie plötzlich verschwunden war."

„Ist Mathilde da?"

„Nein, leider nicht, die macht einen Tagesausflug mit zwei Freundinnen nach Kopenhagen. Die sind mit der Nachtfähre nach Køge, wollen in Kopenhagen etwas shoppen und fahren mit der Fähre heute Nacht zurück."

„Kann ich sie morgen Vormittag sprechen?"

„Ich denke schon, entscheiden muss sie das selbst, sie ist 19 Jahre alt."

„Okay, danke, ich komme morgen noch mal vorbei. Ach so, hast du für mich ein Bild von Leonie?"

„Ja, gib mir mal deine Nummer, dann schicke ich dir eines, Moment." Kathe öffnete ihr Handy, Sekunden später hörte Ditte, dass das Bild bei ihr angekommen

war. Sie schaute es sich an. Eine fröhliche junge Frau mit blonden Locken und einem Nasenpiercing.
„Hatte Leonie eine besondere Beziehung zu Allinge?", fragte Ditte.
Kathe schaute sie fragend an.
„Eine junge Deutsche mit blonden Locken, weiter Kleidung in eigenartigen Farben und mit Nasenpiercing ist öfters in Allinge gesehen worden", erläuterte Ditte.
„Das kann sein, sie ist in ihrer Freizeit viel auf der Insel herumgefahren, ich glaube, das ist eher Zufall, dass sie dort gesehen wurde."

Karen war an diesem Montagmorgen noch immer etwas verwirrt. Tom hatte gestern am späten Nachmittag plötzlich vor dem Sofa gestanden, auf dem sie eingeschlafen war. Er hatte sie in den Arm genommen und geküsst. Er hatte sich für sein Verhalten in letzter Zeit entschuldigt, aber er sei einfach überarbeitet gewesen. In der Bibliothek sei es ja momentan sehr unruhig, zahlreiche Sparmaßnahmen seien bekanntlich angedacht, weil Bornholm ein zu großes finanzielles Defizit habe. Und da wisse man ja nicht, was das für die Arbeitsplätze bedeute. Die paar Tage in Kopenhagen bei seinem Freund Kim hätten ihm gutgetan und ihm wieder die Augen geöffnet. Dann hatte er Sekt aus dem Kühlschrank geholt und mit ihr angestoßen. Seinen Vorschlag, doch in Rønne schön essen zu gehen, hatte sie abgelehnt, danach war ihr nicht. Auch als er mit ihr schlafen wollte, wies sie ihn zurück. Sie hatte ein ungutes Gefühl, so einfach ging das alles nicht.
Nun saß sie in ihrem Büro im Zahrtmannsvej. Über die Ermittlungen im Fall Tobias wusste sie nichts, ver-

traute aber dem Team um Jan, dass es mit Eifer unterwegs war. Diese Sache mit dem Wettbetrug war geplatzt, ob es da noch eine Untersuchung aus Kopenhagen gab, wusste sie nicht, vermutete das aber. Ja, und dann war da noch Aage, ihr Chef. Er sah von Tag zu Tag schrecklicher aus. Warum blieb er nicht daheim bei Solveig, Rotwein sowie einer guten Zigarre und genoss seine letzten Tage?

Ohne Zweifel würde sich bald die Nachfolgefrage stellen. Wollte sie Aages Nachfolge antreten? Sie war hin- und hergerissen. Sie hatte Lust auf noch mehr Verantwortung. Aber die bedeutete noch mehr Schreibtisch und den endgültigen Abschied von der operativen Arbeit draußen auf der Straße. Eine Unsicherheit war, wer dann kommen würde, wenn sie nicht wollte. Würden sie miteinander harmonieren? Vielleicht war sie auch gar nicht in der Auswahl, wer weiß, was man sich in der Zwischenzeit bei der *Rigspoliti* ausgedacht hatte? Mit Tom konnte sie über all das nicht sprechen, jedenfalls jetzt nicht, da war Vertrauen verloren gegangen. Mit Jan konnte sie darüber sprechen, aber der war nicht ihr Seelenklempner, der arbeitete noch an dem Verlust von Tove. Sie freute sich, dass er Sonja gefunden hatte, die tat ihm gut.

Sie ging ans Fenster. Vielleicht sollte sie einfach ein paar Tage alleine wegfahren, um den Kopf frei zu bekommen. Vermutlich tat sie Tom Unrecht, er hatte das alles nicht böse gemeint, sondern war an sein Limit gekommen. Ja, sie würde einen ersten Schritt zur Versöhnung tun, jetzt. Sie schaute auf die Uhr. Es war kurz nach 12 Uhr, Zeit für einen kleinen Mittagsimbiss. Sie würde Tom von der Bibliothek abholen und am

Store Torv zum Essen einladen, ins Café Gustav oder ins Café Munter.

Sie parkte vor der Bibliothek und hoffte, dass er sich über diese Überraschung freuen würde. Sie ging durch den Vorraum in Richtung der Bücher. Sie stoppte. Vor einem der Regale stand Tom und diskutierte leise, aber mit viel Gestik. Ihm gegenüber standen die Carlsens, ihre Beinahe-Freunde aus Klemensker, die gerade noch als Wettbetrüger galten. Mit denen auch Tom keinen Kontakt mehr hatte, wie er vor ein paar Wochen noch behauptet hatte. Sie trat einen Schritt zurück, um nicht gesehen zu werden. Das war keine Plauderei dort, weil man sich zufällig gesehen hatte. Sondern ein sehr ernsthaftes Gespräch. Karen verharrte einen Augenblick, verließ die Bibliothek, setzte sich schnell in ihren Wagen und fuhr los. Sie steuerte aus Rønne Richtung Norden, eher ziellos. Spontan bog sie bald links ab Richtung Skovly. Ihr war jetzt nach Strand, Wasser und Weite zumute. Sie überkam das Gefühl, dass ein Tsunami auf sie zustürzte. Sie stieg aus, ließ Schuhe und Strümpfe im Auto, krempelte ihre Hose etwas hoch und ging an den Strand. Ab und an floss etwas kaltes Ostseewasser über ihre Füße. Es musste sich einiges in ihrem Leben ändern, das spürte sie zunehmend. Aber wo anfangen?

Nach einer halben Stunde drehte sie um und ging zurück zum Wagen. Sie zog sich gerade die Schuhe an, als ihr Telefon klingelte. Die *Rigspoliti*. Schnell zog sie die Tür zu, die sollten das Rauschen des Meeres nicht hören.

„Ja, hier ist Karen."

Am anderen Ende war Mogens, der Chef der *Rigspoliti* höchstpersönlich. Ihr wurde leicht mulmig. Die missglückte Aufklärung des Wettbetruges?

„Karen, ich möchte gerne mit dir jetzt am Mittwoch um 8 Uhr sprechen. Die Nachmittagsmaschine am Dienstag ist bereits für dich gebucht, zurück nach Bornholm am Mittwoch ebenfalls die Nachmittagsmaschine. Wir haben dir ein Zimmer im Radisson am Bahnhof gebucht, dann hast du es morgens nicht so weit."
„Okay, was ist der Grund dieses Treffens?"
„Karen, ich glaube, das kannst du dir denken, Aage natürlich. Es wird dringend Zeit, dass wir die Nachfolge regeln. Ich möchte gerne mit dir über die Situation auf Bornholm sprechen, über die Herausforderungen, über deine Ambitionen und über das Profil, das ein Kandidat erfüllen muss."
„Verstanden, ich werde mir Gedanken machen. Vielen Dank für deine Einladung." Jetzt wurde es ernst. Sie hatte gehofft, noch etwas Zeit zu haben, ihre Gedanken zu strukturieren. Aber da hatte sie sich etwas vorgemacht. Es war klar, dass Kopenhagen jetzt handeln musste.

Christian war unruhig. Wenn es zutraf, dass Gunnar Bendtsen spielsüchtig war, dann war es nachvollziehbar, dass er irgendwann seine Ferienhäuser verkaufen musste. Mit seinem normalen Einkommen konnte er diese Sucht nicht finanzieren. Aber was, wenn das Geld auch verspielt war? War dann Tobias eine gute Quelle gewesen? Der hatte Geld und seine Eltern noch viel mehr. Hatten Bendtsens und Tobias sich deswegen gestritten und es war zu einem Mord gekommen? Auszuschließen war das nicht.
Er konnte und wollte nicht warten, sondern fuhr nach Aakirkeby. Die Bendtsens gingen gerade mit zwei Einkaufstüten von Netto zu ihrem Haus.

„Was willst du?“ Ja, sie machten dort weiter, wo sie bei seinem letzten Besuch aufgehört hatten.

„Ich denke, wir sollten ins Haus gehen, ich habe etwas mit euch zu besprechen.“

„Nein.“ Birgitta Bendtsen antwortete kurz und klar.

„Ich weiß, weshalb ihr in Geldnöten seid. Darüber sollten wir reden. Ohne dass die Nachbarn zuhören.“ Mit bösem Blick öffnete Birgitta die Haustür, ihr Mann folgte ihr, dann Christian. Sie stellten die Tüten in die Küche und blieben dann im Wohnzimmer stehen. Christian sollte sich gar nicht erst hinsetzen: „Also?“

„Wir haben uns etwas umgehört und mehrfach Hinweise erhalten, dass du, Gunnar, spielsüchtig bist.“ Die beiden schauten sich kurz irritiert an. „Wer behauptet so etwas?“, blaffte Gunnar.

„Gunnar, Bornholm hat nicht einmal 40.000 Einwohner, jeder kennt fast jeden, hier bleibt kaum ein Geheimnis geheim. Das wissen wir alle. Und die Bornholmer Polizei ist gut vernetzt.“ Er machte eine Pause.

„Ja und, selbst wenn das so stimmt, ist das unsere Sache.“

„Ja, das ist richtig. Die Frage muss allerdings gestellt werden, woher ihr das Geld dafür nehmt. Ihr habt schon eure beiden Ferienhäuser verkaufen müssen, zuvor seid ihr von Hasle in dieses kleinere Haus gezogen. Aber irgendwann ist auch das Geld ausgegeben. Woher bekommt ihr neues? Ich glaube, Tobias war eine gute Quelle. Seine Eltern sind vermögend, und er hat auch Geld.“ Er guckte das Ehepaar prüfend an.

„Quatsch, wie kommst du denn auf so einen Mist? Wie soll das denn funktioniert haben?“

„Ich weiß es noch nicht, aber ich bekomme es heraus. Vielleicht habt ihr etwas über ihn gewusst, was niemand erfahren durfte, und ihr habt ihn erpresst. Dann hat es Streit gegeben, und an dessen Ende war Tobias tot." Christian war bewusst, dass das völlig an den Haaren herbeigezogen war. Aber er wollte sie aus der Reserve locken.

„Wir haben zu Tobias seit Jahren keinen Kontakt mehr. Alles Quatsch, was du erzählst. Lass uns jetzt in Ruhe."

Christian verabschiedete sich. Er war zufrieden, die Lunte war gezündet. Wenn die Bendtsens tatsächlich die Schuldigen waren, würden sie jetzt aktiv werden, um alle Spuren zu verwischen. Er war mit dem Tag zufrieden. Jetzt noch ein, zwei Stunden im Fitness-studio, zu seinen morgendlichen Trainings kam er kaum mehr, weil er das Frühstück für Lærke bereitete. Sie meinte zwar, dass sie das nach wie vor selbst könnte. Aber es war besser, wenn er sich kümmern würde, da war sich Christian ganz sicher.

Als Karen ihr Haus in Klemensker betrat, duftete es sehr lecker. Tom hatte Lachsfilets gebraten, die er nun im Ofen warm hielt, und dazu eine Soße aus Tomaten, Passionsfrucht und Äpfeln bereitet. Er kam sofort auf sie zu: „Guten Abend, meine rothaarige Göttin. Heute gibt es einmal etwas aus einem isländischen Koch-buch. Hattest du einen schönen Tag?"

„Einen anstrengenden. Und du? Haben sich die Kollegen gefreut, dich wiederzusehen?"

„Ach, die haben da gar kein Aufheben drum gemacht."

„Also nichts Besonderes ist heute passiert?"

„Nein, absolut wie immer."

„Ich muss nach dem Essen noch an den Schreibtisch."

„Wieso das? Ich dachte, wir machen es uns dann ge-mütlich. Auf dem Sofa und später im Schlafzimmer. Der Weißwein ist kalt gestellt."

„Das würde ich auch gerne", log Karen. „Aber ich muss morgen Nachmittag nach Kopenhagen fliegen, die Leitung der *Rigspoliti* will mich sehen. Sie wollen mit mir über die Nachfolge von Aage sprechen."
„Das ist doch großartig, das willst du doch sicherlich annehmen."
„Ich weiß es noch nicht. Ich muss alle meine Gedanken mal wirklich strukturieren."
„Wir könnten darüber auch reden."
„Ja, aber ich habe gute Erfahrungen damit gemacht, alles sauber aufzuschreiben, was dafür und was dagegen spricht." Karen war froh, als das Abendessen endlich vorbei war und sie sich in ihr Arbeitszimmer zurückziehen konnte.

Tag 10

28

Ditte, Christian und Jan saßen beieinander. Mit einem anerkennenden Lächeln hatte Jan auf das Whiteboard geschaut, auf dem seine Kollegen die Worte von Tobias Notizzetteln notiert hatten. Und die ersten beiden Lösungen. Das war noch kein Durchbruch, aber ein Anfang.

„So, dann lasst uns einmal die Ergebnisse des gestrigen Tages zusammentragen", begann Jan. „Ich starte einfach und berichte von meinem Gespräch mit Brian Rose." Er erzählte, wie Tobias und Brian sich kennengelernt und weshalb sie sich entzweit hatten, sowie Brians Meinung über die Eltern und seine Theorie, dass Bornholm sozusagen Tobias Fluchtpunkt war.

„Wenn das stimmt, passt das natürlich zu seinem Interesse an der dänischen Staatsbürgerschaft. Dann wollte er wohl auf Dauer hierherkommen," nickte Christian zustimmend.

„Ja, aber um die Staatsbürgerschaft zu erhalten, muss er zum Beispiel ein regelmäßiges Einkommen nachweisen. Dafür musste er hier erst einmal einen Arbeitsplatz finden", warf Ditte ein.

„Ihr habt beide recht. Wir können ja einmal Peter Winther fragen, was er dazu weiß", schlug Jan vor.

Dittes Blick war nicht gerade freundlich: „Bist du sicher, dass dieser Brian als Täter ausfällt?"

„Spontan ja. Der ärgert sich tierisch über ihn, die Hälfte der 777.777 Kronen sind für einen Studenten natürlich viel Geld. Aber wenn er sagt, dass Tobias es nicht wert sei, für ihn ins Gefängnis zu gehen, glaube ich ihm das."

„Wir sollten trotzdem prüfen, wo er zum Tatzeitpunkt war. Wie du ihn beschrieben hast, wäre er kräftig genug, Tobias an die Glocke in Rutsker zu hängen.“
„Das werden wir tun. Christian, erzähl doch mal von deinen Erlebnissen mit den Bendtsens.“
Das tat der und fasste zusammen: „Insofern sind die für mich absolut verdächtig. Woher sollen die sonst noch Geld bekommen? Ich weiß noch nicht, wie die an sein Geld gelangt sind, aber ich bin überzeugt, dass es da Stress gegeben hat.“
„Gut, Ditte, wie sieht es bei dir aus?“
Sie berichtete von den beiden Keramikerinnen: „Beide konnten Tobias nicht leiden. Das fügt sich ein in die anderen Beschreibungen. Anscheinend fand er sich ganz toll und unwiderstehlich, tatsächlich versprühte er aber eine ganz unangenehme und sogar unheimliche Aura. Merkwürdig ist, dass die beiden jungen Frauen ihn erst öfters trafen und dann plötzlich verschwanden. Und das ohne wirkliche Begründung. Ich fahre gleich noch einmal nach Østermarie zu dieser Kathe, besser gesagt zu ihrer Tochter. Die hatte wohl mit Leonie, dem Mädchen, das bereits im Mai hier arbeitete, ein gutes Verhältnis. Ich muss deshalb gleich los.“
„In Ordnung, ich versuche, das gleich einmal alles an unserer Tafel anzubringen, um das Beziehungsgeflecht etwas deutlicher zu machen. Wollen wir noch schnell einen Blick auf Tobias Zettel und seine rätselhaften Worte werfen?“
Ditte schüttelte den Kopf: „Nein, das tut mir leid, aber ich muss los. Ihr beide schafft das schon.“
Sie war gerade zwei Minuten weg, als Karen hineinkam: „Ich will euch nur sagen, dass ich nachher nach

Kopenhagen fliege. Unsere obersten Chefs möchten mit mir besprechen, wie es nach Aage weitergeht."
„Da bin ich sehr gespannt, welche Ideen die haben", lächelte Jan sie an. „Eigentlich kann es nur eine geben."
„Vielleicht, aber auch zu der gehören zwei, die zustimmen. Was sind das für Zettel an der Wand?"
„Die hatte Tobias in einem Ordner abgelegt. Und nun versuchen wir, sie zu dechiffrieren. Wie so alte Geheimdienstler."
„P Onkel T? Was heißt das?"
„Ja, das versuchen wir gerade herauszufinden."
„Ist P der Onkel oder T?", hakte Karen nach.
„Das wissen wir noch nicht."
„Wenn T der Onkel ist, hätte ich einen Tipp. Mir fällt spontan eine Schullektüre ein, ‚Onkel Toms Hütte‘."
Christian schaute etwas verdattert: „Und was soll das dann bedeuten?"
„Ich erinnere das Buch nicht mehr so gut, aber Tom war ein Sklave. Übertragen auf den Zettel heißt das, dass P ein Sklave ist oder war. Wer auch immer P ist und von wem ein Sklave."
Die beiden Männer schauten Karen überrascht an: „Das klingt interessant, wir schreiben das einmal daneben."
„Macht das, ich verabschiede mich, Donnerstag bin ich wieder im Haus."
„Viel Glück", rief Jan ihr hinterher.

Ditte war in Østermarie angekommen, Mathilde war wach: „Danke, dass du bereit bist, mit mir zu sprechen. Du weißt, dass Tobias Schuster vorletztes Wochenende umgebracht wurde. Er hatte eine Zeit lang sowohl zu Leonie als auch zu Charu intensiven Kontakt. Beide sind urplötzlich abgereist. Meine Frage ganz direkt ist, ob du dir bei Leonie vorstellen kannst, weshalb? Ihr habt ja sozusagen unter einem Dach gelebt."

Mathilde zog ihre Beine ganz fest an sich. Ihre Mutter hatte ihr sicherlich schon gesagt, weshalb Ditte hier war, entsprechend angespannt wirkte sie: „Ich kann darüber nicht sprechen."

„Weil?"

„Weil ich es versprochen habe."

„Tobias hat Leonie wehgetan, richtig?"

Ditte wollte nicht lange drumherum reden, doch Mathilde zeigte keine Reaktion.

„Mathilde, Tobias lebt nicht mehr, er kann sich nicht an Leonie oder Charu rächen, wenn du jetzt etwas ausplauderst. Aber vielleicht war Tobias nicht allein der Täter, vielleicht hatte er Helfer, die Leonie ebenfalls wehgetan haben."

Mathilde rührte sich nicht.

„Bitte Mathilde, solchen Männern müssen wir ein Ende bereiten. Das kann nicht sein, dass die hier ungestraft Frauen wehtun, die auf Bornholm nur arbeiten und ansonsten ihren Frieden haben möchten."

Mathilde liefen die Tränen herunter: „Er hat sie gezwungen."

„Tobias hat sie gezwungen?"

Mathilde nickte.

„Wozu hat er sie gezwungen? Zum Sex?"

Mathilda schüttelte den Kopf: „Nein, sie hat mit ihm geschlafen, ein paar Mal. Dann wollte er, dass sie auch mit seinem Freund schläft."

„Mit welchem Freund?"

„Bei dem er wohnt."

„Peter Winther, der Küster?"

„Ja, der. Sie wollte nicht, hat sich gewehrt. Tobias hat ihr Geld geboten, aber sie wollte nicht. Er hat ihr noch mehr Geld geboten und gesagt, das sei wichtig für ihn."
„Wichtig für ihn sei? Hat er gesagt, weshalb?"
„Nein."
„Und sie hat nachgegeben?"
„Ja, sie hat nicht viel Geld, muss ständig jobben, um ihre Ausbildung zu bezahlen, ihre Eltern geben ihr nichts. Die haben ihr so eine komische Schule bezahlt und dann nichts mehr. Und dann hat sie zwei- oder dreimal mit diesem Peter..., aber der wurde immer schlimmer, wollte wohl ganz merkwürdige Dinge, Leonie hat nicht gesagt, was er wollte, nur dass das abartig war. So hat sie das ausgedrückt. Und dann ist sie geflohen."
Mathilde brach in ein heftiges Weinen aus. Ditte sagte nichts, hielt sie nur im Arm, versuchte, sich zu beherrschen. Was für Schweine, alle beide. Am liebsten hätte sie mitgeweint. Nach einer Weile hatte sich Mathilde etwas beruhigt.
„Weißt du, ob er das bei Charu auch versucht hat?"
„Ich weiß es nicht, mit ihr war ich nicht so eng, wir haben uns nur zwei- oder dreimal gesehen. Aber ich denke ja, warum ist sie sonst abgehauen?"
„Deinen Eltern hast du nichts davon erzählt?"
„Nein, ich hatte es Leonie ja versprochen."
„Gut, ich werde ihnen auch nichts sagen, du bist eine erwachsene Frau, es ist allein deine Entscheidung, was du ihnen erzählst. Ist es okay, wenn ich jetzt fahre? Oder willst du mir noch etwas sagen?"
„Nein, aber was ist, wenn dieser Peter erfährt, dass ich das erzählt habe?"

„Das wird er nicht erfahren. Und wir werden dafür sorgen, dass er lange von der Bildfläche verschwindet."

Draußen am Auto rief Ditte Jan an und erzählte ihm, was sie gerade gehört hatte. Jan verschlug es die Sprache.
„Jan, wir müssen sofort zu diesem Schwein und ihn zur Rede stellen. Aber du musst mitkommen. Ich weiß nicht, was ich tue, wenn ich ihm allein begegne."
„Ja, wir treffen uns auf dem Parkplatz gegenüber vom Möbelhaus. Dann gehen wir zu ihm. Ich halte auf dem Weg noch in Poulsker und schaue, ob er vielleicht gerade da ist."

Eine Dreiviertelstunde später trafen sich Ditte und Jan auf dem Parkplatz, wie vereinbart. Sie gingen das kurze Stück zur Wohnung von Peter Winther. Sein Wagen stand vor der Tür. Jan klingelte. Keine Reaktion. Jan klopfte, ohne Erfolg. Ditte ging die Fenster entlang, erst vorne, dann hinten auf dem Hof: „Jan, kommst du mal?" Der eilte auf den Hinterhof.
„Schau mal, da, der große Sessel, sitzt er da nicht?"
„Ja, er scheint aber ziemlich fest zu schlafen." Jan wühlte in seiner Jackentasche. „Ist doch gut, wenn man immer eine Grundausstattung mit dabei hat. Ich öffne mal die Tür."
„Sollen wir nicht lieber noch einmal klingeln? Vielleicht wacht er dann auf."
„Ich bin nicht sicher, ob er noch einmal aufwacht."
Jan hatte die Tür blitzschnell geöffnet. Vorsichtig ging er ein paar Schritte ins Wohnzimmer, während Ditte an der Tür stehen blieb.

„Dem hat jemand den Schädel eingeschlagen. Rufst du bitte mal in Rønne an? Die Spurensicherung und Knud sollen kommen. Und Christian auch. Jetzt wird es interessant.“

Eine Stunde herrschte am Søndre Strandvej Hochbetrieb. Polizei, Spurensicherung, Sanitäter und Arzt schwirrten hin und her. Neugierige hatten sich jenseits der Absperrungen versammelt, und mancher versuchte per Handykamera Interessantes für seine Mitmenschen aufzunehmen. Ditte, Christian und Jan standen am Rand, Ditte berichtete Christian von Mathildas Erzählungen.
„Das ist doch ekelhaft“, entfuhr es diesem. „Aber wer hat Tobias und ihn umgebracht?“
„Ich bin nicht sicher, dass es ein oder derselbe Täter ist“, entgegnete Ditte. „Es fehlt hier der symbolträchtige Fundort. Einfach so erschlagen daheim im Sessel, das ist ziemlich normal. Kein Vergleich mit einem Anbinden an eine Glocke.“
„Dann hätte der Täter also ein anderes Motiv als diesen Zwangssex, den die beide den Mädchen aufgedrängt haben?“
„Nicht unbedingt. Bei Tobias weiß ich es noch nicht, aber hier könnte ich mir vorstellen, dass jemand nicht wollte, dass wir ihn finden. Vielleicht weil er auspacken und noch mehr Personen mit in die Sache hineinziehen würde. Oder nicht wollte, dass Winther ein paar Jahre in den Knast geht, dann munter wieder herausspaziert und weitermacht. Aber das sind nur so Gedankenspiele von mir.“
„Ditte, ich gebe dir absolut recht, ich glaube auch, dass hier jemand schnell etwas erledigen wollte, bevor wir ihn in unsere Obhut nehmen.“

Knud Rømer, der Rechtsmediziner, kam auf sie zu: „Peter Winthers Schädel ist mit mindestens sechs Schlägen zertrümmert worden. Vermutlich mit einer Eisenstange. Einen Kampf hat es augenscheinlich vorher nicht gegeben. Er ist wohl in seinem Sessel überrascht worden.“

„Mit sechs Schlägen?“ Nicht nur Christian war irritiert.

„Ja, alle recht kräftig, es ist schwer zu sagen, ob das ein Mann oder eine Frau war, ich tippe auf einen Mann. Ich will nicht ausschließen, dass auch ein Schlag gereicht hätte, aber da war jemand sehr wütend und wollte auch auf Nummer sicher gehen.“

„Danke Knud, dann warten wir einmal ab, was die Spurensicherung entdeckt.“ Jan drehte sich zu seinen Kollegen. „Ihr könnt jetzt Feierabend machen oder noch ins Büro fahren, wie ihr wollt. Ich werde mich gleich an den Schreibtisch setzen. Da gibt es noch ein paar Dinge, die ich recherchieren muss, sonst kann ich vermutlich nicht ruhig schlafen.“

Ditte wollte sich ihm anschließen, Christian lieber nach Lærke schauen.

Zurück im Büro rief Ditte ihren Kontakt bei Bornholmslinjen an. Sie hatte die ganze Zeit schon so ein komisches Gefühl bei Brian Rose. War er wirklich nur der idealistische Naturschützer, wie Jan ihn dargestellt hatte? Oder schlummerten nicht doch Rachegefühle in ihm? Sie fragte bei der Reederei nach, ob in letzter Zeit ein Brian Rose mit ihr gefahren sei. Aber das war er nicht, es gab keine entsprechenden Daten. Dann war ihr Verdacht wohl unbegründet.

Jan versuchte, mehr über die beiden Keramikerinnen herauszufinden. Wer hatte einen Grund, den Küster zu erschlagen? Natürlich die Eltern der beiden jungen Frauen, die zum Sex gezwungen worden waren. Eine andere Möglichkeit waren die zwei Frauen, die die beiden beherbergt hatten. Und nun vielleicht von Schuldgefühlen gequält wurden, weil sie ihrer Verantwortung als Aufpasserinnen nicht wirklich nachgekommen waren. Oder gar die beiden Mädchen selbst? Hatten sie sich verbündet und waren zurückgekommen, um Rache zu nehmen? Er musste Kontakt zu ihnen aufnehmen.

Line Rude, die Keramikerin mit der Werkstatt zwischen Olsker und Gudhjem, war 1971 in Svendborg auf Fünen geboren worden. Sie war dort auch zur Schule gegangen und hatte später in Odense für das Lehramt studiert. Ihre erste Anstellung erhielt sie an einer Schule in Slagelse auf Seeland. Verheiratet war sie mit einem IT-Unternehmer, mit dem sie Zwillinge bekam. Gewohnt hatte die Familie in der Nähe von Slagelse, anscheinend war Line auch in der Gemeinde engagiert. Mittlerweile war die Ehe geschieden, und Line war 2015 nach Bornholm gekommen. Seitdem war sie als Keramikerin im Bornholmer Norden tätig. Das war alles höchst unspektakulär.

Kathe Kyster, die Keramikerin aus Østermarie, war gebürtige Bornholmerin, sie war 44 Jahre alt. Sie hatte die Insel allerdings nach dem Abitur verlassen und war auf eine Kunsthochschule in Spanien gegangen. Dort hatte sie sich mit Malerei und Keramik beschäftigt und ihren Mann kennengelernt. Zunächst hatte sie eine Galerie in Bilbao besessen, 2000 war das Paar allerdings nach Bornholm umgezogen und wohnte in Østermarie. Ihr Mann arbeitete in Rønne in der Exportabteilung der Firma Jensen, dem Bornholmer Hersteller von Industriewaschmaschinen. Sie hatten zwei Kinder. Auch das war wieder unspektakulär. Aber Jan war sich sicher, dass in einer der beiden Biografien noch mehr steckte. Das musste er mit Ditte besprechen. Doch die hatte sich schon vor gut fünf Minuten nach Hause verabschiedet. Dann würde er jetzt auch gehen.

Christian kam ziemlich aufgewühlt nach Hause. Die Ereignisse überschlugen sich, der Mord an Peter Winther, die vielen neuen Erkenntnisse über Tobias, Mathildes Erzählungen, die Keramikerinnen, das war kaum zu ordnen. Er umarmte Lærke und gab ihr einen langen Kuss.
„Du siehst abgespannt aus", begrüßte sie ihn.
„Ja, es ist zurzeit viel, ich muss erst einmal versuchen runterzukommen."
„Dann geh doch kurz in den Fitnessraum und tobe dich etwas an den Geräten aus. Ich habe uns eine Kürbissuppe gemacht, die kann ich wieder aufwärmen, du bekommst eine Fleischeinlage mit hinein, ich habe noch kleine Hähnchenfilets für dich angebraten."
Christian lächelte, sie war ein Schatz. Er drückte sie vorsichtig an sich, gab ihr einen Kuss und bedankte sich.
Nach einer halben Stunde an den Fitnessgeräten und einer Dusche erschien er deutlich entspannter im Wohnzimmer. Lærke trug das Essen auf, sie hatte Christian schon ein Bier hingestellt, sie selbst trank stilles Wasser mit einem Hauch Zitrone.
„Wie war es bei dir?", begann Christian.
„Nichts Besonderes eigentlich. Die Schüler machen uns weniger Sorgen als die Gelder. Es geht das

Gerücht, dass die Bornholmer Verwaltung erhebliche Gelder einsparen muss. Das wird wohl auch uns Schulen heftig treffen."

„Ja, ich habe davon heute früh in der Zeitung gelesen. Ist so ähnlich wie bei uns, wir müssen immer mehr Aufgaben mit immer weniger Kollegen lösen."

„Und dann noch solche verzwickten Morde wie an dem Deutschen und heute an dem Küster in Nexø."

„Ja, der Deutsche entpuppt sich immer mehr wie eine von diesen russischen Puppen, die man ineinanderstecken kann."

„Matroschka."

„Ja, genau. Erst war er das arme Opfer, dann der nervige Alleswisser, später der lästige Casanova und schließlich der hinterhältige Betrüger. Und mit seinen Eltern ist es genauso, die haben wir für harmlose und reiche Apotheker gehalten, die für ihren Sohn nur das Beste wollen. Doch sie sind anscheinend ziemlich durchtriebene Geschäftsleute, die ihre Kinder drangsaliert haben und das wohl auch jetzt noch versuchten. Zumindest bei Tobias."

„Wer sagt das?"

„Dieser Naturschützer da in Kopenhagen, Jan hat den vorgestern besucht. Der hat mal mit Tobias zusammengearbeitet und an den Eltern kein gutes Haar gelassen."

„Hattest du nicht mal einen Bruder erwähnt?"

„Ja, der lebt in Kanada."

„Und was sagt der?"

„Wie kommst du denn darauf?"

„Na, wer soll euch denn kompetenter zu der Familie Auskunft geben können als der eigene Sohn und Bruder?"

„Aber der wohnt doch in Kanada."

„Seit wann?"

„Seit sechs Jahren oder acht, ich weiß es nicht genau."

„Siehst du, vielleicht besitzt der inzwischen eine gesunde und nüchterne Distanz."

Christian schaute sie mit offenem Mund an: „Also, wenn die Schule dich rausschmeißt, kannst du bei uns anfangen."

Lærke lächelte: „Danke, aber ich bleibe lieber, wo ich bin. In Kanada ist es jetzt acht oder zehn Stunden früher, ich weiß ja nicht, wo der Bruder wohnt. Du könntest ihn jetzt anrufen und fragen."

„Aber unser Abend."

„Das wird ja nicht ewig dauern. Und ich schaue derweil im Web nach Ideen für die Einrichtung eines Kinderzimmers."

29

Christian setzte sich an sein iPad und suchte nach einem Tore Schuster in Kanada. Hatten die Eltern nicht Toronto erwähnt? Er versuchte es. Nein, Fehlanzeige. Aber es dauerte nicht lange, dann hatte er die Website von Tores Firma gefunden, ein Maschinenbaubetrieb in der Nähe von Toronto. Er schaute auf die Uhr. Dort war es kurz nach 14 Uhr, da konnte er jetzt gut anrufen.

Am anderen Ende meldete sich eine Frau. Er erklärte ihr sein Anliegen, hatte jedoch das Gefühl, dass die Frau ihm nicht wirklich glaubte. „Danish police?" Wahrscheinlich hielt sie ihn für einen Betrüger, der gleich behaupten würde, Banker zu sein und auf dem Konto eines Verstorbenen 20 Millionen Dollar gefunden zu haben, die er nun Torge überweisen wolle. Der müsse nur vorher 4.000 Dollar Gebühren an den

Banker senden. Noch hatte er den Tod des Bruders ihres Chefs nicht erwähnt, das tat er jetzt, um seinem Anruf mehr Nachdruck zu verleihen. Es schien zu funktionieren, jedenfalls stellte sie ihn durch.

„Torge Schuster."

Christian hatte sich dafür entschieden, mit Torge Deutsch zu sprechen. Das erinnerte ihn hoffentlich mehr an die Familie und die gemeinsame Zeit. Er schlug ihm das vor und Torge stimmte zu.

„Torge, mein herzliches Beileid zum Tod deines Bruders", setzte Christian fort. Torge bedankte sich und wollte noch mehr Details wissen. Fundort, Todesart, Stand der Ermittlungen und so weiter. In intensivem Austausch mit seinen Eltern schien er nicht zu stehen.

„Warum rufst du an?"

„Ehrlich gesagt, versuchen wir uns ein Bild von diemem Bruder zu machen. Wer er war, was ihn interessierte, was ihn motivierte, was seine Ziele waren. Irgendwo da muss die Stelle sein, die jemandem missfallen hat."

„Okay, verstanden. Mein kleiner Bruder war eigentlich ein lieber Junge, wir haben uns gut verstanden. Er war schlau, nicht besonders sportlich, er war keiner, dem die Mädchen hinterherliefen, aber er war in der Schule beliebt. Aber so insgesamt eher ein durchschnittlicher Typ, verstehst du, bis auf seine große Klugheit."

„Du hast gesagt, er war das ‚eigentlich'."

„Ja, unsere Eltern haben in ihm etwas anderes gesehen. Insbesondere mein Vater. Weißt du, meine Eltern haben reichlich Kohle. Und sie wollten, dass Tobias und ich was richtig Besonderes werden. Erfolgreiche und berühmte Männer mit hübschen Frauen. Bei mir haben sie es zuerst versucht, ich war ja der Ältere. Ich sollte so etwas wie Philosophie studieren oder Literaturwissenschaft. Um dann später als Autor und Vortragender viel gefragt und berühmt zu werden. Das hat mich bloß nie interessiert. Ich war in der Schule in den Naturwissenschaften gut. Und als ich dann Maschinenbau studiert habe, haben meine Eltern kaum mehr mit mir gesprochen. Deshalb bin ich auch nach Kanada abgehauen, da sind die weit weg. Ich hätte es nicht besser treffen können, hier habe ich meine Familie und meine Company."

„Vermute ich richtig, dass eure Eltern sich dann auf Tobias konzentriert haben?"

„Ja, das tut mir auch leid, es ist ja auch meine Schuld, weil ich so nicht werden wollte."

„Aber dein Bruder hätte sich ja auch wehren können."

„Stimmt, aber dafür war er nicht der Typ. Nein, der hat das mitgemacht. Er wollte unbedingt Pastor werden, wie unser Opa, den hat er geliebt. Aber als er mit dem Studium fertig war, da hat unser Vater ihn zur Archäologie getrieben. Und dann zur Architektur. Er hat ihn jeden Tag angerufen, mit Geld gelockt, mit Geldentzug gedroht. Ihm gesagt, er würde eines Tages nichts erben. Diesen ganzen Mist hat er abgelassen."

„Aber weshalb war ihm das so wichtig?"

„Weil er selbst das nicht geschafft hat. Mein Vater hatte schon studiert und die erste Apotheke übernommen und ich war unterwegs. Plötzlich ist ihm aufgegangen, dass er lieber jemand wäre, der im Fernsehen die Welt erklärt. Aber dafür war es zu spät. Meine Mutter hat mir das einmal erzählt."

„Und deshalb musste dein Bruder dran glauben."

„Es gibt doch bestimmt auch bei euch im Fernsehen so Leute, die zu jedem Thema in irgendwelche Talkshows eingeladen werden. Ob das nun Corona ist oder der Terrorismus, die Wirtschaftskrise oder die Situation in China, die wissen angeblich alles. Und so einer sollte Tobias werden."

„War Bornholm sein Toronto?"

„Ja, das sollte es werden. Sein Traum war, dass er dorthin zieht, einen Job findet und sein eigenes Ding macht."

„Hat er das zu dir gesagt?"

„Ja, wir haben oft telefoniert oder über Facetime gesprochen."

„Deine Eltern haben gesagt, ihr Brüder hattet selten Kontakt."

„Bullshit, die wollten so wohl verhindern, dass du mich kontaktierst."

„Wie konkret waren die Pläne deines Bruders?"

„Das letzte Mal haben wir im Sommer gesprochen. Da hat er gesagt, dass er vielleicht einen Job findet, das sehe ganz gut aus. Er könne darüber nicht reden, er müsse sich überlegen, ob das alles so okay sei."

„Hat er das konkreter beschrieben?"

„Nein, nur so wie ich es gerade formuliert habe. Vielleicht gab es nicht genug Kohle. Oder irgendwelche moralischen Bedenken. Außerdem wollte er dänischer Staatsbürger werden."

„Eure Eltern ahnten nichts davon?"

„Nein, denen hat er immer was von dem Buch erzählt, das er schreiben wollte. Das wollte er auch tatsächlich, im Sommer meinte er, dass es im November fertig ist. Aber die meiste Zeit hat er auf Bornholm dafür verwendet, seine Zukunft dort zu planen."

„Hat er mal etwas von Frauen erzählt?"

Torge lachte kurz auf: „Ja, das machte er ganz einfach. Der hat sich an deutsche Studentinnen herangemacht, die bei den Kunsthandwerkern bei euch arbeiten. Also so Keramiker oder Glasbläser oder so. Die Frauen

waren oft einsam, konnten meist auch kein Dänisch.
Und Tobias konnte gut erzählen. Und so ist er denen
nähergekommen."
„Verstanden. Hast du diese Jeanette gekannt, mit der
er mal während seines Studiums zusammen war?"
„Und ob. Jeanette Braune. Was unsere Eltern nicht
geschafft haben, hat die endgültig erledigt. Die hat ihm
das Genick gebrochen."
„Inwiefern das?"
„Die hat ihn brutal ausgenutzt. Die sah ja zugegebe-
nermaßen top aus, wie ein Fotomodell. Die hat sich an
ihn rangemacht, weil sie das Geld gerochen hat. Und
Tobias war ganz stolz, weil alle seine Freunde ihn
beneidet haben. Die sind nach Lissabon, glaube ich,
Paris, Venedig, und mein Bruder hat das gezahlt. Und
als er dann mehr von ihr wollte, hat sie sich geziert. Sie
sei sich noch nicht sicher, sie müsse erst schauen, ob
er der Richtige ist, bevor sie mit ihm schläft und so
weiter. Mein Bruder war so berauscht, dass er gar
nicht gemerkt hat, wie sie ihn verarscht. Ich habe ihn
damals auf den Pott gesetzt und ihm erklärt, wie ich
das einschätze. Und als er ihr dann gesagt hat, dass er
jetzt mit ihr in die Kiste will, sonst ist es aus, da hat sie
Schluss gemacht. Damit hatte er nicht gerechnet."
„Er hatte gedacht, dass sie ihn wirklich liebt."
„Ja, das hatte er. Das hat ihn endgültig gebrochen. Ab
da hat er sich zurückgezogen und hinter seinen
Büchern verkrochen."
Das stimmt so nicht, dachte Christian, sagte es aber
nicht: „Torge, vielen Dank, ich will dich nicht weiter
aufhalten. Was du erzählt hast, war sehr hilfreich."
„Gerne, Special Agent Christian, du sollst wissen: Mein
Bruder war die ärmste Sau, der war schon mit 30
Jahren ein gebrochener Mann. Bornholm war sein

Traum, deshalb ist er immer öfter hingefahren, nicht nur im Sommer. Ich bin sicher, dass er endgültig dorthin ziehen wollte. Vermutlich gab es für ihn keinen besseren Ort zum Sterben als den. Auch wenn's unfreiwillig war."
Erschöpft ging Christian zu Lærke hinüber.

„Schatz, jetzt siehst du wieder etwas fertig aus", lächelte sie ihn an.
„Vielen Dank für das Kompliment. So ein Telefonat ist eben anstrengend, weil man nach Feierabend noch so viele neue oder zusätzliche Informationen erhält und die erst einmal einordnen muss. Ich bin gespannt, was die Kollegen morgen dazu sagen."
Er berichtete Lærke kurz, was der Bruder gesagt hatte.
„Dann hat er bestätigt, was dieser Naturschützer schon erzählt hat. Willst du diese hübsche Frau auch anrufen?"
Christian durchzuckten kurz Erinnerungen: „Nein, aber das soll Jan entscheiden."

_30_

Karen war am späten Nachmittag in Kopenhagen gelandet und mit der Metro ins Zentrum gefahren. Gegenüber des Hauptbahnhofs wartete schon das von Design-Legende Arne Jacobsen entworfene Radisson Hotel auf sie. Sie checkte ein. Die Aussicht über Kopenhagen war aus dem 20-stöckigen Gebäude einfach großartig. Sie verspürte Hunger und doch auch wieder nicht. Ihre Hauptschmerzen verursachte Tom. Erst sein plötzliches und tagelanges Verschwinden nach Kopenhagen, dann sein unvermitteltes Wiederauftauchen, als wenn nichts vorgefallen sei. Und dann diese verheimlichte Begegnung mit den Carlsens. Welches Spiel spielte er? Wenn ihre berufliche Zukunft geklärt wäre, müsste sie einmal mit jemandem besprechen, wie sie Tom auf die Schliche kommen könnte. Das war für sie als Chefin der Bornholmer Polizei natürlich nicht ungefährlich. Jan wäre vermutlich jemand, der eine Idee haben könnte. Aber sie konnte nicht ständig zu ihm laufen.

Sie trat aus dem Hotel und orientierte sich Richtung Fußgängerzone. Vielleicht sollte sie sich bei einem Asiaten etwas mitnehmen, bei 7eleven vorne noch eine Flasche Wein und sich auf ihr Zimmer verziehen. Aber vermutlich würde ihr Zimmer die ganze Nacht nach Rind süß-sauer mit Sojabohnensprossen, Paprika und Bohnen riechen, dazu hatte sie auch keine Lust. Plötzlich fiel am Nytorv ihr Blick rechts auf das gleichnamige Restaurant. Ja, genau, das kannte sie aus früheren Zeiten, das passte. Da gab es gute dänische Hausmannskost, solide und ohne Schickimicki, da konnte sie für einen Moment sitzen und in Ruhe essen. Sie ging bis zu dem Eckhaus und trat ein. Das Restaurant war mäßig besucht, es war noch früh am Abend. Der Kellner zeigte ihr einen Platz. Beim Anblick der Speisekarte verging ihr der Hunger. Das lag überhaupt nicht am Restaurant, sondern an ihr. Sie hatte weder Lust auf Fisch noch auf Fleisch. Sie zögerte einen Moment, dann bat sie um die Tagessuppe und danach einen Salat des Hauses mit zwei Sorten geriebenem Käse. Kurz darauf stellte der Kellner das bestellte Bier auf den Tisch.
Besaß sie eine Taktik für morgen? Wusste sie, was sie wollte? Sie hatte schon den ganzen Tag darüber nachgedacht. Klar war, dass die Stelle normal ausge-

schrieben würde und es sicherlich den ein oder anderen Interessenten von außerhalb geben würde. Aber natürlich war sie mit bereits acht Jahren als Polizeichefin auf Bornholm im Vorteil. Fehler waren ihr bislang nicht unterlaufen, jedenfalls keine gravierenden. Sie würde erst einmal abwarten, was die Leitung der *Rigspoliti* zu sagen hatte. Aber wenn die ihr nicht von vornherein verdeutlichten, dass sie nicht mit ihr planten, dann würde sie ihren Hut wohl doch in den Ring werfen. Ja, Tom konnte ein Problem werden, sein in letzter Zeit häufigeres plötzliches und tagelanges Verschwinden und der heimliche Kontakt zu den Carlsens waren merkwürdig. Was trieb er hinter ihrem Rücken? Vielleicht sollte sie jemanden auf ihn ansetzen, der seine Kontakte überprüfte. Aber vielleicht hatte sie sich auch nur verrannt, und alles war viel harmloser, als sie dachte. Nun gut, das würde sich aufklären lassen. Sie hatte die Situation im Griff.

Sie zahlte und trat den Rückweg an. Sie würde sich noch bei Irma im Industriens Hus einen Wein mitnehmen, sich auf ihr Zimmer begeben, etwas fernsehen oder die Nachrichten auf ihrem iPad lesen. Morgen früh würde sie den Rest vom Wein wegkippen, gut frühstücken und pünktlich um 8 Uhr bei der *Rigspoliti* in der Niels Brocks Gade sein.

Sie lag endlich auf ihrem Bett und las die „Berlingske". Der Wein war recht passabel. Aber Tom ging ihr nicht aus dem Kopf. Und das Gespräch morgen auch nicht. Sie spürte aufkommende Nervosität. Sie musste sich ablenken. Sie schaute kurz in den Spiegel, zog den Lippenstift nach, kämmte ihre langen roten Haare, zog ihren Blouson an, die blauen Schuhe und fuhr mit dem Fahrstuhl hinunter in die Lobby. Sie betrat die Bar. Dort herrschte nur mäßiger Betrieb. Sie setzte sich an den Tresen und bestellte einen Gin Tonic. Einer konnte nicht schaden. Ja, sie wollte die Chance morgen nutzen. Es konnte aber auch sein, dass längst jemand anderer der Favorit war. Jemand, der die Chance genutzt und sich hier in Kopenhagen Liebkind gemacht hatte, während sie sich um den Bornholmer Alltagsärger kümmern musste. Der Polizeiapparat könnte deutlich moderner sein, wenn Aage nicht so viel verschleppt hätte. Er hielt das Internet für eine vorübergehende Erscheinung.

Sie hatte das Gefühl, beobachtet zu werden. Sie drehte sich um und schaute möglichst gleichgültig in den Raum. Ihr Gefühl trog sie nicht, weiter rechts saß ein Mann, der nun schnell in sein Handy blickte. Mitte 40 vielleicht, sonnengebräunt, schwarzes Haar, blaues Hemd, braunes Sakko. Durchaus attraktiv. Sie wandte sich wieder ihrem Gin zu. Ein letzter Schluck und dann ab ins Bett. Plötzlich stand der Mann neben ihr: „Entschuldige, dass ich dich so einfach anspreche. Aber du sitzt hier allein und ich sitze dort allein. Vielleicht können wir noch einen Drink gemeinsam genießen?"

Die Anmache war schon einmal richtig schlecht. Dass er nichts Anspruchsvolleres aufsagte, sprach nicht für ihn.

„Nein danke, ich habe morgen früh einen wichtigen Termin, ich trinke nichts mehr heute Abend."

„Wie schade. Was ist das für ein wichtiger Termin?"

„Na, du bist ja wohl gar nicht neugierig. Darüber kann ich nicht sprechen."

„Was machst du denn beruflich?"

„Darüber darf ich auch nicht sprechen."

„Bist du Geheimagentin?" Er lächelte etwas angestrengt.

„Vielleicht, ja.“
„Wo in Dänemark wohnst du?“
„Auf Bornholm.“
„Oh, großartig, ich kenne Bornholm gut.“
„Aha, woher das?“
„Ich bin im Wirtschaftsministerium im Bereich Im- und Export. Wir unterstützen dänische Firmen, die auf ausländische Märkte expandieren wollen. Und ausländische, die zu uns wollen. Und Bornholm ist ja hochinteressant, weil dort viele Windparks entstehen sollen. Deshalb bin ich häufig mit Interessenten dort.“ Wahrscheinlich hätte er Ähnliches auch erzählt, wenn sie gesagt hätte, dass sie in Jütland wohnt oder auf Samsø. Vermutlich war er einer, der hier regelmäßig saß und alleinreisende Frauen ins Bett quatschte. Aber das war egal. Er war attraktiv und gepflegt. Und sie hatte einfach Bock.
„Hör mal, eh du mir jetzt dein ganzes Leben erzählst, lass uns zu mir hochgehen und Spaß haben. Und wenn wir fertig sind, gehst du wieder.“
„Sind die Bornholmer Frauen alle so unromantisch?“
„Das weiß ich nicht, aber ich bin abgespannt und gleichzeitig gerade etwas geil. Also wie wär's..., wie heißt du eigentlich?“
„Domenico, meine Mutter ist Dänin, mein Vater Italiener.“
Vermutlich stimmte auch das nicht. Aber es war Karen einfach egal.
„Gut, Domenico, ich bin Karen. Wollen wir?“
„Sehr gerne.“ Sie gingen zum Fahrstuhl und fuhren in den zwölften Stock.
„Möchtest du etwas trinken?“, fragte sie ihn in ihrem Zimmer.

„Wenn in der Bar Wodka und Red Bull sind, sehr gerne."

„Das steht hier schon fertig gemixt." Das wusste er garantiert, er war sicherlich nicht das erste Mal mit einer fremden Frau in einem der Hotelzimmer.

„Perfekt."

Sie nahm sich nur eine Cola. Domenico lag schon im Bett, seine Brustbehaarung war imposant. Sie zog sich aus und stieg zu ihm ins Bett. Sie stießen an.

Er schaute auf ihren Ehering: „Bist du verheiratet?"

„Das ist jetzt doch völlig unwichtig, oder?" Die ersten Berührungen begannen, die intensiver wurden.

„Wie hättest du es gerne?", fragte Domenico.

„Hart, einfach nur richtig hart."

Eine gute Stunde später lag Karen allein in ihrem Bett. Das Licht hatte sie längst ausgemacht, aber sie konnte nicht einschlafen. Gerade hatte sie Tom das erste Mal betrogen. Wobei, eigentlich nicht. Ihre Gefühle galten eigentlich immer noch Tom. Das hier mit Domenico war Sex, purer Sex. Guter Sex. Genau der, den sie jetzt gerade gewollt hatte. Mehr nicht. Und eigentlich hatte Tom sich das selbst zuzuschreiben. Die letzten Monate war er immer unerträglicher geworden, mit seiner Flucht nach Kopenhagen als Höhepunkt. Sie hatte ein Ventil gebraucht. Das Ventil hieß Domenico.

Tag 11

<u>31</u>

Um 6 Uhr klingelte ihr Wecker. Karen war sofort hellwach. Im Bad schaute sie in den Spiegel. Hatte sie ein schlechtes Gewissen? Nein. Das gestern Abend war gut gewesen, das war etwas nur für sie, nicht gegen Tom. Sie duschte und machte sich danach grob zurecht. Sie fuhr hinunter in den Frühstücksraum, Kaffee war jetzt wichtig. Sie nahm sich vom Büfett ein Brötchen und eine Scheibe Brot, legte sich Brie und einen Scheibenkäse dazu, das sollte reichen. Sie checkte auf ihrem Handy kurz ihre Mails und das Weltgeschehen. Wieder zurück in ihrem Zimmer, machte sie sich richtig zurecht. Sie hatte ihr hellgraues Kostüm gewählt, das wirkte immer sehr seriös, aber nicht zu sehr, altbacken durfte sie auch nicht erscheinen. Außerdem harmonierte es prächtig mit ihren langen roten Haaren. Sie checkte aus und ging am Hauptbahnhof vorbei in Richtung *Rigspoliti*.

Punkt 8 Uhr wurde sie am Eingang abgeholt und in ein Besprechungszimmer begleitet. Mogens, der Chef der *Rigspoliti*, begrüßte sie herzlich: „Karen, schön, dass du den Weg zu uns gefunden hast. Herzlich willkommen. Die drei Kollegen dort kennst du." Er zeigte auf die Personen, ein Mann und zwei Frauen. Ja, alle ganz oben in der *Rigspoliti*. „Und noch unbekannt dürfte dir John sein. John ist ein externer Berater, den wir dazu gebeten haben, weil wir auch den Blick eines Außenstehenden brauchen. Dann lass uns gleich beginnen." Jeder nahm sich Getränke. Und so startete das Frage- und Antwortspiel.

Wie schätzte Karen die Situation der Bornholmer Polizeibehörde ein? Welche zukünftigen Aufgaben lagen vor ihr? Was hatte Aage versäumt und musste nun dringend angegangen werden? Waren die Prozesse optimal? Wie war der Stand der Digitalisierung? Wie schätzte sie die Entwicklung der einzelnen Kriminalitätsbereiche wie Einbruch, Drogen etc. ein? Welches Klima herrschte im Haus? Ließ sich Personal einsparen? Gab es genügend Nachwuchs? Welches waren ihre eigenen Ambitionen? Wo sah sie sich? War sie eine Frau des Schreibtisches oder der Straße? Wie würden ihre Mitarbeiter über sie als Führungskraft urteilen? Welche Werte waren ihr in ihrem Berufsleben wichtig? Stand ihr Mann hinter ihr? Sah sie ihre Aufgabe dauerhaft auf Bornholm oder besaß sie noch andere Ambitionen? Worauf war sie in den bisherigen acht Jahren auf Bornholm besonders stolz? Über welchen Fehler in dieser Zeit ärgerte sie sich am meisten? Welche Hobbys pflegte sie?

So ging es drei Stunden, die Diskussionen waren intensiv, immer sachlich, selten emotional. Ihre Gesprächspartner waren ausgezeichnet vorbereitet, waren gut über sie informiert, hakten bei ihren Antworten gerne nach. Aber sie war bestens in Form, wusste auf alles eine Antwort, ihre Erläuterungen kamen präzise auf den Punkt, sie war mit sich zufrieden. Und die Gesichter ihr gegenüber bestätigten ihre positive Einschätzung, alle schauten freundlich und motivierend, niemand kräuselte die Stirn. Doch nun verspürte Karen eine aufkommende Erschöpfung. Sie war froh, als Mogens das Ende des Gesprächs einläutete.

„Karen, herzlichen Dank, ich hoffe, du hat diese Unterhaltung als ebenso gut, sachlich und informativ empfunden wie wir. Ich darf, glaube ich, für uns alle

sprechen, dass wir ein noch besseres Bild von dir gewonnen haben. Wir fünf werden das Gespräch in den nächsten Tagen auswerten. Der Fairness halber möchte ich dir sagen, dass wir die Stelle diese Woche noch intern ausschreiben werden, so sind die Vorschriften. Wir wissen vom Interesse des ein oder anderen Kollegen. Wir möchten mit drei Kandidaten in die Endausscheidung gehen. Ob du dazugehörst, kann ich dir hoffentlich in einem Monat mitteilen. Wir wollen vor Weihnachten eine Entscheidung haben."
„Danke, dass du mir euren Fahrplan geschildert hast. Eine Frage habe ich noch. Was passiert, wenn Aage vorher verstirbt?"
„Dann übernimmst du wieder interimsweise die Leitung."
„Du weißt, was du den Kollegen und mir damit zumutest?" Karen fühlte plötzlich Schwindel aufkommen. Sie konnte jetzt unmöglich aufstehen. „Mogens, ich brauche eine Auszeit, dringend, ganz dringend. Das geht so nicht weiter. Verstehst du das?"
Mogens Blick blieb ungerührt: „Ja, das ist für dich eine enorme Belastung, ich weiß. Aber vielleicht kannst du von deiner eigentlichen Arbeit etwas auf andere verteilen. Wir reden ja auch nur über die Zeit bis Weihnachten, also grob gesagt zwei Monate. Das schaffst du schon." Karen stand langsam auf, verabschiedete sich und verließ vorsichtig den Raum. Draußen lehnte sie sich erst einmal an die Wand und versuchte, Kraft zu sammeln und ihren Puls auf normal zu bringen.

Draußen auf der Niels Brocks Gade schaute sie auf die Uhr. Bis zu ihrem Abflug hatte sie noch gut Zeit. Sie musste jetzt dringend auf andere Gedanken kommen. Sie ging zum Rathausplatz und hinein in die Fuß-

gängerzone. Die Temperaturen an diesem Oktobermorgen waren kühl, auch wenn es trocken war und
sogar die Sonne leicht durchkam. Karen spürte
Hunger und Durst auf ein Bier. Sie hatte jetzt Lust auf
ein Smørrebrød im Slotskælderen hos Gitte Kik, dem
bei Politikern beliebten *Frokostlokal* gegenüber vom
Parlament. Aber die Gefahr, dass jemand die Polizeichefin von Bornholm beim Biertrinken mittags um 12
erkannte, war ihr zu groß. Sie ging weiter, holte sich in
der Lebensmittelabteilung des Magasin du Nord ein
Sandwich und ein Bier, überquerte den Kongens
Nytorv und ging zum Schauspielhaus. Dort, wo Jahrzehnte die Schiffe aus Bornholm angelegt hatten. Sie
setzte sich in den kühlen Wind, öffnete die Dose
Albani, nahm einen großen Schluck, öffnete die Sandwichverpackung, biss in das Brot und schaute über
den Hafen hinüber zur Oper. Wo war das Licht am
Horizont?

<u>32</u>

Wie befürchtet, waren Tobias Eltern an diesem Mittwochmorgen in aller Frühe aufgetaucht. Auch die
Wachhabenden der Polizeizentrale runzelten schon
die Stirn. Regelmäßige Besuche waren eigentlich nicht
vorgesehen. Jan, der zehn Minuten zuvor ins Büro
gekommen war, war heute Morgen aber gar nicht böse
darüber: „Schön, dass ihr beide wieder hier seid. Wie
geht es euch auf Bornholm? Ihr seid ja nun schon eine
Woche hier."
Jürgen Schuster war für einen Moment ob der Frage
verwirrt: „Äh, ja, nein, also gut, ja. Das meiste ist doch
sehr vertraut. Gestern war das Wetter ja einigermaßen, da sind wir zu dieser Minigolf-Bahn in

Østerlars gefahren, die kannten wir noch nicht. Eine sehr hübsche Idee, die einzelnen Bahnen mit Bornholmer Gebäuden zu dekorieren. Das hat uns gut gefallen." Er hatte sich wieder gefangen. „Noch besser würde es uns gefallen, wenn wir wüssten, wer unseren klugen und liebevollen Sohn umgebracht hat. Und wir ihn mitnehmen könnten. Wir müssen uns auch wieder um unsere Apotheken kümmern. Wir hatten gedacht, dass ihr schneller Erfolg habt."

Jan tat noch gleichgültig, obwohl es in diesem Moment bei ihm zu brodeln begann: „Sagt mal, es gibt da ein berühmtes Buch von einem Thomas Mann. Ich kenne das nicht, ich habe mich aber schlaugemacht. Thomas Mann ist Lübecker, hat 1929 den Nobelpreis für Literatur erhalten, und die Familie ist in Lübeck wohl sehr bekannt. Das weiß ich inzwischen. Dieses Buch heißt Die Buddenbrooks. Tobias hatte auf seinem Schreibtisch eine Notiz, die ich nicht verstehe. Buddenbrook Heimat steht da. Ich nehme an, dass ihr das wisst."

„Nicht so spontan", gab Jürgen schulterzuckend zu. „Es gibt ein Museum für die Familie, das heißt aber Buddenbrookhaus, nicht Buddenbrook Heimat."

„Okay, danke, ich weiß noch nicht, ob mir das hilft, aber vielleicht. Nun ich habe noch eine andere Frage. Wisst ihr von einer großen Geldsumme, in Euro etwas über 100.000, die Tobias einmal gewonnen hat?"

Die Eheleute schauten sich verdattert an: „Nein", antwortete Agnes. „Was soll das für ein Gewinn sein?"

„Das war ein Förderpreis einer dänischen Stiftung. Bei der hat Tobias sein Forschungsvorhaben eingereicht und die damit wohl so beeindruckt, dass er den Preis erhalten hat."

„Nein", schüttelte Jürgen den Kopf. „Davon hat er
nichts erzählt. Und ich kann dir verraten, davon hätte
ich erfahren. Tobias hat sein Konto bei derselben Bank
wie wir. Und der Filialleiter ist in derselben wohltätigen Organisation aktiv wie wir. Der hätte uns
davon erzählt."
Jans Augen zogen sich leicht zusammen, er fixierte
sein Gegenüber, und er ließ seiner nun schlechten
Laune freien Lauf: „Gut, Jürgen, dann sage ich dir noch
Folgendes. Wir hier brauchen für Ermittlungen so
lange, wie wir brauchen. Was wir nicht brauchen, sind
irgendwelche Klugscheißer, die uns belehren oder
größere Schnelligkeit anmahnen. Ich bin mein ganzes
Leben Ermittler, und ich war nicht der schlechteste.
Also lass uns unseren Job machen und deine Frau und
du konzentriert euch auf das Verkaufen von Salben
und Tabletten. Klar? Außerdem bereitet euch schon
mal darauf vor, dass die Wahrheit über Tobias Tod
hart für euch zu ertragen sein wird. Wenn das stimmt,
was sich gerade andeutet, dann hat er schwere Schuld
auf sich geladen. So, ich werde meine Kollegen vorne
anweisen, euch nicht mehr hereinzulassen. Wir sind
kein Wochenmarkt und kein Museum, hier kann man
nicht beliebig herein- und herausspazieren. Wenn es
Neuigkeiten gibt, werden wir uns melden. Euren Sohn
könnt ihr im Übrigen am Montag nach Hause mitnehmen. Ich hoffe, das ist bei euch angekommen."
Das Lübecker Ehepaar schaute sich kurz an, stand auf
und ging wortlos hinaus.

Ditte und Christian, die gerade hereingekommen
waren, schauten ihnen mit offenen Mündern hinterher.
„Was war das denn?", wollte Christian wissen.

Jan lächelte: „Die Reaktion auf Klartext. Wir arbeiten ihnen nicht schnell genug."

„Spinnen die?"

„Ich habe angedeutet, dass ihr lieber Tobias nicht so ein braves Kind war, wie sie glauben. Und außerdem haben sie jetzt Hausverbot."

„Na, da fing der Morgen ja gleich gut für dich an", lachte Ditte.

„Ja, ich bin jetzt wach. Aber ihr Besuch war auch zu etwas nütze. Ihnen sagt der Begriff Buddenbrook Heimat nichts, sie kennen nur das Buddenbrookhaus." Christian ging an das Whiteboard und schrieb „Haus" neben „Buddenbrook Heimat": „Seit gestern bin ich ganz sicher, dass der P auf Tobias Zetteln der ermordete Küster ist, Peter. Meine Interpretation ist jetzt, dass es ein Haus gibt, das 750.000 Kronen kostet, 150.000 sind davon schon bezahlt worden und 600.000 noch übrig. Ein B hat Wortbruch begangen, und Peter hat eine Idee für eine Strafe. Was meint ihr?" Beide nickten: „Absolut schlüssig", meinte Ditte. „Wir müssen nur noch B finden."

„Ich habe für jetzt ein Gespräch mit Charu vereinbart", unterbrach Jan, „dieser jungen Deutschen, die bei Line gearbeitet hat und auch plötzlich verschwunden ist. Von Leonie, der anderen jungen Frau, wissen wir, dass sie wenige Male mit Peter Winther geschlafen hat, weil Tobias sie dafür bezahlt hat. Ich bin gespannt, was Charu erzählt. Sie sitzt bei unseren deutschen Kollegen in Hamburg. Christian, ich bitte dich zu übersetzen, notfalls wechseln wir sonst ins Englische, ich weiß aber nicht, wie gut das der Deutschen ist."

Dann schalteten sich Hamburger und Bornholmer zusammen und stellten einander vor. Neben Charu saßen eine Polizistin und ein Polizist.

„Charu, vielen Dank, dass du dich zu dem Gespräch bereit erklärt hast. Wenn du auf etwas nicht antworten oder eine Pause machen möchtest, sage es bitte", begann Christian. Die Angesprochene nickte. Jan gab Christian ein Zeichen weiterzumachen.

„Charu, du weißt, dass Tobias umgebracht wurde. Du warst mit ihm befreundet, hat uns Line Rude erzählt. Wie hast du Tobias kennengelernt?"

„Also, er kam zu Line, also in unsere Werkstatt, schaute sich um, ja, und so kamen wir ins Gespräch. Nach ein paar Tagen kam er noch mal und meinte, wir hätten uns doch so nett unterhalten und ob ich nach Feierabend nicht mal in Gudhjem ein Bier mit ihm trinken wolle."

„Und wie hast du reagiert?"

„Ich habe erst einmal abgelehnt. Er war nicht besonders hübsch, also nicht mein Typ. Und diese Hemden waren ja eher zum Lachen. Aber ein paar Tage später bin ich ihm zufällig in Allinge begegnet. Wobei ich heute glaube, das war kein Zufall, der hat mich gestalkt. Na, jedenfalls haben wir uns bei Netto Getränke geholt und uns auf die Hafenmauer gesetzt. Und erzählt. Das war irgendwie auch schön, wieder Deutsch zu reden, mit Line habe ich ja nur Englisch gesprochen."

„Und wie ging es weiter?"

„Also, nun, er war durchaus nett und konnte gut reden. Und der wusste auch echt viel. Und dann hat er mich eines Tages mit seinem Mini abgeholt, wir sind ins Pakhuset in Svaneke gefahren und haben schön gegessen."

„Ihr seid euch nähergekommen?“
„Ja, auf der Rückfahrt so ein bisschen, und als ich vor Lines Haus ausgestiegen bin, haben wir uns geküsst. Und dann haben wir uns öfter gesehen.“
„Du warst auch bei ihm zu Hause?“
Sie machte eine Pause. Sie wusste, was nun kommt, der schwierige Teil des Gesprächs: „Ja, das war ich.“
„Ihr habt miteinander geschlafen.“
Sie blickte nach unten: „Ja, das haben wir, viermal, glaube ich.“
„Was ist dann passiert?“
Es dauerte, Charu blickte weg, schluckte, die ersten Tränen waren zu sehen.
„Also, mit ihm war das anfangs okay. Beim nächsten Mal wurde er etwas grob, fand ich. Aber ich habe nichts gesagt. Er fing an, mir etwas Angst zu machen.“
„Inwiefern das?“
„Also, weißt du, er nahm keine Rücksicht auf mich. Das letzte Mal tat er mir richtig weh.“
„Er schlug dich?“
„Nein, so nicht, aber als er in mir war, tat es mir sehr weh.“
„Ich verstehe. Aber du hast die Beziehung nicht beendet.“
„Nein, ich weiß nicht, warum nicht. Ich fühlte mich einsam auf Bornholm, auch wenn Line ganz okay war. Ich mag Sex halt gerne. Ich kannte doch niemand anderen dort, deshalb dachte, das ist schon okay, das nimmst du in Kauf.“
„Aber dein Bericht ist noch nicht zu Ende, oder?“
In diesem Moment brach es aus ihr heraus, sie weinte, schrie, verkrampfte sich.

„Ich glaube, wir hören besser auf und setzen das in den nächsten Tagen fort", schlugen die deutschen Polizisten vor.

„Wartet noch, vielleicht beruhigt sie sich", murmelte Ditte in Richtung Christian. Das war auch Jans Hoffnung. Würde wieder Peter ins grausame Spiel kommen?

„Sollen wir aufhören?", fragte die deutsche Polizistin Charu.

„Nein, ich will es loswerden. Also, als ich wieder bei ihm war, sagte er, dass sein Vermieter mit mir schlafen wolle. Ich dachte, das ist aber ein blöder Witz. Aber er meinte das ernst. Ich sagte nein, warum sollte ich. Er antwortete, dass das wichtig für ihn sei, also für Tobias, dass ich dem Vermieter diesen Gefallen tue. Ich habe ihn gefragt, ob er noch ganz klar im Kopf ist. Ich erinnere mich noch, wie er mich eindringlich anschaute, die Augen wurden richtig irre. Ich wollte lieber gehen. Aber er warf mich auf das Bett und hatte plötzlich zwei Seile in der Hand. Mit denen band er mich am Bett fest und zog mich aus. Er stopfte mir einen Knebel in den Mund. Dann kam dieser Vermieter, ein ekelhafter Kerl, einfach nur widerlich. Ich strampelte, wie ich nur konnte. Aber der zog sich aus, legte sich auf mich und..." Charu war nicht mehr zu halten. Sie weinte so heftig, dass sich alle anderen hilflos vorkamen.

„Wir brechen ab", ließen die Deutschen keine Zweifel.

„Bitte wartet noch", mischte sich Jan ein. „Wir fragen nicht mehr weiter, aber wir möchten uns von ihr noch verabschieden." Das gelang erst gute zehn Minuten später.

Ditte atmete tief durch: „Puh, das war heftig." Die anderen beiden blieben stumm.

Christian hatte als Erster die Fassung zurückgewonnen: „Wenn ich das richtig verstehe, macht Tobias den Bornholm-Casanova und flirtet, wo er geht und steht. Er versucht so, sich das Selbstbewusstsein zurückzuholen, das ihm seine Eltern und dieses Fotomodell ausgetrieben haben."

„Ja, aber das tut er nicht nur für sich", fügte Jan ein.

„Nein, er sucht ganz gezielt nach deutschen Praktikantinnen, weil er glaubt, dass die einsam und für jeden deutschsprachigen Kontakt dankbar sind. Und wenn er das Gefühl hat, dass sie ihm vertrauen, will er sie zum Beischlaf mit Peter Winther bringen. Das hätte er mit der Pastorin aus Allinge sicherlich nicht getan."

„Sicherlich nicht, aber unser selbst erklärter asexueller Küster kann mit den jungen Frauen seiner tatsächlichen Begierde nachgeben. Und er ist sich sicher, dass die nichts sagen, weil sie hier in der Fremde sind."

„Auch, weil sie sich schämen, dass sie so gutgläubig waren", warf Ditte ein.

„Und als Belohnung für seine Tätigkeit hat Peter Winther versprochen, dass Tobias Küster wird, wenn er, also Peter, in Pension geht. Dann hätte Tobias ein regelmäßiges Einkommen, könnte dänischer Staatsbürger werden und sich hier niederlassen. Das könnte er zwar auch ohne die Staatsbürgerschaft, aber ich glaube, das gehört zur Abnabelung von seinen Eltern", schloss Christian.

„Welch ekelhafte Kerle, diese Frau zu vergewaltigen, unfassbar." Ditte schüttelte den Kopf, es liefen ihr ein paar Tränen über die Wangen.

„Verdammt, ich habe etwas vergessen zu fragen", Jan erhob sich halb aus seinem Stuhl. „Christian, kannst du bei den Deutschen nochmal anrufen, die sollen Charu fragen, ob sie in letzter Zeit nochmal auf Bornholm war und ob sie noch mit Leonie Kontakt hat. Hoffentlich ist sie noch dort."

Das tat Christian umgehend, nach gefühlt zwei Minuten legte er auf: „Nein, sie war nicht wieder auf Bornholm und möchte das ihr ganzes Leben nicht mehr tun. Mit Leonie hat sie auch keinen Kontakt mehr, sie möchte diesen Sommer schnellstens vergessen."

Jan lenkte von der gemeinsamen Erschütterung ab, indem er referierte, was er gestern noch über die beiden Keramikerinnen herausgefunden hatte. Ditte unterbrach ihn: „Moment, was hast du gesagt? Line hat in der Nähe von Slagelse gewohnt? Das hat Peter Winther auch."

„Bitte?"

„Ja, er hat dort als Tischler gearbeitet und ein in jeder Hinsicht wildes Leben gelebt. Bis er einen Schnitt in seinem Leben gemacht hat, trocken wurde und an die Kirche in der Gemeinde als Küster gegangen ist."

„Das heißt, dass sie sich womöglich gekannt haben?"

„Moment. Ja, Winther hat 2014 dort begonnen, und Line ist ein Jahr später weggezogen."

„Das ist ja hochinteressant. Ich glaube, dass wir Line schnellstens besuchen müssen. Die Eltern wussten übrigens nichts von dem Ellepigen-Preis und den 777.777 Kronen. Der Vater meinte, das hätte er gewusst, der Banker, bei dem Tobias aber auch er ein Konto haben, hätte ihm das sonst bestimmt erzählt."

„Was dafür spricht, dass er das Geld bei einer dänischen Bank geparkt hat, meinst du?"

„Genau, das ist naheliegend. Niemand erfährt davon, er muss es nicht in Deutschland versteuern und verliert auch nichts durch einen Umtausch."

„Jan, etwas kenne ich dich ja inzwischen. Ich vermute, dass du mich jetzt bitten wirst, mich nochmals mit Helle Larsen von der Burgundarholm Bank in Verbindung zu setzen."

Jan grinste nur, er musste nichts sagen. Sein Telefon klingelte, Inger von der Spurensicherung meldete sich: „Hallo Jan, nur kurz vorab, dass wir in Winthers Wohnung außer seinen nur Fingerabdrücke von einer einzigen Person gefunden haben, der Typ scheint ein Sauberkeitsfanatiker gewesen zu sein und hat ständig alles mit Putzmitteln und Desinfektionsmitteln abgewischt. Einen Laptop haben wir nicht gefunden, auch sein Handy nicht. Aber wir haben Reste von Ton gefunden. Der könnte von der Zusammensetzung her aus einer Keramikwerkstatt stammen."

„Das klingt interessant", antwortete Jan. „Ich habe sogar einen Verdacht, aus welcher."

„Kannst du eine Probe organisieren? Dann können wir die vergleichen."

„Ja, das erledige ich heute noch." Er bedankte sich und legte auf. „Ditte, können wir in einer halben Stunde zu Line fahren?"

„Ja, das klappt."

Karen kam ihm auf dem Flur entgegen. Jan fand, dass sie nicht besser aussah als die Tage davor.

„Wie ist es gestern in Kopenhagen gelaufen?"

„Ich finde, dass ich gut war. Wir haben drei Stunden lang intensiv gesprochen, die Spitze der *Rigspoliti* und ein externer Berater. Bis Weihnachten soll es eine Entscheidung geben."

„So lange hält Aage nicht mehr durch."

„Das habe ich auch angemerkt. Aber sie meinten, dann könnte ich das ja wieder interimsweise übernehmen."

„Sie brauchen noch Zeit, um andere Kandidaten anzuschauen?"

„Ja, ich war die Erste, was klar ist. Ich weiß nicht, mit wie vielen sie insgesamt sprechen wollen, aber sie wollen mit drei Leuten in die zweite und entscheidende Runde gehen."

„Der übliche Weg. Ich bin sehr gespannt. Und Tom?"

„Der ist wahnsinnig freundlich, bemüht sich, kocht wie immer, umgarnt mich."

„Aber?"

„Aber ich bleibe misstrauisch. Die Erklärung, dass er überarbeitet war und mal spontan raus musste, befriedigt mich nicht. Das hätte er ankündigen können. Und am Montag wollte ich ihn spontan zum Mittagessen abholen, da stand er in der Bibliothek mit diesen Carlsens, weißt du, diesen möglichen Wettbetrügern aus Klemensker, die unsere Freunde werden wollten. Angeblich hat er seit Jahren keinen Kontakt mehr zu ihnen. Sie haben intensiv miteinander gesprochen. Sehr merkwürdig, ich habe sofort kehrtgemacht. Abends habe ich ihn gefragt, ob tagsüber was Besonderes war, aber das hat er verneint."

„Das ist sehr eigenartig. Vielleicht tüftelt Tom irgendetwas aus. Mir ist bei einem Bibliothekar allerdings schlecht vorstellbar, was das sein sollte. Hat er eine andere Frau?"

„Das glaube ich nicht." Domenico schoss ihr durch den Kopf. Als sie gestern am Kopenhagener Hafen gesessen hatte, war doch etwas schlechtes Gewissen in ihr aufgestiegen. Nein, das war nicht nur ein einstündiger Spaß für sie gewesen, sondern auch gegen

Tom. Er war ihr in den letzten Wochen so fremd
geworden. Aber was, wenn sie ihm unrecht tat? Jeder
hatte mal schlechte Zeiten. Sie hatte ihn betrogen, ganz
einfach. Als sie sich nach dem Flug zurück nach Bornholm Klemensker näherte, wurde sie unsicher, ob sie
ihm gleich in die Augen sehen könne. Erstaun-
licherweise hatte sie auf „Unterkühlt" herunter-
schalten können. Sie hatte seinen Begrüßungskuss er-
widert. Seinen Vorschlag, dass sie sich doch jetzt frisch
machen könne und sie nach dem Abendbrot noch ein
Glas Wein trinken könnten, um es sich danach im Bett
gemütlich zu machen, lehnte sie dankend ab. Sie sei zu
kaputt. Nein, den körperlichen Kontakt wollte sie
momentan möglichst vermeiden.
„Karen, was immer da auch gerade mit Tom passiert,
meine Tür ist jederzeit für dich offen, auch abends."
„Ich weiß, danke, Jan." Der drehte sich um und ging
Richtung Ditte. Das, was er gerade gehört hatte, gefiel
ihm überhaupt nicht.

33
Christian machte sich auf den Weg zur Burgundarholm Bank. Diese Helle Larsen fand er recht attraktiv,
aber das musste er unterdrücken. Schließlich hatte er
mit Lærke eine wunderschöne Frau, die ihr erstes ge-
meinsames Kind in sich trug. Er freute sich so sehr.
Die Leiterin der Bank war gerade in einem Telefon-
termin, er musste sich etwas gedulden. Er schaute sich
im Raum um. Die gesamte Einrichtung war sehr auf
Bornholm ausgerichtet, Bilder und Keramik sowieso,
aber auch die Tische und Stühle waren auf Bornholm
gefertigt worden, wie ein Schild verriet. Insgesamt

war es hier sehr viel gemütlicher als bei der Bank, bei der er sein Konto hatte.

Endlich kam sie heraus: „Hallo Christian, schön dich zu sehen. Was hast du auf dem Herzen? Können wir das hier kurz besprechen oder sollen wir in mein Büro gehen?" Die Frau gab sich cool und unnahbar, aber ihr Lächeln war das Gegenteil.

„Hallo Helle, bitte ins Büro, das muss keiner hören."

„Na, dann schieß los", forderte sie ihn auf, als sie sich gesetzt hatten.

„Ja, danke, dass du dir Zeit nimmst. Wir wissen in der Zwischenzeit, dass der ermordete Tobias Schuster vor sechs Jahren einen größeren Geldbetrag erhalten hat. Der kam von einer dänischen Stiftung und betrug 777.777 Kronen. Dieses Geld hat er wohl nicht auf sein deutsches Konto überweisen lassen. Kannst du mir sagen, ob er bei euch ein Konto hat?"

Sie schaute in ihren PC: „Ja, das hat er. Eine Ellepigen-Stiftung hat das Geld überwiesen. Er hat einmal 150.000 Kronen bar abgehoben, der Rest ist noch auf dem Konto." Sie schaute ihn wieder an.

„Das ist großartig und hilft uns weiter. Die Frage ist, wo er das Bargeld hingetragen hat?"

„Das herauszufinden ist deine Aufgabe." Sie lachte.

„Ja, wohl wahr. Aber das werde ich auch."

„Christian, mir ist noch etwas nach unserem letzten Gespräch eingefallen. Diese Bendtsens, du weißt, die in Aakirkeby, die haben eine geringe Kontobewegung. Ich meine, sie heben sehr wenig ab, ich glaube nicht, dass man damit seine monatlichen Einkäufe erledigen kann. Sie müssen noch anderswo ein Konto haben oder ihre Kinder unterstützen sie oder es gibt noch eine ganz andere Erklärung. Ich weiß auch nicht, ob das für euch wichtig ist, ich wollte es dir nur sagen."

„Danke für dein Vertrauen, das werde ich mal mit den Kollegen besprechen. Sag mal, ich hätte da noch eine private Frage."

„Oh, jetzt wird es spannend. Worum geht es?"

„Meine Frau und ich wollen unser Haus verkaufen. Wir wollen uns vergrößern, besser gesagt, wir müssen uns vergrößern. Wir erwarten unser erstes Kind. Und meine Frage ist, ob ihr auch Immobilienkredite vergebt?"

„Herzlichen Glückwunsch, das freut mich. Selbstverständlich kannst du einen Teil über uns finanzieren lassen. Aber lass uns das bitte in Ruhe mit deiner Frau zusammen besprechen, wie die Hausfinanzierung sich zusammensetzen könnte. Ihr habt schon einmal ein Haus gekauft, etwas Erfahrung besitzt ihr also. Wann soll das Kind denn kommen?"

„Im April."

„Gut, aber ein Objekt habt ihr noch nicht?"

„Nein, aber wir haben die Suche gerade intensiviert."

„Selbstverständlich. Ich nehme an, im Moment hast du deine Gedanken woanders. Aber sobald du diesen Fall hier gelöst hast, ruf mich einfach an, dann verabreden wir einen Termin, um einmal eine Musterfinanzierung durchzurechnen. Was arbeitet deine Frau?"

„Sie ist Lehrerin."

„Hervorragend, zwei Menschen im Dienst des Staates, das erleichtert die Finanzierung."

Christian bedankte sich und verließ die Bank.

Ditte und Jan waren derweil auf den Hof zwischen Olsker und Gudhjem gefahren. Line Rude war überrascht, als die beiden Ermittler aus dem Wagen stiegen. Sie gingen gemeinsam in den Verkaufsraum.

„Was führt euch hierher?"

„Du kanntest Peter Winther aus deinem früheren Wohnort bei Slagelse", begann Jan ganz direkt. Die Wirkung bei Line war nicht zu übersehen. Es dauerte einen Moment, bis sie antwortete: „Ja, er wohnte in derselben Gemeinde. Nein, kannte ist zu viel gesagt. Wie man sich so auf dem Lande kennt."

„Du warst in der Kirchengemeinde recht aktiv, wie wir gelesen haben, Winther war dort Küster, also kann euer Kontakt nicht ganz so oberflächlich gewesen sein."

Line wand sich hin und her: „Es war doch nur ein Jahr, dann bin ich hierhergezogen."

Jan wollte sie nicht entkommen lassen: „Wie war er als Küster drüben auf Seeland?"

Sie schaute auf den Boden, suchte Worte: „Er war nicht sonderlich beliebt. Viele fanden ihn unangenehm. Es gab irgendwann Gerüchte über fehlerhaftes Verhalten."

„Was für fehlerhaftes Verhalten?"

„Nun ja, dass er seine Stellung ausnutzte. Als Küster genoss er bei vielen jungen Leuten hohes Ansehen, insbesondere bei jungen Frauen. Die Jungs haben ihn eher ausgelacht, weil er so altbacken wirkte. Aber die Mädchen besaßen eine gewisse Ehrfurcht vor ihm."

„Und das hat er ausgenutzt?"

„Wie gesagt, es gab Gerüchte. Nicht, dass er sie angefasst hat. Aber er soll die ein oder andere einem Freund zugeführt haben."

„Freund? Welchem Freund?"

„Das ist nie gesagt worden. Also, ich habe nie gehört, wer das gewesen sein soll. Aber es waren ja auch nur Gerüchte. Vielleicht hatte da auch jemand anderes zu viel Fantasie."

„Was hast du gedacht, als du erfahren hast, dass er nach Bornholm gezogen ist?“

„Ich habe das zuerst nicht gewusst. Ich bekomme zwar die Zeitung, aber ich lese sie nur unregelmäßig, einfach aus Zeitmangel. Ich schmeiße sie oft einfach ungelesen in den Müll.“

„Bist du hier noch in der Kirche engagiert?“

„Nein, wie gesagt, ich habe wenig Zeit, die Produktion, der Verkauf und der Hof, das soll ja alles in Gang gehalten werden.“

„Aber irgendwann wirst du es erfahren haben.“

„Ja, natürlich, ich sah ihn in TV2 Bornholm, und mir blieb der Atem weg. Ich dachte sofort an die Gerüchte und habe nur gehofft, dass das damals nicht stimmte. Und wenn es stimmte, dass er die Mädchen hier in Ruhe lässt. Nun hat ihn jemand umgebracht, vielleicht waren die Gerüchte doch nicht falsch?“

„Und als du erfahren hast, dass Tobias, der Verehrer von Charu, bei ihm wohnt, wie hast du da reagiert?“

„Ich habe das nicht gewusst. Charu hat sich mit ihm in Svaneke und Snogebæk getroffen, das hat sie erzählt. Von seiner Wohnung und seinem Vermieter hat sie nie gesprochen. Vielleicht wollte sie nicht, dass ich denke, dass sie mit ihm intim war. Nein, das alles weiß ich erst von der Polizei.“ Sie schaute zu Ditte, die in der Zwischenzeit durch den Shop gebummelt war und die Werkstatt besucht hatte: „Sehr eindrucksvoll, wie du das alles hier ausgebaut hast. Hattest du ein gutes Sommergeschäft?“

Line lächelte etwas: „Ja, ich bin zufrieden. Durch die Pandemie haben wir Kunsthandwerker alle viel Geld verloren, weil keine Touristen kamen. Nun läuft es wieder. Noch nicht so wie vorher, aber das Jahr war gut. Ich habe viele Stammkunden, die jedes Jahr kommen und ein Stück mitnehmen. Diese Jahresbecher dort drüben zum Beispiel, jedes Jahr ein andersfarbiger mit einem schönen Motiv und der passenden Jahreszahl. Oder dahinten die Leuchter, die verkaufe ich auch sehr gut."

Jan schaltete sich wieder ein: „Wann hattest du zuletzt zu Peter Winther Kontakt?"

Mit großen Augen schaute sie den Ermittler an: „Kontakt? Gar nicht, nicht auf Bornholm."

Sie waren noch nicht ganz vom Hof gefahren, als Jan schon fragte: „Warst du erfolgreich?"

„Ja", strahlte Ditte und holte aus ihrer Jackentasche einen Beutel mit etwas Ton heraus. Und einen zweiten mit einem schmutzigen Kaffeebecher. „Damit sollte die Spurensicherung arbeiten können."

In Rønne stand Christian vor dem Whiteboard. Zumindest der zweite von Tobias Zetteln wurde nun verständlich. Wenn man „Buddenbrook Heimat" als „Haus" definierte, dann hatte Tobias für ein Haus 150.000 Kronen von seinem Konto bei Helle Larsen in bar abgeholt. Das kostete eigentlich 750.000 Kronen, sodass noch 600.000 Kronen offen waren. Aber anscheinend hatte B, der Verkäufer, sein Wort nicht gehalten. Weshalb P, also Peter Winther, eine Idee für eine Strafe entwickelt hatte. Wer aber war B? Christian stierte vor sich hin. Plötzlich sprang er aus dem Sessel. Natürlich, Helle hatte ihm den Hinweis gegeben. Die Frau war ein Schatz. Die Bendtsens, natürlich. Sie mussten ihr Konto nur wenig nutzen, weil sie ja die Taschen voller Bargeld hatten. Bargeld von Tobias. Er suchte schnell im Web nach deren Haus. Die Historie der Eigentümerwechsel war ebenso für jedermann einsehbar wie die Kaufpreise und der aktuelle

Wert. Das Haus der Bendtsens stand hier mit einem Wert von 850.000 Kronen. Da hatte Tobias wohl noch etwas gehandelt. Er hatte ihnen eine Anzahlung für den Kauf ihres Hauses geleistet. Aber wenn er den Zettel richtig interpretierte, hielten sie sich nicht mehr an die Abmachung. Möglicherweise gab es keine schriftliche Vereinbarung, und sie wähnten sich auf der sicheren Seite. Vielleicht hatte er sie bedrängt, wollte sein Geld zurück, das sie zum Teil schon ausgegeben hatten. Und da hatten sie ihn umgebracht. Er hielt einen Moment inne und schaute aus dem Fenster. Ja, das klang plausibel. Da würde Jan morgen aber staunen. Sicherheitshalber würde er darüber heute Abend nochmals nachdenken. Was das wirklich schlüssig? Blamieren wollte er sich vor Jan auf keinen Fall.

Zufrieden ging er zu seinem Wagen und fuhr zur Sporthalle. Sein Freund Lauge wartete mit seinem Badmintonschläger bereits auf ihn.

Tag 12

<u>34</u>

Christian haute sich an diesem Donnerstagmorgen noch mehr in seine Fitnessgeräte als sonst. Er strotzte vor Energie. Er war stolz auf seine Ergebnisse bezüglich der Bendtsens. Sie besaßen ein Mordmotiv, auf das hatte Tobias verschlüsselt hingewiesen. Er würde das Ehepaar damit konfrontieren. Gegebenenfalls müsste es zu einer Hausdurchsuchung kommen, denn irgendwo müsste das Bargeld ja versteckt sein. Er stemmte noch ein paar Gewichte zusätzlich. Dann nahm er einen kräftigen Schluck State und ging in die Küche. Lærke saß bei einem Tee in der Küche, das Kaffeetrinken hatte sie zu reduzieren begonnen. Er gab ihr einen festen Kuss.

„Geh dich duschen, unser Kind hält sich schon die Nase zu", lachte sie. „Ich decke den Tisch."

Er verschwand. Jetzt schnell unter die Brause und dann ab ins Büro, um Ditte und Jan seine Erkenntnisse zu präsentieren.

Er kehrte an den Frühstückstisch zurück: „Wie geht es dir? Spürst du unseren Kleinen im Bauch?"

„Vielleicht ist es ja auch unsere Kleine?", lächelte Lærke.

„Natürlich. Du siehst so gut aus."

„So fühle ich mich auch. Das Bäuchlein wächst, aber ich habe keinerlei Beschwerden, ganz im Gegenteil: Es geht mir großartig. Ich hoffe, ihr habt euren Fall bald geklärt und wir können uns verstärkt um die Haussuche kümmern. Im Februar bin ich im siebenten Monat und dann möchte ich eigentlich nicht mehr umziehen."

„Das verstehe ich, das möchte ich auch nicht. Aber ich denke, dass der Fall kurz vor der Aufklärung steht." Er wollte ihr noch nicht mehr verraten. „Ich habe gestern übrigens mit der Leiterin der Burgundarholm Bank gesprochen, bei der war ich wegen unseres Falles. Die hat gemeint, wir könnten wegen einer Finanzierung gerne zu ihr kommen, wenn wir soweit sind."

„Ja, warum nicht? Hattest du nicht erzählt, dass Jan neulich bei jemandem von diesem Naturschutzverein in Kopenhagen war, der auch irgendwie mit eurem Fall zu tun hatte?"

„Ja, DANAHE heißt der Verein, wie kommst du darauf?"

„Weil wir gestern von denen Unterrichtsmaterial erhalten haben. Das ist speziell für Viertklässler aufbereitet, so kleine Heftchen sind das, sehr schön gestaltet. Da gibt es auch einen, der sich mit Greifvögeln gut auskennt, deshalb heißt er Bryan Ørnen (Adler)." Sie lachte.

„Schatz, übermorgen wollen wir fliegen, klappt das?", fragte eine verunsicherte Lone in Nyker ihre Frau Ditte.

„Ich habe Jan nochmals gefragt. Er ist sich sicher, dass der Fall kurz vor der Aufklärung steht, und meint, dass er den Rest mit Christian und Karen hinbekommt. Außerdem soll Sanne Kjøller von der Bereitschaft stärker eingebunden werden."

„Aha, weshalb das?"

„Ich glaube, es gibt da momentan so einige Planspiele. Was passiert, wenn Karen Aages Nachfolgerin wird? Wer folgt dann ihr? Wie lange will Jan noch arbeiten? Und so weiter."

„Das gibt es bei uns im Bauamt auch gerade. Gestern hat man mir tatsächlich zugetragen, dass ich eventuell zur Abteilungsleiterin befördert werden soll. In den nächsten zehn Monaten gehen einige Führungskräfte in den Ruhestand."
„Das wäre doch großartig."
„Mal abwarten, es gibt Abteilungen, die zu führen ich mir vorstellen könnte. Aber es gibt leider auch andere, in denen die Faulenzer und Giftspritzen dominieren." Sie schaute auf die Uhr. „So, nun fahr du ins Büro und lös den Fall, damit wir fliegen können. Ich laufe noch mit Kafka eine kleine Runde. Ich bringe ihn morgen Nachmittag zu Malene und Mateo, da wird er es während unseres Urlaubs gut haben." Sie gaben sich einen Kuss, und Ditte ging zu ihrem Wagen.

Ditte und Jan hörten Christian gespannt zu. Er breitete seine Ergebnisse über die Bendtsens aus, inklusive der Auflösung des einen verschlüsselten Zettels von Tobias.
„Hervorragende Arbeit, Christian, absolut großartig. Seit wann weißt du das alles?"
Christian schaute verdutzt, mit der Reaktion hatte er nicht gerechnet: „Äh, das habe ich gestern Nachmittag herausgefunden."
„Und weshalb hast du uns dann nicht über eine so einschneidende Erkenntnis informiert?"
„Weil, nun gut, ich dachte, heute Morgen ist das auch noch früh genug."
„Und du zum Badminton verabredet warst."
„Nein, doch, war ich, aber das war nicht der Grund."
„Christian, lerne Prioritäten zu setzen. Wenn du in einem Fall den Code dechiffrierst, ganz oder in Teilen,

dann musst du sofort das ganze Team informieren. Und nicht einen Tag später. Verstanden?"

„Jaja, entschuldige."

„Gut. Zurück zu deinen Erkenntnissen. Die beiden haben ein Motiv, das stimmt. Ich habe allerdings zwei Abers. Das eine ist, wie haben sie Tobias an die Glocke in Rutsker bekommen? Beide machen nicht den kräftigsten Eindruck. Wer hat ihnen geholfen? Ihr Sohn? Ihr Schwiegersohn? Und das andere Aber ist Dittes ständiger Einwand, warum der Täter Tobias nicht einfach erschlagen irgendwo hat liegenlassen oder einfach in ein Hafenbecken geschubst hat? Weshalb dieses symbolische Anbinden an die Glocke in der Ruts Kirke?"

Christian versuchte, seine Enttäuschung zu verbergen. Er hatte gehofft, die Ermittlungen zum Abschluss gebracht zu haben, aber das war nicht der Fall, und außerdem hatte er einen Rüffel kassiert: „Was schlägst du vor?"

„Für mich ist Line Rude weiterhin eine Option. Ditte hat gestern noch einen Becher und eine Probe vom Ton zur Spurensicherung gebracht, das hatte sie beides aus Lines Werkstatt mitgenommen. Ich bin auf das Ergebnis sehr gespannt. Vielleicht gibt es aber auch noch eine ganz andere Variante. Deshalb werde ich gleich zu Frank Schou fahren, dem Pastor in Nexø. Ich hoffe mehr über Peter Winther zu erfahren, vielleicht gibt es da noch etwas, was uns weiterhilft. Wir werden uns in jedem Fall zeitnah mit den Bendtsens auseinandersetzen, aber das tun wir zu zweit."

„Eines nur am Rande, Jan", räusperte sich Christian. „Lærke hat von DANAHE Unterrichtsmaterial zum Naturschutz erhalten, sie ist ganz begeistert. Ganz besonders von dem Spezialisten für Greifvögel mit

dem originellen Namen Bryan Ørnen. Das kannst du
Brian Rose ja einmal erzählen, wenn du ihn wieder-
siehst."
Ditte stand auf und verließ wortlos den Raum.

Jan rief Frank Schou von unterwegs an und fragte ihn,
ob er ihn in einer halben Stunde sehen könne und wo.
Der verneinte. In zehn Minuten würde eine Beerdi-
gung beginnen, er hätte frühestens in anderthalb
Stunden Zeit. Dann könnten sie sich in der Kirche in
Poulsker treffen. Jan willigte notgedrungen ein.
Beerdigung, das Thema war in den letzten Tagen et-
was aus seinem Fokus verschwunden. Er wollte schon
längst den Antrag auf Toves Umbettung gestellt haben.
Vielleicht war es sinnvoller, bis zur Aufklärung dieses
Falles zu warten, es konnte sich ja nur noch um wenige
Tage handeln.
Spontan bog er in Aakirkeby in Richtung Almindingen
ab. Die weiten Felder waren jetzt nicht mehr so attraktiv, selbst bei schönem Wetter wie heute Morgen. Er
näherte sich dem Almindinger Wald, hier hatten die
Töne Braun und Gelb-Rot das satte Grün des Sommers
bereits abgelöst. Manchmal war der nahende Winter
schon zu spüren. Mitten im Wald bog er rechts Richtung Svaneke ab. Ein Stück weiter rechts hatte
jahrzehntelang eine wirkliche Sehenswürdigkeit gestanden, ein imposanter siebenstämmiger Baum mit
dem passenden Namen „Syvmasteren". Ein Sturm im
Winter 1995 hatte ihn vernichtet, wie Jan später in der
Zeitung gelesen hatte. Er passierte die Trabrennbahn.
Ob das Kopenhagener Liebespaar, das den Abbruch
des Einsatzes gegen die Wettbetrüger hervorgerufen
hatte, schon seine interne Bestrafung erhalten hatte?
Er erreichte Østermarie, am Ortsausgang schaute er

kurz auf das Haus der Keramikerin Kathe. Ob sie in die Ermordung Peter Winthers involviert war? Ihre Tochter Mathilde hatte behauptet, dass sich Winther an Leonie vergangen hatte, die hier im Sommer gearbeitet hatte und plötzlich geflüchtet war.

Er fuhr nach Svaneke hinein. An einem frühen Herbstmorgen auf dem Markt einen Parkplatz zu bekommen war nicht schwer. Er ging zur Kirche hoch. Deren Rot begeisterte ihn jedes Mal. Auf dem Friedhof schritt er zum Grab seiner Eltern. Den Impuls, hierher zu fahren, hatte er verspürt, als Frank Schou vorhin die anstehende Beerdigung erwähnte. Jan kam nicht oft her, das war ihm nicht wichtig, er hatte seine Eltern auch so bei sich. Aber heute war ihm danach gewesen. Vermutlich auch wegen der anstehenden Umbettung von Tove.

Sein Vater war der Leiter der Post in Nexø gewesen und Tag für Tag mit seinem Puch Mofa dorthin gefahren. Bei schlechtem Wetter mit dem Bus. Das Auto überließ er seiner Frau, die als Hebamme quer über die Insel fuhr und sich um die Betreuung von Neugeborenen und deren Eltern kümmerte.

Jan blieb einige Minuten vor dem Grab seiner Eltern stehen, Bilder kamen auf, das kleine Haus, der Garten, die Besuche der Großeltern, die Angeltouren mit seinem Vater, die gemeinsame rituelle Fahrt einmal im Jahr nach Kopenhagen, die Kontrolle seiner Hausaufgaben durch die Mutter, sofern sie Zeit hatte. Er hatte ein gutes Elternhaus gehabt, sie hatten nicht viel Geld, aber umso mehr Wärme und Liebe. Eine Schwester oder einen Bruder hätte Jan gerne noch gehabt. Aber seine Eltern hatten sich dagegen entschieden, wie er später erfuhr, hatten sie Angst vor der finanziellen Belastung. Er verneigte sich vor Bodil und Johannes

Kofoed und ging den Abhang zum Auto hinunter. Wieso hatte er eigentlich nicht direkt vor der Kirche geparkt? Egal, vielleicht weil er bereits geahnt hatte, dass er bei Brugsen am Markt noch eine Flasche Wasser kaufen wollte.

Ditte rief an. Ein Bryan Ørnen war ständig zwischen Kopenhagen und Bornholm gependelt, so die Antwort von Bornholmslinjen auf Dittes Frage. Er war auch am Tag von Tobias Ermordung auf der Insel, ebenso jetzt. Ditte hatte auf der Website von DANAHE nach dem Schulmaterial gesucht und war dabei auf Bryan Ørnen gestoßen. Er hieß im richtigen Leben Brian Rose. Jan verschlug es kurzfristig die Sprache. Was hatte das zu bedeuten? Jan versprach, bei Brian später anzurufen.

Mit einer Flasche Ramlösa mit Zitronengeschmack auf dem Beifahrersitz verließ er Svaneke gen Süden. Sehr merkwürdig, weshalb war der Naturschützer so häufig auf Bornholm und hatte nichts gesagt? Auf die Antwort war er gespannt. Sein geliebtes Aarsdale, den Lieblingsort seiner Jugend, ließ Jan schweren Herzens links liegen. Die Felsküste wurde allmählich flacher, das Meer war ruhig, nur die Vormittagssonne begann sich hinter ersten Wolken zu verstecken. Er erreichte Nexø. Langsam rollte er hinter zwei Lkw in Bornholms zweitgrößte Stadt hinein.

Sein Blick fiel auf das Eisenbahnmuseum links. Das war bereits im Winterschlaf. Plötzlich durchfuhr ihn ein Gedanke. Eisenbahn. Bahnhof. Station. Stand auf Tobias erstem Zettel nicht „Station Ka"?

Sobald er aus Nexø heraus war, rief er Christian an: „Christian, könntest du bitte einmal im Netz schauen, ob du eine Karte über die alten Bahnhöfe der Bornholmer Eisenbahn findest?"

„Ja, selbstverständlich. Weshalb?"

Er erklärte es ihm.

Kurz vor Snogebæk bog Jan rechts auf die Straße Richtung Rønne ab. Bald erblickte er die Pouls Kirke. Christian rief an.

„Ja, Jan, es gab eine Station kurz vor Balka und Nexø, die hieß Kannikegaard."

„Super, das könnte ein weiteres Mosaiksteinchen sein. Was steht danach auf dem Zettel?"

„Unfall 19".

Jans Euphorie verschwand. Was für ein Unfall? Die Lösung des Falls ließ weiter auf sich warten.

Frank Schou wartete schon an der Kirchmauer auf ihn. Sie gingen in die Kirche, denn die Wolken am Himmel wurden immer dichter.

„Was führt dich zu mir?"

„Peter Winther."

„Oh ja, grausam. Wer tut so etwas nur? Einen Küster so zu verprügeln, dass er stirbt. Mit einer Eisenstange, schreibt die Zeitung. Stimmt das?"

Jan nickte: „Ja, da hatte jemand richtig Wut auf ihn. Frank, wie ist er zu der Stelle als Küster bei euch gekommen?"

„Hm, wenn ich mich richtig erinnere, ging der damalige Küster in den Ruhestand. Jemand aus einer anderen Bornholmer Gemeinde interessierte sich sehr, ich glaube, der wohnte in Sandvig. Und Peter bewarb sich, er war damals Küster auf Seeland, in der Nähe von Slagelse, glaube ich."

„Und weshalb habt ihr Peter den Zuschlag gegeben?"

„Das war keine schöne Situation, der Bewerber aus Sandvig hatte einige Unterstützer in unserer Gemeinde. Aber Svend hat unglaublichen Druck gemacht, seine Kollegen vom Kirchenvorstand einzeln aufgesucht und sie auf Peter eingeschworen.“

„Dieser Svend war im Kirchenvorstand, habe ich das richtig verstanden?“

„Er war der Vorsitzende, sehr umtriebig, sehr machtbewusst, obwohl es ja ein Ehrenamt ist.“

„Weshalb war er das, kennst du den Grund?“

„Nun, er war doch selbst Pastor gewesen, dann war er in den Vorruhestand gegangen und nach Bornholm gezogen. Und hier wollte er beweisen, dass er ein Guter ist. Der Vorruhestand war wohl nicht ganz freiwillig. Jedenfalls wollte er mir mehr als einmal erklären, wie man als Pastor eine Gemeinde führt. Aber da war er bei mir an der falschen Adresse.“

„Wo war er denn Pastor gewesen?“

„Na, in dieser Gemeinde bei Slagelse natürlich.“ Jans Pulsschlag erhöhte sich blitzartig. „Daher kannte er Peter doch, und sein Einsatz für ihn als neuen Küster war ein Freundschaftsdienst.“

Verdammt, das hatte keiner von ihnen geprüft: „Wie heißt Svend mit Nachnamen?“

„Gravgaard.“ Jan wurde leicht unwohl. Svend Gravgaard, SG. Das stand auch auf dem einen Zettel von Tobias. Noch ein Mosaikstein, aber Jan konnte sich nicht freuen. Sie hatten nicht sauber gearbeitet.

„Svend wird in anderthalb Jahren aufhören. Peter hat, nein hatte Interesse an der Nachfolge als Kirchenvorstand angemeldet, er wollte vorzeitig in Rente gehen.“

„Gab es schon Interessenten für seine Nachfolge als Küster?“

„Nein, nicht dass ich wüsste. Peter hatte einmal gesagt, er hätte jemanden im Auge, der müsste aber noch ein paar Formalia erledigen. Was auch immer das heißen

sollte. Ich weiß aber nicht, ob der in die Auswahl
gekommen wäre. Peter war nicht sonderlich beliebt,
ich hätte mir schon denken können, dass jemand
gegen ihn als Kirchenvorstand kandidiert hätte. Und
ob der Peters Vorschlag für einen neuen Küster angenommen hätte, bezweifle ich."

Jans Handy klingelte, er verabschiedete sich schnell
vom Pastor und nahm das Gespräch an.
„Hallo Jan, Inger von der Spurensicherung hier. Voll-
treffer würde ich sagen. Die Fingerabdrücke in
Winthers Haus sind von dieser Line, und der Ton, den
wir in Winthers Haus gefunden haben, stammt aus
ihrer Werkstatt."
„Ist das 100 %ig?"
„101 %ig."
„Danke, Inger, dann wollen wir mal loslegen." Er
wählte die Nummer der Staatsanwaltschaft.
„Hanne Kofoed."
„Hallo Hanne, hier ist dein Namensvetter Jan."
„Der Mann, mit dem ich weder verheiratet oder sonst
wie verwandt bin", lachte sie.
„Genau. Die Spurensicherung hat meine Vermutungen
bezüglich Line Rude bestätigt. Könntest du bitte den
Durchsuchungsbeschluss freigeben?"
„Das ist hiermit geschehen, Herr Kofoed."
„Vielen Dank, Frau Kofoed." Es war schon merk-
würdig, wie oft dieser Nachname auf Bornholm vor-
kam.

Eine gute Stunde später hielten mehrere Streifen-
wagen sowie Jan auf dem Hof von Line Rude. Die
stürmte aus ihrem Haus auf Jan zu: „Was soll das? Was

macht ihr hier? Kannst du mir das mal erklären?" Ihr Boxer war kaum zu bändigen.

„Am besten leinst du erst mal den Hund an. Dann werden meine Kolleginnen und Kollegen dein Haus durchsuchen. Wir haben in Peter Winthers Wohnung Tonreste gefunden, die aus deiner Werkstatt stammen. Und wir haben bei ihm Fingerabdrücke gesichert, die deine sind."

„Ach, hat deine feine Kollegin deshalb einen meiner Kaffeebecher geklaut? Meine Fingerabdrücke waren ja wohl nicht die einzigen bei Winther."

„Leider doch. Winther war ein extrem auf Sauberkeit fixierter Mann, der hat zweimal am Tag das ganze Haus desinfiziert", übertrieb Jan. „Es gibt nur Fingerabdrücke von ihm und dir. Hier ist der genehmigte Durchsuchungsbeschluss."

„Willst du mir sagen, dass du mich verdächtigst, dieses Schwein umgebracht zu haben?"

„Ja, die Indizien sind eindeutig."

Line Rude fing an zu schreien, zu weinen, sie schlug mit den Fäusten auf Jan ein, sie schmiss ihre Holzclogs in Richtung der Uniformierten. Drei Polizistinnen erst gelang es, sie zu beruhigen.

Derweil hatten die Kollegen mit der Hausdurchsuchung begonnen. Die einen durchkämmten das Wohnhaus, die Zweiten die Werkstatt und den Laden, die Dritten schritten den Garten ab. Und alle hofften, dass der Boxer sich nicht losreißen würde.

Die Polizisten, die in das Wohnhaus gegangen waren, kamen kopfschüttelnd und mit leeren Händen wieder heraus. Jan schluckte. Hatte er sich doch geirrt? Es dauerte, dann tauchte die zweite Gruppe aus dem Garten auf. Einer von ihnen hielt eine blutgetränkte Eisenstange in der Hand, die in eine Tüte gelegt worden war. Jan schaute Line an: „Das wird die Stange sein, mit der Winther erschlagen wurde."

„Keine Ahnung", schrie Line. „Ich weiß nicht, was das für ein Scheißding ist, ich kenne das nicht." Die drei Polizistinnen hatten weiterhin alle Mühe, sie festzuhalten. Kurz darauf kam die letzte Gruppe aus der Werkstatt und hielt triumphierend einen Laptop und ein Handy in die Höhe.

„Line, ich glaube, wir müssen uns dringend unterhalten", raunte Jan ihr zu und wies die Kolleginnen an, sie zum Wagen zu bringen. „Und ruft im Tierheim in Østerlars an, sie müssen sich vorerst um den Hund kümmern."

Auf der Fahrt Richtung Rønne rief Jan bei Brian Rose an: „Hallo Brian, hier ist nochmal Jan Kofoed von der Bornholmer Polizei."

„Hallo, was gibt´s?"

„Wo bist du gerade?"

„Auf Bornholm."

„Was machst du hier?"

„Ich bereite ein Projekt vor."

„Was für ein Projekt?"

„Wir prüfen regelmäßig den Vogelbestand in den Wäldern, Zu- und Abnahmen von Populationen, Veränderung in den Arten etc. Ich kümmere mich insbesondere um Paradisbakkerne und im Norden Hammeren. Weshalb fragst du?"

„Du bist oft auf Bornholm, oder?"

„Ja, manchmal schaffe ich in den paar Tagen, die wir geplant haben, nicht alles, dann muss ich nochmals hierherkommen. Aber es gibt ja hässlichere Orte auf der Welt." Er lachte hörbar.

„Das hast du mir in Kopenhagen gar nicht erzählt."

„Nein, du hast mich auch nicht gefragt, so lautet doch immer die Antwort in den Fernsehkrimis. Im Ernst: Unser Thema war doch Tobias." Dem konnte Jan schlecht widersprechen.

„Weshalb reist du nicht unter deinem Namen?"

„Ach so, jetzt weiß ich, was du willst. Das ist mehr so ein Gag, Bryan Ørnen (Adler) ist so eine Marke, die bei den Kindern gut funktioniert. Ich überlege, sie noch weiter auszubauen, damit sogar berühmt zu werden. Und um mich daran schon mal zu gewöhnen, melde ich mich auch so bei den Schiffsfahrten an. Das Ticket und die Rechnung laufen ja eh über DANAHE."

„Und wo wohnst du, wenn du auf Bornholm bist?"

„Möglichst in kleinen und günstigen Hotels wie Det lille Hotel in Rønne. So wie dieses Mal auch."

Das klang zunächst plausibel, aber Jan würde das gerne noch näher untersuchen, so ganz befriedigte ihn diese Antwort nicht.

Ditte und Christian hatten sich auf den Weg zu den Bendtsens in Aakirkeby gemacht. Ein herzliches Willkommen erwarteten sie nicht, und sie wurden auch nicht enttäuscht. Es muffelte noch mehr als zuvor, Körperpflege wurde nicht im Übermaß betrieben.

„Was wollt ihr schon wieder, ist denn nicht mal Ruhe?"

„Nicht, solange wir nicht den Mörder von Tobias gefunden haben. Und den von Peter Winther", antwortete Christian.

„Damit haben wir nichts zu tun."

„Ihr braucht viel Geld, weil Gunnar ein Spieler ist", ließ Christian sich nicht beirren. „Nun haben unsere Recherchen ergeben, dass ihr mit Tobias vereinbart hattet, dass er euer Haus eines Tages von euch erwirbt und ihr schon mal eine Anzahlung erhaltet. Als ihr die

150.000 Kronen erhalten hattet, habt ihr euch daran nicht mehr erinnern wollen. Mit anderen Worten: Ihr habt ihn über den Tisch gezogen. Und wir wissen auch, dass Tobias überlegt hat, wie er sich an euch rächen kann. Ich gehe davon aus, dass ihr ihm zuvorkommen wolltet und ihn umgebracht habt. Oder habt umbringen lassen."
„So ein Unsinn, wir haben kein Geld von ihm."
„Wir haben über die Staatsanwaltschaft eine Kontoeinsicht beantragt und erhalten. Uns ist dabei aufgefallen, dass ihr wenig Geld abhebt. Euren normalen Alltag könnt ihr mit dem Geld nicht bestreiten." Es war still, und die Bendtsens schauten auf den Boden. Niemand durchbrach die Stille.
Erst Ditte löste den Knoten: „Ihr habt mal gesagt, dass ihr Tobias nicht wiedergesehen habt, nachdem er für seine Sommeraufenthalte zu Winther gewechselt ist. Und er ist gewechselt, weil ihr den Platz selbst brauchtet. Kann es sein, dass der Grund ein ganz anderer war? 2017 hat Tobias von einer Stiftung viel Geld für seine Arbeit erhalten. Und ein Jahr später verlässt er euch. Ich sehe da einen Zusammenhang. Ihr hattet ihn reingelegt." Birgitta Bendtsen knetete nervös ihre Finger, ihr Mann begann mit einem ständigen Räuspern, sie wechselten unruhige Blicke.
„Ich bin sicher, dass wir Hinweise auf eure Verabredung finden, wenn wir Tobias´ Wohnung auf den Kopf stellen und euer Haus." Auch diese Bemerkung von Ditte löste das Schweigen nicht.
„Wobei es sein kann", mischte sich Christian ein, „dass das Geld tatsächlich weg ist. Wenn meine Kollegin recht hat, habt ihr die 150.000 Kronen vor fünf Jahren erhalten. Das sind 30.000 Kronen pro Jahr. Oder 2.500 Kronen im Monat. Das ist nicht viel, zumal wenn man

sein Geld verspielt. Für mich stellt sich sogar die Frage, woher ihr inzwischen das Geld nehmt? Habt ihr einem anderen euer Haus angeboten und eine Anzahlung kassiert?"

Die Stimmung im Haus wurde immer gedrückter, die Bendtsens verkrochen sich immer mehr ins Schweigen. Allerdings fehlten Ditte und Christian konkrete Beweise, es waren alles nur Vermutungen. Die beiden Ermittler gaben auf und verließen wortlos das Haus.

„Darf ich dich auf einen Pølser einladen? Oder vorne bei Bäcker Dam auf ein Stück Kuchen?", fragte Christian draußen Ditte.

„Oh ja, ein Stück Kuchen ist eine schöne Idee, Bäcker Dams Brot und Kuchen finde ich sehr lecker. Bist du eigentlich mit ihm verwandt?"

Christian grinste sie an: „Nein, das ist wie mit den Kofoeds auf Bornholm, auch die Dams gibt es hier öfter, ohne dass sie miteinander verwandt sind. Aber natürlich nicht so häufig wie die Kofoeds."

Sie standen draußen und schauten die Schaufenster des benachbarten Lampengeschäftes an.

„Ach, so eine ph-Lampe hätte ich schon gerne", bemerkte Christian. „Aber die nächsten Jahre investiere ich eher in ein Kinderzimmer und Spielsachen."

„Ich muss diese dänischen Klassiker nicht haben", schüttelte Ditte den Kopf leicht. „Ich mag es eher rustikal-bäuerlich." Sie drehte sich um und schaute auf die Aakirke am Ende der Straße und des Marktes: „Jans Lieblingskirche. Er steht so auf den Taufstein, diesen gotländischen, hat er mir einmal erzählt."

„Mir gefällt die riesige Platte mit Schweder Kettingk und seinen beiden Frauen im Eingang besser", antwortete Christian. „Der Lübecker Kommandant, der so viel für Bornholm getan hat."

Sie schauten sich gegenseitig mit großen Augen an.
„Der Lübecker!", riefen sie fast synchron.
„Was steht da noch auf Tobias Zettel?"
„Reste beim Lübecker, meine ich."
„Das heißt, irgendwo hier in der Kirche oder um sie herum gibt es Reste. Wenn wir beide recht haben. Aber was für Reste?"
Christian öffnete die Fotos auf seinem Handy: „Unfall 19 und Lösung Rom steht noch davor."
„Ich kenne nur zwei römische Lösungen, nämlich die Ermordung Cäsars und den riesigen Brand, den Nero verschuldet hat."
„Gute Idee, Ditte. Also wenn ich den Zettel hier sehe und die Worte richtig interpretiere, dann steht dort SG, wer oder was auch immer das ist. Dann Peter ist Sklave und Bahnstation Kannikkegaard. Unfall 19 ist unklar, dann Brand, Ermordung passt irgendwie nicht, und Reste in der Aakirke oder in der Nähe."
„Sehr merkwürdig. Wer oder was ist SG und welchen Unfall gab es 2019?"
„Fahren wir zurück und versuchen, es morgen herauszubekommen."

<u>35</u>

Ein erschöpfter Jan saß in seinem Büro. Aus Line war nichts herauszubekommen. Sie bestritt alles. Das würde ihr nur nicht viel nutzen, die Indizien waren eindeutig. Das würde im Prozess nicht einfach werden, den Richter zu überzeugen, aber die Tatsachen waren unverrückbar. Die Frage war, ob sie auch Tobias umgebracht hatte. Hoch zur Kirche hatte sie ihn sicherlich nicht getragen, dafür war sie nicht kräftig genug. Der Laptop von Winther, den Line hatte mitgehen lassen, war nahezu leer, wozu er den hatte, war nicht klar. Das Handy hatten die Kriminaltechniker schnell geöffnet, „NexoKirke1234" war kein besonders originelles Passwort. Die Nummern hatten sie durchlaufen lassen, Tobias stand ebenso auf der Anruferliste wie dieser Svend Gravgaard und noch einige andere Personen aus Bornholm und Slagelse, seinem früheren Wohnort auf Seeland. Die würden sie sich die Tage noch einmal genauer ansehen.

Heute war ein Turbo-Tag, der Fall hatte wirklich Geschwindigkeit aufgenommen. Der Vorsitzende des Nexøer Kirchenvorstandes, dieser Gravgaard, interessierte ihn. Der war der SG auf dem Zettel, das musste er Ditte und Christian noch erzählen. Jan suchte die Nummer der „Sjællandske Nyheder" heraus. Journalisten wussten immer alles. Sie erzählten nicht immer alles, das war ihr gutes Recht, aber ab und an waren sie offener. Gerade wenn es um vergangene Dinge ging. Er ließ sich zum Chefredakteur durchstellen und schilderte ihm den Grund seines Anrufs.

„So, so, du suchst einen Kollegen, der unseren Pastor Gravgaard noch kannte, bevor der 2016 nach Bornholm gezogen ist. Da gibt es nur zwei. Der eine bin ich, aber ich muss mich noch um unsere morgige Ausgabe kümmern. Und Flemming Nielsen, der war hundert Jahre bei uns Lokalredakteur und ist vor zwei Jahren in Rente gegangen. Ich gebe dir seine Nummer, wenn du Glück hast, ist er zu Hause. Wenn du Pech hast, ist er in Emmas Vinstue, und du verstehst ihn schlecht, was nicht nur am Lärm dort liegt."

Jan hatte Glück, noch war Flemming zu Hause: „Oh, das ist ein heißes Eisen mit unserem alten Pastor", war dessen erste Reaktion.

„Inwiefern heiß?"

„Svend war anfangs sehr beliebt. Mit den Jahren kamen aber Gerüchte auf. Ich sage mal: über Verfehlungen.“

„Flemming, nun tu nicht so geheimnisvoll. Was für Verfehlungen?“

„Nun, ich will ihn da jetzt nicht reinreißen, aber er mochte wohl junge Mädchen gerne.“

„Flemming, was heißt das?“

„Mann, Bornholmer Spürnase, du kannst einem das Leben auch schwer machen. Jan Kofoed? Sag mal, bist du nicht dieser Polizist, der damals den Mord an dem Lastwagenfahrer im Steinbruch bei Faxe aufgeklärt hat?“

„Ja, das war ich. Den hat ein anderer Lkw-Fahrer wegen 500 Kronen Schulden getötet, die er dem Opfer noch schuldete. Aber zurück zu unserem Fall, Flemming. Könntest du bitte klar und deutlich sagen, was du weißt? Sonst halte ich dich so lange auf, bis die Vinstue geschlossen hat.“

„Oh nein, bloß das nicht. Also, man munkelte, dass jemand dem Pastor junge Frauen zugeführt hat. Die hatten dann irgendeine Art von Sex mit ihm. Wie weit das ging, weiß ich nicht. Als die Gerüchte zunahmen, hat man ihn in den vorzeitigen Ruhestand versetzt und zum Wegzug gedrängt. Man wollte das nicht genauer untersuchen, es sollte auch kein schlechtes Licht auf die Gemeinde fallen.“

„Und wer hat ihm die Mädchen zugeführt? Und wie hat er das gemacht?“

„Das ist nie herausgekommen. Aber nicht nur ich hatte den Küster in Verdacht, der ist ja dann auch bald verschwunden. Wie er die Mädchen dazu gekriegt hat, weiß ich nicht.“

„Vielen Dank, Flemming, du warst eine große Hilfe. Jetzt gebe ich dir frei", lachte Jan.

„Moment, Mr. Spürnase, wenn du mal bei Emmas Vinstue vorbeikommst, fragst du nach mir. Und wenn ich zufällig da bin, gibst du mir als Dankeschön einen aus."

„Das ist eine fantastische Verabredung, Flemming."

Jan war müde. Es war heute extrem viel an neuen Informationen gewesen, die geordnet werden mussten. Das würde er morgen mit Ditte und Christian erledigen. Karen war momentan nur zum Teil einbindbar, zu viel anderes belastete ihren Kopf. Er fuhr nach Hause und schrieb zuvor Sonja, dass er sich nur kurz frisch machen wolle und in einer Dreiviertelstunde bei ihr sein würde.

Sonja servierte einen Flammkuchen, dazu gönnte sie sich einen Pinot Grigio, Jan nippte an seinem IPA.

„Was ist los, Jan, du isst kaum etwas und trinkst kaum von deinem Bier?"

Er schaute sie an: „Kennst du das, wenn du weißt, dass du ganz dicht davorstehst, ein Rätsel zu lösen? Nur ein Puzzleteil fehlt noch. Und du findest es nicht."

„Natürlich kenne ich das, Jan. Aber nicht so wie du. Morde habe ich bis jetzt noch nicht aufgeklärt."

„Sei froh, das ist anstrengend." Er nahm einen Zettel. „Schau mal, dieser Tobias hat sich Notizen gemacht, diese aber verschlüsselt. Wir haben einige dieser vermeintlichen Codes geknackt. Ehrlich gesagt, geraten. Wir können auch völlig falsch liegen." Er schrieb alles untereinander:

Svend Gravgaard
Onkel Tom
Station Kannikkegaard
Unfall 19

Feuer
Reste beim Lübecker
„Was wir noch nicht wissen, ist, was der Unfall 19 ist und wer der Lübecker."
Sonja guckte intensiv auf den Zettel, in ihrem Kopf arbeitete es.
„Wer der Lübecker sein soll, weiß ich nicht. Aber der Unfall 19 könnte Amanda sein."
„Amanda?"
„Ja, das war eine junge Frau, ich glaube 18 Jahre alt oder so. Und 2019 ist sie verschwunden. Man hat sie nie wieder gefunden. Das war in Nexø, und da war doch auch diese Station in der Nähe, ich erinnere mich."
„Was weißt du über Amanda?"
„Nichts, ich erinnere mich nur, weil eine Freundin aus Nexø die Eltern kannte. Amanda war, ich sag mal, geistig etwas eingeschränkt, sie war schnell hilflos. Es ist vermutet worden, dass jemand das ausgenutzt hat."
„Und es ist nie herausgekommen, was wirklich passiert ist?"
„Nein, nicht dass ich wüsste."
„Dann werde ich einmal bei uns im Archiv nachschauen und die Eltern in Nexø besuchen."
„Das wird schwer, die sind bald darauf weggezogen, die haben es hier wohl nicht mehr ertragen. Aber wohin die sind, weiß ich nicht."
„Das lässt sich herausfinden. Danke, du bist großartig, Sonja, jetzt wirst du doch noch zur Ermittlerin."
„Quatschkopf, nun iss lieber den kalten Flammkuchen auf und deck ab."

In Nyker war die Stimmung etwas angespannt. In zwei Tagen wollten Ditte und Lone nach Sizilien fliegen.

Ditte war entspannt, der Fall stand kurz vor der Aufklärung, sollte noch ein Schritt fehlen, würde sie trotzdem fliegen können. Notfalls musste jemand anderes einspringen, Sanne von der Bereitschaft zum Beispiel hatte Talent, und Jan hatte sie auch schon für ein Aushelfen auserkoren.
„Hast du Karen oder Jan gefragt, ob du trotzdem fliegen dürftest?“, fragte eine nervöse und gereizte Lone.
„Das werden die schon genehmigen“, kam es leicht patzig von Ditte zurück.
„Lass uns lieber morgen umbuchen, so für drei Tage meinetwegen.“
„Nein.“

Tag 13

<u>36</u>

Der Tag begann, wie mancher es schon länger befürchtet hatte.

Es war 6 Uhr, als Karen ihn anrief: „Aage ist heute Nacht eingeschlafen." Keiner sagte etwas, Jan ging aus dem Schlafzimmer. Beiden gingen Bilder durch den Kopf.

„Es war besser für ihn, glaube ich", unterbrach Jan die Stille. „Du kannst das aber besser beurteilen."

Karen weinte: „Ja, die letzten zwölf oder 18 Monate waren nicht mehr schön für ihn. Er war ein toller Mann, ich habe anfangs viel von ihm gelernt, aber irgendwann ist er aus der Zeit gefallen. Sein Bornholm war das aus den 70ern, als die Welt noch übersichtlicher war. Kopenhagen hat mich gerade angerufen. Ich übernehme kommissarisch. Sie wollen die Nachbesetzung jetzt schneller durchziehen."

„Gut, dann halte ich dich auf dem Laufenden, gehe aber nicht davon aus, dass du in nächster Zeit mit uns am Tisch sitzt."

„Nein, das werde ich wohl kaum, leider."

Jan hielt einen Moment inne, dann kehrte er ins Schlafzimmer zurück.

„Was war?", fragte Sonja. Er sagte es ihr.

Er wusste, dass Ditte meist früh aufstand und joggte. Er rief sie an.

„Jan, was ist los?" Sie keuchte.

„Entschuldige, dass ich dich beim Frühsport störe. Aage ist gestorben."

„Oh, das tut mir leid. Danke für den Anruf."

„Ja, wir sehen uns nachher, ich wollte nur nicht, dass du von der Nachricht überrascht wirst, wenn du ins Büro kommst."

„Da ist gut, danke. Jan, ich glaube, Christian und ich sind gestern einen großen Schritt weitergekommen."

„Inwiefern das?"

„Lösung Rom könnte ein Feuer oder ein Brand sein. Du weißt, Nero. Und der Lübecker mit den Resten, das könnte Schweder Kettingk sein. Der in deiner Lieblingskirche."

„Schweder? Die Tafel mit seinen zwei Frauen gleich links? Klar, der war Lübecker."

„Ja. Wir vermuten, dass da jemand oder etwas verbrannt und die Asche in der Kirche versteckt wurde. Vielleicht hinter der Tafel, vielleicht irgendwo in der Mauer."

„Das klingt sensationell gut."

„Danke, das fanden wir auch. Jetzt müssen wir nur noch herausfinden, wer oder was SG ist und dieser Unfall 19."

„Das kann ich euch verraten. Ditte, kannst du bitte schnellstens nach Hause laufen und ins Büro fahren?"

„Ja, natürlich."

„Gut, ich wecke Christian."

Sonja kam ins Schlafzimmer und stellte Jan einen Kaffee ans Bett. Jan schmiss ihr einen Kuss zu und wählte Christians Anschluss. Er erzählte ihm von Aage und bat ihn, sofort ins Büro zu kommen.

Jan grummelte. Seine beiden Kollegen hatten gestern eine wichtige Erkenntnis gewonnen und ihn nicht umgehend informiert. Hatte er nicht Christian kürzlich dafür gerügt? Na ja, er, oder besser gesagt Sonja, hatte gestern Abend auch ein wichtiges Puzzlestück gefunden, und er hatte die beiden nicht informiert. Aber das war auch nach dem Abendbrot. Ja, natürlich, das war eine blöde Ausrede. Er hatte genauso Mist gebaut.

Christian drehte sich zu Lærke um: „Das war Jan. Ich muss sofort ins Büro. Aage ist gestorben. Und wir haben noch weitere wichtige Informationen zu unserem Fall. Aber erst mache ich dir das Frühstück."
„Christian, hör auf. Zieh dich an und fahre los. Wenn Jan schon so Druck macht, hat das wohl einen Grund."
„Aber du, ganz allein....."
„Ich bekomme das schon hin, Schwester Christian." Sie schob ihn zur Garderobe.

<u>37</u>
Auf den Gängen in der Polizeizentrale bestimmte natürlich Aages Tod das Gespräch. Ditte und Christian saßen bei Jan.
„In unserem Fall hellt es sich langsam auf", begann Jan. „Der eine von Tobias Zetteln bedeutet vermutlich, dass die Bendtsens ihr Haus Tobias verkauft haben und er angezahlt hat. Die Bendtsens allerdings plötzlich nicht mehr vom Verkauf wissen wollten, das Geld aber behalten haben. Und Peter Winther hatte wohl eine Idee für die Rache. Bendtsens mussten davon ausgehen, dass Tobias sich das nicht gefallen lässt. Sie könnten ihn präventiv umgebracht haben." Er schaute Ditte an. „Ja, ich weiß, warum sollten sie ihn dann an die Glocke hängen? Abgesehen davon, wie?"
Ditte und Christian nickten.
„Die zweite Möglichkeit ist Line. Peter Winther ist durch ihre Hand umgekommen, das ist durch die Spuren belegt. Wenn Tobias junge Frauen dazu gebracht oder bedrängt hat, mit Winther intim zu

werden, wäre das für Line ein Grund, Tobias zu töten. Denn eine der Missbrauchten war ihre Mitarbeiterin Charu. Die Frage ist, wie sie Tobias an die Glocke in Rutsker hängen konnte. Allein bestimmt nicht. Aber da sich das alles innerhalb der Kirche abgespielt hat, gäbe es zumindest für die Symbolik eine Erklärung. Oder, Ditte?"
Die nickte ebenso wie Christian.
„Und jetzt kommen wir zu Tobias zweitem Zettel und unserer dritten Option. SG ist Svend Gravgaard, ehemals Pastor in der Nähe von Slagelse. Der musste dort gehen, weil er mit jungen Frauen intim war. Gerüchteweise wurden sie ihm von dem dortigen Küster Peter Winther zugeführt, den er engagiert hatte. Gravgaard zog nach Bornholm um und ging in den Kirchenvorstand der Nexøer Kirche. Dort setzte er Peter Winther als neuen Küster durch, als der alte ging. Vermutlich setzten die beiden hier ihr schmutziges Spiel fort. Tobias hat das mitbekommen und ausgenutzt. Und er hat wahrscheinlich noch etwas anderes entdeckt.
Unfall19 könnte sich auf ein junges Mädchen aus Nexø beziehen, sie hieß Amanda. Eine junge Frau mit leichten Einschränkungen, schnell hilflos und manipulierbar. Sie ist 2019 spurlos verschwunden. Jetzt spekuliere ich. Gravgaard hat sie missbraucht, und sie ist dabei umgekommen. Stattgefunden hat das bei der alten Bahnstation Kannikkegaard. Tobias hat Gravgaard damit erpresst und der hat ihn deshalb umgebracht."
Ditte und Christian schauten Jan eindringlich an und dachten nach.

„Wenn ich dich richtig verstehe, könnte das heißen, dass es für die zwei Morde zwei verschiedene Täter gibt?", schlussfolgerte Christian.

„Ja, Gravgaard hat Tobias wegen der Erpressung getötet. Und Line hat Winther umgebracht. Vermutlich hat der von Tobias verlangt, dass er ihm Mädchen zuführt, und dafür wird er sein Nachfolger als Küster. So meine Theorie." In den Köpfen seiner beiden Kollegen ratterte es.

„Das klingt alles sehr schlüssig, wir müssen es nur noch beweisen", brach Ditte die Stille. „Und nun führen wir das zusammen mit der Vermutung von Christian und mir, dass etwas verbrannt wurde und Reste bei Schweder Kettingk in der Aakirke oder drumherum versteckt sind. Das könnte bedeuten, dass Gravgaard diese junge Frau nach dem Unfall verbrannt hat und ihre Asche möglicherweise bei der Aakirke versteckt hat."

„Sehr richtig. Das ist alles sehr spekulativ und klingt andererseits recht plausibel. Aber wir riskieren es einmal, im schlechtesten Fall erzeugen wir nur Unruhe."

„Das heißt, wir fahren jetzt zu Gravgaard?"

„Ja, Ditte, du und ich und ein paar Kollegen von der Bereitschaft, die Durchsuchungsgenehmigung muss jede Sekunde kommen. Christian, du fährst mit Sanne zur Aakirke, und ihr seht euch um. Vielleicht entdeckt ihr einen Karton oder eine Tüte oder irgendeinen anderen Behälter. Aber diskret, es ist Freitag und damit Beerdigungstag, heute sind es insgesamt vier, wie ich gerade im Netz gelesen habe."

Jan und Ditte waren auf dem Weg zu Gravgaard, der in Snogebæk wohnte.

„Du weißt noch, dass ich morgen in den Urlaub fahre?", begann Ditte.

„Ja, natürlich. Ich bin recht zuversichtlich, dass wir den Fall bald gelöst haben. Und wenn nicht bis zu deinem Abflug, werden Christian und ich uns dann noch Verstärkung holen. Einen richtigen Zeitpunkt für den Urlaub gibt es fast nie. Deshalb nimmst du ihn wie geplant."

„Wird Sanne stärker eingespannt?"

„Bist du eifersüchtig?"

Ditte lachte: „Nein, ich merke nur, dass du sie zunehmend von der Bereitschaft anforderst. Und da frage ich mich, was du vorhast. Planst du schon für die Zeit, wenn Karen die gesamte Behörde übernimmt?"

„Nein, das liegt nicht in meiner Hand. Dann kommt ein neuer Polizeichef oder eine Chefin. Aber ich glaube, dass wir in absehbarer Zeit Verstärkung brauchen. Und Sanne ist jung und hat Spaß, sich weiterzuentwickeln. Schau, ich werde noch drei, vier Jahre aktiv sein, wenn es gut läuft. Und vielleicht bekommst du meinen Job. Und dann muss an deiner Stelle wieder jemand nachkommen. Man kann mit solchen Planungen nicht früh genug beginnen."

„Da hast du sicherlich recht."

„Was ist denn dein Ziel, Ditte?"

Einen Moment herrschte Stille: „Ich bin momentan sehr zufrieden, ich genieße die Zeit mit dir, aber auch mit Karen. Ich lerne viel von euch. Etwas weiterkommen möchte ich perspektivisch schon, so in drei Jahren vielleicht. Und gerne auf Bornholm, Lone und ich fühlen uns hier wohl. Kafka natürlich auch."

Sie hatten Snogebæk erreicht. Das Wetter wusste noch nicht so genau, was es wollte. Noch war der Himmel von Wolken verhangen, Richtung Nexø schien es aber heller zu werden. Kühl war es geworden. Auf der Straße war kaum etwas los, auch der Parkplatz von Brugsen war fast leer. Jan hielt vor Gravgaards Haus. Die Kollegen von der Bereitschaft waren ihnen in zivilen Fahrzeugen gefolgt, um die Snogebæker möglichst nicht neugierig zu machen. Ditte klingelte. Ein großer, kräftiger Mann öffnete ihr. Sein Anblick wirkte auf Jan eigenartig. Eigentlich sah er jünger aus als die 67 Jahre, die er sein sollte. Andererseits war sein Gesicht aschfahl und etwas eingefallen. Das bis obenhin zugeknöpfte blau-weiße Hemd und die viel zu große hellbraune Cordhose verstärkten diesen verstörenden Eindruck.

„Ja, bitte?"

Jan stellte Ditte und sich vor, die Kollegen hielten sich noch im Hintergrund: „Wir haben im Zusammenhang mit den Tötungen von Tobias Schuster und Peter Winther ein paar Fragen an dich. Können wir hineinkommen?" Gravgaard zögert kurz, drehte sich dann um und murmelte etwas, was wie „Ja" klang.

Jan begann aber ganz anders, als es Gravgaard und vermutlich auch Ditte erwartet hatten: „Svend, du kennst sicherlich Amanda Kjær."

Gravgaards Blicke flackerten für einen Moment unsicher umher.

„Nein, wer soll das sein?"

„Svend, ich helfe dir. Im Juni 2019 hattest du Kontakt zu Amanda Kjær, sie war damals 20 Jahre alt. Amanda war eine junge Frau, die geistig ein klein wenig zurückgeblieben war, was sich bei ihr in Gutgläubigkeit ebenso zeigte wie in schneller Orientierungslosigkeit." Jan hatte in der Frühe noch schnell die Akte zu diesem Fall gelesen und auch mehrere Artikel aus der „Tidende". Insbesondere die Darstellungen der verzweifelten Eltern waren ihm in Erinnerung geblieben.

„Ich kenne diese Frau nicht."

„Doch, du kanntest sie, die Eltern haben damals der Bornholmer Polizei berichtet, dass sie gerne zu den Spielenachmittagen gegangen ist, die du damals mit anderen Freiwilligen für diese Jugendlichen angeboten hast."

„Die Eltern können viel erzählen."

„Ja, das haben sie erfreulicherweise auch getan. Wir wissen, dass du deine Pastorenstelle in der Nähe von Slagelse verlassen musstest, weil Gerüchte aufkamen, dass du dich an jungen Frauen vergreifst."

„Was erzählst du da? Das ist völliger Unsinn. Hör auf damit. Ich werde mich über dich beschweren."

„Wir wissen außerdem, dass du als Kirchenvorstand Peter Winther als neuen Küster der Kirchen Nexø und Poulsker durchgedrückt hast. Jenen Peter Winther, der dir schon bei deiner alten Stelle junge Frauen zugeführt hat. Und der dieses schmutzige Geschäft hier weiterbetrieben hat."

„Halt endlich dein Maul."

„Das Dumme ist nur, dass Peter Winther dein Nachfolger als Kirchenvorstand werden sollte. Und der Tobias damit lockte, dass Peter sich für ihn als neuen Küster einsetzen wolle. Einzige Bedingung: Tobias sollte ihm jetzt und in Zukunft ebenfalls junge Frauen zuführen. Peter und du, ihr wart pädophile Brüder."

„Was erzählst du da für perversen Mist, ich war ein beliebter Pastor und bin ein hoch angesehener Kirchenvorstand. Du kannst die Leute in der Gemeinde ja fragen, anstatt so einen Scheiß zu erzählen."

„Das Dumme war nur, dass Tobias herausbekommen hat, dass du Amanda getötet hast. Ob das vorsätzlich oder durch ein Unglück geschah, das weiß ich nicht. Auf jeden Fall nahe der alten Bahnstation Kannikkegaard." Ditte beobachtete, wie Gravgaards Blutdruck gewaltig anstieg.

„Ich weiß auch nicht, wie er das entdeckt oder ob Peter ihm das erzählt hat. Auf jeden Fall sah Tobias da seine Chance, sein lange angekündigtes Buch über die Bornholmer Kirchen mit einer richtigen Sensation anzureichern. Wie man es von Politikern und anderen Promis kennt. So ein paar angebliche Sensatiönchen eingestreut und schon verkauft sich das Buch allerbestens. Ja, ihr habt die Eitelkeit von Tobias unterschätzt. Der wollte nicht nur unbedingt einen Job auf Bornholm. Sondern auch Anerkennung. Welchen Fehler hat er gemacht? Hat er dich erpresst?"

„Du bist doch völlig krank im Kopf."

„Auf jeden Fall hast du ihn mit einer Eisenstange erschlagen. Wo, weiß ich nicht. Auf jeden Fall nicht in seiner Wohnung." Jan bemerkte Gravgaards aggressiver werdende Körperspannung: „Falls du gerade mit den Gedanken spielst, über mich herzufallen, darf ich dir verraten, dass mein körperlicher Zustand sicherlich besser ist als deiner. Und meine Kollegin hier neben mir ist noch fitter. Also bleibe besser sitzen. Draußen warten noch acht Kollegen. Die werden sich jetzt mal dein Haus und das Gartengelände ansehen. Vielleicht finden sie interessante Dinge. Hier ist die Genehmigung." Ditte meldete sich bei einem der Polizisten draußen und gab das Startzeichen.

In höchster Anspannung und schweigend saßen sich Ditte, Gravgaard und Jan gegenüber. Sie warteten auf die erste Rückmeldung der Beamten.

Svend Gravgaard überlegte fieberhaft, wie er an seine Schreibtischschublade kommen könnte, bevor dieses einem dieser verdammten Polizisten gelang. Das war der einzige schwierige Punkt. Konnte er einen dringenden Gang zur Toilette vorschieben? Oder die Einnahme wichtiger Tabletten, die oben lagen? Welche Möglichkeit gab es noch?

Einer der Beamten kam herein, er hielt eine durchsichtige Tüte hoch, in der eine blutverschmierte Eisenstange zu erkennen war: „Jan, Ditte, die haben wir in dem kleinen Schuppen mit den Gartengeräten gefunden."

„Das kann nicht sein, die habe ich doch abgewischt!", entfuhr es Gravgaard. Er war nun völlig verwirrt. Es waren nur wenige Blutflecken auf der Stange gewesen, die er doch sorgfältig gereinigt hatte. Und jetzt dieses blutverschmierte Stück.

„Sehr schön", antwortete Jan. „Ich hoffe, ihr findet noch mehr, vielleicht auch eine Erinnerung an Amanda. Ihre Schuhe, ihre Kette, vielleicht trug sie auch Ohrringe." Er wandte sich Gravgaard zu: „Du hast gerade ein Geständnis abgelegt, ist dir das bewusst?"

Der hörte gar nicht richtig zu, sondern dachte nach. Tobias war zu ihm gekommen, wie diese Frau am Telefon gesagt hatte. Er hatte nicht lange drumherum geredet. Er hatte ihm erzählt, dass Peter Winther von dem Unfall mit dem leicht debilen Mädchen aus Nexø berichtet hatte. Peter hatte sie zu einem Feld ganz in der Nähe der alten Bahnstation gebracht. Svend und diese Amanda kannten sich aus den Spielenachmittagen, sie vertraute ihm. Sie würde keinen Ärger

machen. Er wartete an einem Feldweg auf die beiden. Peter blieb im Auto, Svend begann dem Mädchen das Kleid aufzuknüpfen. Er wollte sie ins Gras legen. Plötzlich begann sie sich zu wehren und zu schreien. Er versuchte sie zu beruhigen, Peter stieg aus, um ihm zu helfen. Plötzlich stürzte das Mädchen nach hinten, fiel mit dem Kopf auf einen Stein und rührte sich nicht mehr. Die beiden Männer gerieten in Panik. Sie legten Amanda in Peters Wagen. Zurück in Nexø berieten sie, was sie mit dem Leichnam machen sollten. Sie waren sich schnell einig, sie spurlos verschwinden zu lassen. In der späten Nacht fuhren sie in das Industriegebiet im nördlichen Aakirkeby und verbrannten sie dort auf einem Parkplatz. Die Asche sammelten sie in einem Behälter. Die würden sie irgendwo begraben.
Tobias hatte von ihm die Zusage für Peters Nachfolge gefordert, dann würde er das Geschehen um Amanda nicht in seinem Buch erwähnen. Svend hatte gesagt, dass er das nicht könne. Da hatte Tobias 500.000 Kronen gefordert. Das war genau der Betrag gewesen, den die Lebensversicherung überwiesen hatte, als seine Frau vor vier Jahren urplötzlich an einem Herzinfarkt gestorben war. Woher kannte Tobias diese Summe? In ihm brodelten Zorn und Panik. Gut, dass diese anonyme Frau ihm geraten hatte, im Wohnzimmer eine Eisenstange zu deponieren. Er ging unter einem Vorwand hinüber, kehrte zurück und drosch auf diesen verdammten Tobias ein. Den Leichnam legte er in die Schubkarre, am nächsten Morgen wollte er ihn irgendwo vergraben, vielleicht in Almindingen. Doch als er in der Frühe aufwachte, war die Schubkarre leer.
„Jan, Ditte, in der Schreibtischschublade oben haben wir zwei kleine Herzchenohrringe gefunden." Einer

der Polizisten riss Gravgaard aus seinen Gedanken. Verdammt, die hätten sie nicht finden dürfen.
Ditte und Jan blickten Gravgaard an.
„Ich weiß nicht, woher die kommen. Als Pastor bekommt man vieles geschenkt, und man findet auch vieles, zum Beispiel auf Kirchenbänken."
„Ja", nickte Ditte. „Aber nicht alles legt man in der Schreibtischschublade ab. Ich bin sehr sicher, dass Amandas Eltern die Ohrringe wiedererkennen."
Jan schüttelte den Kopf: „Svend, dein Spiel ist aus. Das Blut auf der Stange wird ganz bestimmt das von Tobias sein. Und jetzt noch Amandas Ohrringe..."
Dittes Telefon klingelte: „Christian ruft an." Sie sprach kurz mit ihm und beendete das Gespräch.
„Und, gibt es etwas Neues?", fragte Jan.
„Ja, unsere Leute haben in Aarsdale etwas Interessantes gefunden. Wir sollen gleich kommen."
„In Aarsdale?"
„Ja, in Aarsdale."
Jan drehte sich wieder zu Gravgaard: „So, wir fahren jetzt, unsere Leute machen hier noch weiter. Wir sehen uns garantiert heute oder morgen wieder. Sobald wir den letzten Code in Tobias Notizen entschlüsselt haben, sitzen wir erneut hier, einen Haftbefehl haben wir dann dabei. Irgendwas mit verbrannt und versteckt hat er notiert. Schon klar, du weißt mal wieder von nichts. Aber das nützt dir nichts, wir bekommen es auch ohne dich heraus. Es ist dir hiermit verboten, Bornholm zu verlassen." Wie versteinert blieb Gravgaard auf seinem Stuhl sitzen.

Im Wagen konnte Ditte nicht mehr an sich halten: „Welch ein perverses Arschloch. Entschuldige, aber anders kann ich es nicht sagen. Wir hätten ihn doch gleich verhaften können. Er hat den Mord an Tobias quasi gestanden."

„Du hast recht. Aber ich möchte, dass er uns noch zu dem Versteck von Amandas Asche führt und so seine Tatbeteiligung bestätigt. Wieso sollen wir nach Aarsdale?"

Ditte konnte wieder lächeln: „Sollen wir doch gar nicht, wir sollen nach Aakirkeby. Aber hätte ich das sagen sollen?"

„Natürlich nicht, ich stand gerade auf dem Schlauch." Er bog am Ortseingang von Nexø links in den Mosevej ab, und am Kreisel wechselte er auf die Straße 38 nach Aakirkeby. „Ich hoffe, dass er angebissen hat und die Asche schnell aus dem Versteck holen will, solange die Kirche geöffnet ist und wir noch in Aarsdale sind, wie er glaubt."

In Aakirkeby erwarteten Sanne und Christian sie schon auf dem Parkplatz.

„Wir sind schnell fündig geworden", berichtete ein stolzer Christian. „Hinter der großen Platte mit Schweder Kettingk und seinen beiden Frauen hat jemand von unten eine Plastiktüte festgeklebt. Wir haben sie abgelöst, in einer vakuumierten Folie befindet sich Asche. Und ein paar Reste wie die Zähne."

Jan nickte: „Erstklassige Arbeit, ihr beiden. Und das ist all die Jahre niemandem aufgefallen?"

„Die Tüte ist in fast dem gleichen Farbton wie die Steinplatte. Und sie ist vergleichsweise tief angebracht, die erkennt der normale Besucher nicht. Das ist schon raffiniert versteckt."

„Habt ihr die Tüte wieder dort angeklebt?"

„Ja, also nein, also das Klebeband hielt nicht mehr. Wir haben dort drüben im Spar schnell neues gekauft und die Tüte befestigt.“

„Sehr gut. Unsere Leute haben Gravgaard noch etwas aufgehalten. Er müsste jetzt losfahren, wenn er so reagiert, wie ich das vermute. Findet gerade eine Trauerfeier in der Kirche statt?“

„Nein, in einer Dreiviertelstunde beginnt eine.“

„Gut, Christian, du kaufst mit Sanne beim Spar einen Strauß Blumen, und dann stellt ihr euch als Gäste der Trauerfeier in die Nähe, sodass ihr den Eingang gut sehen könnt. Ditte und ich gehen da drüben in das Fahrradgeschäft und beobachten den Eingang. Sobald er drin ist, folgen wir ihm. Er fährt einen roten Toyota.“

Sie teilten sich wieder auf.

Es dauerte, kein roter Toyota näherte sich der Aakirke. Jan kamen erste Zweifel. Hatten sie die Blumen vergeblich gekauft? Hm, dann könnte Christian sie heute Abend Lærke mitbringen.

Plötzlich sah er Gravgaard am Schaufenster des Fahrradladens entlanggehen. Etwas hektisch drehte der sich immer wieder um. Ditte ging etwas dichter an das Fenster. Sie sah Gravgaard durch das Tor zur Kirche gehen. Dort war es voll, gleich sollte eine Trauerfeier beginnen. Vermutlich wollte er diesen Trubel nutzen. Sie sah, wie Sanne und Christian sich der Trauergemeinde anschlossen, sie stellten sich ganz ans Ende. Die Schlange wurde nur langsam kleiner, der oder die Verstorbene hatte augenscheinlich einen großen Verwandten- und Bekanntenkreis. Gravgaards Kopf war wieder zu sehen, er drückte sich an der Trauergemeinde vorbei aus der Kirche. Jetzt war auch Jan an das Fenster getreten. Das Nächste, was sie sahen, war

Christian, der Gravgaard fest am Arm gepackt hatte, Gleiches hatte Sanne auf der anderen Seite getan. Sie hielt eine graue Plastiktüte in ihrer Hand. Ditte und Jan stürmten aus dem Laden, mussten noch einen gelben Linienbus vorbeilassen und liefen dann hinüber. Gravgaard und Jan sahen sich an, keiner sagte etwas.

„Ist der Fall wirklich gelöst?", fragte Christian etwas unsicher nach der Rückkehr nach Rønne.
„Ja, das ist er. Gravgaard befindet sich in Untersuchungshaft, er wird morgen noch die ein oder andere Ausrede mit seinem Anwalt präsentieren, aber der Deckel ist drauf", beruhigte Jan ihn. Er gab Sanne ein Zeichen, ebenfalls in sein Büro zu kommen.
Er schaute Ditte an: „Na, da hast du ja Glück gehabt, dass wir den Fall einen Tag vor deinem Urlaub aufgeklärt haben. Sonst hätte Lone allein fliegen müssen." Jan grinste sie an.
„Ich wusste, dass wir es schaffen", gab Ditte zurück.
Jan nahm seine Flasche Bornholmer Akvavit aus dem Schrank: „Wenn es so mit unseren Ermittlungserfolgen weitergeht, muss ich wohl bald eine neue Flasche kaufen. Karen ist vermutlich anderweitig beschäftigt, also feiern nur wir vier unser Ergebnis. Zwei Tote, zwei Mörder. Und vier großartige Ermittler. Auf uns, skål!"
In diesem Moment kam Karen ins Büro: „Ach, ihr feiert schon. Ich habe gerade von eurem Erfolg gehört. Herzlichen Glückwunsch."
Jan holte ein fünftes Glas aus dem Schrank: „Es gibt ja noch jemanden, auf den wir heute anstoßen sollen. Prost Aage, mach es gut da oben, skål!"
„Skål", kam es aus vier Mündern zurück.

„Jan, übrigens haben sich gestern die Eltern von Tobias beschwert. Hier würde nichts vorangehen, und du wärest unverschämt." Sie zwinkerte ihm zu und ging. Christian nahm auch seine Sachen, weil er Lærke versprochen hatte, mit ihr zu einem Informationsabend zu Schwangerschaft und Geburt zu gehen. Ditte schließlich verabschiedete sich eilig in den Urlaub.

<h1 style="text-align:center">Tag 14</h1>

Ditte und Lone waren früh aufgestanden. Die Koffer hatten sie noch am Abend gepackt. Ihr Freund Mateo hielt schon vor der Tür. Lone kontrollierte noch, ob die Kaffeemaschine auch wirklich aus war. Dann verfrachteten sie ihre Koffer in den Kofferraum von Mateos altem Alfa. Er fuhr sie zum Flughafen, wo es vergleichsweise ruhig war. Es war halt keine Ferienzeit.

„Grüßt mir meine Heimat, Bella Italia", sagte Mateo, als er die beiden Frauen zum Abschied herzte. „Genießt unsere Lebensart, den Caffé, den Vino bianco und unsere einmaligen Antipasti. Gegen die italienischen Männer seid ihr ja immun, da muss ich nicht eifersüchtig werden." Er lachte laut.

„Du Spinner", antwortete Ditte und boxte ihn leicht, „von wegen Heimat. Du bist ja gar kein feuriger Sizilianer, sondern so ein Langweiler aus Triest. Grüß Malene ganz herzlich von uns." Mateo tat so, als wenn er schwer getroffen sei.

Die beiden Frauen gaben ihr Gepäck auf und durchquerten die Sicherheitskontrolle. Bis zum Abflug nach Kopenhagen dauerte es noch einen Augenblick.

„Das mit eurem Fall war ja Aufklärung in letzter Minute", zeigte sich Lone erleichtert.

„Ja, da hast du recht. Aber Jan war sich sicher, wir würden es rechtzeitig schaffen. Dieser Pastor ist ein Schwein gewesen, Peter Winther genauso. Tobias war eigentlich eine arme Sau, hochintelligent, aber überall nur veräppelt, ausgenutzt oder unterdrückt. Der träumte von einem Job und einem schönen Leben auf Bornholm, dafür war er bereit, alles zu tun. Und Line, die Keramikerin, tut mir einfach leid, die hat den

Schmerz nicht ausgehalten, dass sie nicht besser auf Charu aufgepasst hat. Ich kann sie verstehen. Aber Selbstjustiz ist nun mal verboten, dafür wird sie einige Jahre einsitzen."

„Der Pastor, Gravesen oder wie er heißt, aber auch."

„Gravgaard, ja, aber der zu Recht. Mit dem hat doch alles begonnen. Der hat zuerst in Slagelse Peter Winther dazu gebracht, ihm junge Frauen zuzuführen. Dann hat er hier das Spiel als Kirchenvorstand weitergespielt. Und Winther hat das übernommen und Tobias als Mädchenlieferanten benutzt. Was für Dreckschleudern."

Lone nahm Ditte in den Arm: „So, Schatz, das lassen wir jetzt alles hier, auch die ganzen Bauanträge auf meinem Schreibtisch. Heute Abend sitzen wir mit einer Flasche Weißwein und einer Schale Oliven auf der Terrasse unserer Ferienwohnung in Syrakus."

Karen war die halbe Nacht wach gewesen. Aages Tod beschäftigte sie, seine mögliche Nachfolge und natürlich der Mann, der neben ihr tief und fest schlief. Ab und an kamen auch wieder Schuldgefühle hoch. Sie war in Kopenhagen fremdgegangen. Ja, sie versuchte sich einzureden, dass sie es für sich und nicht gegen Tom getan hatte. Und hatte er sie nicht auch betrogen, mit den Carlsens? Ja, natürlich anders, er hatte sich hinter ihrem Rücken mit denen getroffen und ihr nichts erzählt. Das war auch ein Betrügen. Natürlich harmloser. Wenn sie demnächst noch einmal wegen Aages Nachfolge nach Kopenhagen müsste, dann würde sie auf einem anderen Hotel bestehen. Diesem Domenico wollte sie nicht noch einmal begegnen, der saß vermutlich jeden Abend dort und wartete auf unglückliche Frauen wie sie.

Im Zahrtmannsvej saßen am Morgen Jan, Sanne und Christian mit Gravgaard und seinem Anwalt zusammen. Gravgaard hatte in seiner alten Heimat Slagelse angerufen und sich von seinem dortigen Anwalt einen Kollegen auf Bornholm empfehlen lassen.

Angesichts der Beweise hatte Gravgaard nur gestehen können. Er schilderte den Sturz von Amanda Kjær und gab freiwillig den Missbrauch auch von zwei anderen jungen Mädchen zu. Er berichtete von Tobias Erpressungsversuch und wie er den Deutschen totgeschlagen hatte. Der Anwalt hatte zunächst noch versucht, den Tod Amanda Kjærs als Unfall darzustellen, aber schnell einsehen müssen, dass die Verbrennung der Leiche alles andere als ein Unfall war. Auch der Versuch, die Ermordung Tobias´ als Notwehr zu begründen, kam bei Jan schlecht an. Die bereits in der Wohnstube deponierte Eisenstange ließ diese Interpretation nicht zu.

Gravgaard übernahm selbst seine Verteidigung: „Aber ich habe ihn nicht an die Glocke der Ruts Kirke gehängt. Ich hatte seine Leiche in eine Schubkarre gelegt, die über Nacht im Garten stand. Dort muss ihn jemand mitgenommen haben."

Sofort schüttelten die drei Ermittler einhellig ihre Köpfe: „Wer soll daran ein Interesse haben? Nein, ich weiß nicht, wozu diese Geschichte gut sein soll", spottete Jan.

„Mich hat eine unbekannte Frau angerufen und mich vor Tobias gewarnt."

„Ach, jetzt willst du uns noch erzählen, dass du fremdgesteuert wurdest?"

„Nein, ja doch, also in diesem Fall. Und die Eisenstange hatte ich auch gesäubert."

„Genau, vermutlich spielt Krølle Bølle dir einen bösen Streich oder irgendwelche Unterirdischen. Svend, ernsthaft, das Blut auf der Stange ist bereits eindeutig als das von Tobias Schuster identifiziert. Ich weiß nicht, was deine Fantasien jetzt bewirken sollen, und letztlich spielen sie auch keine Rolle. Wir lassen dich jetzt mit deinem Anwalt allein, und wenn ihr mit eurer Besprechung fertig seid, wirst du zurück in deine Zelle gebracht. Montag sehen wir uns wieder.“

Als die drei Ermittler in Jans Büro saßen, sagte niemand etwas, sondern sie ließen das Gehörte sacken.
„Was ist, wenn das stimmt?“, durchbrach Sanne die Stille.
„Was stimmt?“, schaute Christian sie an.
„Wenn einer die Leiche tatsächlich geklaut und in Rutsker aufgehängt hat.“
„Wozu sollte das jemand machen?“
„Ich frage einmal umgekehrt“, beharrte Sanne. „Was hat Gravgaard für einen Grund, die Leiche nach Rutsker zu fahren und dort aufzuhängen. Warum vergräbt er sie nicht in Almindingen oder sonstwo? Oder verbrennt sie, wie die junge Frau?“
„Weil das Dänemarks höchstgelegene Kirche ist und alle die Leiche sehen sollen. Also im übertragenen Sinne. Und er so Tobias noch mal lächerlich machen kann, ihn vorführt.“ Auch Christian gab nicht nach.
Sanne versuchte es erneut: „Was ist denn, wenn es diese geheimnisvolle Frau doch gibt. Und die wusste, dass die Leiche noch bei Gravgaard liegt. Und sie dort weggeholt hat oder hat wegholen lassen.“
„Aus welchem Grund?“
„Weil sie ebenfalls eine Rechnung mit Tobias offen hatte.“

„Und welche?"

„Das weiß ich nicht."

„Siehst du, genau deswegen ist die Geschichte mit der Frau nur eine Erfindung von ihm, um eine geringere Strafe zu bekommen." Christian lehnte sich mit einem triumphierenden Lächeln zurück.

Jan sah Sannes enttäuschten Blick: „Sanne, ich finde es gut, dass du da nachgehakt hast. Aber ich halte diese unbekannte Frau auch für eine Erfindung. Es gibt keinen Grund, Tobias Leiche zu klauen. Ich danke euch beiden, dass ihr den Samstagvormittag geopfert habt. Geht jetzt gerne nach Hause, ich räume noch etwas auf."

Für Jan war der halbe Arbeitstag noch nicht beendet. Er wählte die Nummer von Jürgen Schuster.

„Hier ist Jan Kofoed von der Bornholmer Polizei. Du kannst am Montag tatsächlich die Wohnung deines Sohnes in Nexø leerräumen, ich habe sie freigegeben. Was wir noch brauchen, bleibt vorerst bei uns. Den Rest kannst du einpacken. Was mit der Wohnung beziehungsweise dem ganzen Haus passiert, weiß ich nicht."

„Aha, das ist ja schön. Bei euch ist das wie bei der deutschen Polizei, man muss nur auf die richtigen Knöpfe drücken, dann geht's plötzlich voran. Wer ist der Täter, wer hat unserem Jungen und uns das angetan?"

„Ich werde den Bericht nächste Woche schreiben. Ich kann dir gerne schon verraten, was darinstehen wird. Er wird von einem Mann handeln, der ein Doppelleben führte. Der in Deutschland brav und bieder war, möglichst unauffällig gekleidet herumlief und von einer Schönheitskönigin fürchterlich veräppelt wurde. Der eigentlich nur Pastor werden wollte, den sein Vater zum Großgelehrten trieb, der zukünftig in sämtlichen Medien zu sämtlichen Fragen seine Meinung äußern sollte. Weshalb der Vater ihm ein Studium nach dem anderen finanzierte. So sollte der Junge etwas erreichen, was der Vater nicht geschafft hatte."

„Was erzählst du da? Von wem redest du? Das ist ja unverschämt!"

„Nicht nur der Bruder war bereits nach Kanada geflüchtet, sondern auch der Zweitgeborene suchte das Weite, und zwar nach Bornholm. Hier lebte er auf, hier verfolgte ihn weder sein Vorleben noch seine Eltern. Er trug gerne Hawaii-Hemden und stellte den Frauen nach."

„Bist du verrückt, bist du schon am Morgen betrunken?"

„Er wollte sich unbedingt auf Bornholm niederlassen. Für die finanzielle Grundlage betrog er einen sehr guten Freund um ungefähr 55.000 Euro. Ein anderer Freund bot ihm eine feste Stelle an. Dummerweise musste er dafür etwas äußerst Widerwärtiges tun, und der Junge erwies sich als extrem pervers und frauenverachtend. Und weil das alles noch nicht reichte, erpresste er jemanden. Da war er aber an den Falschen geraten. Der nahm sich eine Eisenstange und erschlug deinen Sohn. Wie derjenige heißt, darf ich dir leider nicht verraten. Dazu ist nur meine Chefin befugt. Schöne Rückfahrt." Jan legte auf. Er freute sich, das hatte er noch unbedingt loswerden wollen.

Es war mittags, und Jan ging nach Hause. Sonja war bei ihrer Freundin Frida in Vang. Er würde etwas Musik hören, in Ruhe die Zeitung lesen, hier und da aufräumen und durchsaugen und abends zu Sonja gehen. Die hatte morgens schon geräucherten Lachs im Fischgeschäft unten am Hafen gekauft und wollte dazu klein geschnittene Kartoffeln servieren, die sie erst in Butter und Zwiebeln anbriet und später in Milch und Sahne köchelte.

In seinem Haus angekommen, stellte er sich eine Flasche Wasser auf den kleinen Tisch neben seinem Sessel und startete bei Spotify Søren Skos und Benjamin Koppels „Looking Back". Ja, er wollte den Fall Tobias noch einmal Revue passieren lassen. Die Aufnahme dauerte knappe fünf Minuten und war noch nicht zu Ende, als Jan schon schlief. Er wachte erst wieder auf, als gut zwei Stunden später die Kriminaltechniker anriefen, um ihm ihre neuesten Erkenntnisse mitzuteilen. Die brachten ihn zum Grübeln. Hatte Sanne vielleicht doch recht? Gab es doch die große Unbekannte? Nein, was die Kriminaltechniker berichtet hatten, konnte auch Zufall sein.

Er stieg schnell unter die Dusche, um seine Müdigkeit zu vertreiben. Dann ging er zu Sonja hinüber.

Die stellte eine Viertelstunde später den Fisch, die Kartoffeln und als Überraschung Pfifferlinge auf den Tisch.

„Wie köstlich, großartig", freute sich Jan.

„Das ist alles einfach zuzubereiten, in einem Jahr kannst du das auch", kam von Sonja als prompte Antwort.

„Na, ich weiß ja nicht. Hättest du eigentlich Lust, mit mir nach Amerika zu fliegen, zu Rikke und ihrer Familie?"

Sonja schaute etwas erschrocken: „Nach Amerika? Die ganze Zeit über das Wasser. Ich weiß ja nicht. Das macht mir etwas Angst. Ich bin mit Jens-Ole einmal nach Mallorca geflogen, einmal nach Kreta und einmal

nach Rom. Das war es auch schon. Alles andere haben wir mit dem Auto und dem Schiff besucht."
„Überlege es dir, ich glaube, es wird dir gefallen."
Sonjas skeptischer Blick änderte sich nicht.

Tag 15

<u>*39*</u>

Christian versprühte seit Sonntag eine völlig euphorische Stimmung. Gestern Nachmittag war er so gut drauf gewesen, dass er seinen Freund Lauge beinahe beim Badminton geschlagen hätte. Was ihm noch nie gelungen war.
Wieder war ihnen ein Ermittlungserfolg gelungen. Nun hoffte er auf mehr Ruhe. Bis zum letzten Weihnachten ohne Kind waren es nur noch gute zwei Monate, im April würde die Kleine kommen. Oder der.
Nun wurde es Zeit, die Haussuche zu intensivieren.
„Also, ich habe meine Favoriten für den Namen unseres Kindes", bemerkte Lærke beim ersten Kaffee am Morgen.
„Die habe ich schon seit ein paar Tagen", gab Christian zurück.
„Wie das, war bei euch nichts los?"
„Doch, aber abends habe ich mal in unserem Buch geblättert. Als du schon geschlafen hast."
„Na, dann gestehe, wie lauten deine Favoriten?"
„Luna oder Alberte für ein Mädchen. Und deine?"
„Sofia oder Luna." Sie lachten und gaben sich einen langen Kuss.
„Dann sind wir uns da ja schon einig. Jetzt du zuerst."
„Elias oder Magnus."
„Oh, oh, dann hoffe ich, dass es ein Mädchen wird", strahlte Christian, „meine Favoriten sind nämlich William und Valdemar."
„Oh ja, da sind wir weit auseinander. Luna, hast du gehört, du musst es werden." Sie küssten sich wieder.

„Dann werden wir uns am Wochenende also um ein anderes Haus kümmern, in dem Luna sich auch wohlfühlt“, merkte Christian zur Planung an.
„Ja, langsam wird's Zeit. Und das Einkaufen dürfen wir nicht vergessen.“

Jan lag wach im Bett, während Sonja noch tief und fest schlief. Er hatte von Svend Gravgaard geträumt. Mit dem hatte er in Kopenhagen in der Grundtvigskirke gesessen, unweit von Toves Grab. Sie saßen vorne auf zwei Stühlen nebeneinander, das Licht durchflutete die majestätische Architektur, irgendwo spielte jemand ganz leise auf der Orgel. Jan hatte Svend von Tove erzählt, der wiederum von dem Unglück mit Amanda. Er hatte ihm sehr deutlich gesagt, welch ein Schwein er gewesen sei, dass er sich an der jungen Frau vergriffen hatte. Da hatte Svend begonnen zu weinen, er tat sich selbst so leid. Jan wurde immer ärgerlicher, je mehr Svend von seinen Übergriffen erzählte, die er alle nicht gewollt habe. Plötzlich war die Kirchentür aufgegangen und Gunnar Bendtsen war barfuß und in einem schmutzigen Jogginganzug hereingekommen. Die Orgelmusik wurde lauter. „Erst Winther, jetzt du“, hatte Bendtsen geschrien und Svend mit einer Eisenstange auf den Kopf geschlagen. Und noch mal und noch mal. Jan hatte nicht reagiert. Als Svend blutend von seinem Stuhl gekippt war, war Bendtsen hinausgelaufen. Jan verließ die Kirche seelenruhig und ging hinüber zu Toves Grab. In dem Moment war er aufgewacht. Wie sollte er diesen Traum interpretieren? Er rätselte immer noch, als Sonja ungefähr eine Stunde nach ihm die Augen öffnete und ihn anlächelte.

Jan war muffig, sie bemerkte das sofort. Sie ging ins Bad, während er die Kaffeemaschine anstellte. Jetzt saßen sie wieder im Bett, beide mit einem heißen Becher in der Hand.

„Weshalb bist du so schlecht gelaunt?"

„Bin ich nicht."

„Oh doch, Herr Kofoed, das sind Sie." Sie schaute ihm tief in die Augen. „Der Fall ist doch gelöst, und wir können nächste Woche unseren Schweden-Urlaub nachholen. Ystad, Simrishamn, Kivik und Kristianstad warten auf uns."

„Ja, du hast recht. Aber ich habe so ein Magengrummeln. Irgendetwas stimmt in diesem Fall nicht, wir haben etwas übersehen."

„Aber Freitag und gestern wart ihr euch doch alle sicher, die Staatsanwaltschaft ist es auch, die beiden Täter sitzen im Gefängnis."

„Ich widerspreche dir doch auch nicht, aber in mir rumort es trotzdem. Es gibt Zufälle, an die mag ich nicht glauben."

„Kannst du das bitte genauer erklären?"

„Die Kriminaltechniker haben mich gestern angerufen. Sowohl bei Svend Gravgaard als auch bei Line haben sie die Tatwaffe gefunden, beide Male eine Eisenstange. Beide sind gleich groß. Und beide sind von derselben Marke. Die Kollegen haben gestern Nachmittag noch den Geschäftsführer der Firma aus seinem Samstagsschlaf gerissen und nach dem Händler auf Bornholm gefragt. Den gibt es nicht, diese Stangen werden hier gar nicht verkauft."

„Aber man kann doch alles online kaufen."

„Ja, natürlich, aber irgendetwas in mir drin sagt, dass da etwas nicht stimmt. Dass beide Täter ausgerechnet diese Stangenmarke in identischer Größe online bestellen, das ist mir zu viel Zufall."

Sie tranken ihren Kaffee aus, gingen nacheinander ins Bad und setzten sich an den Frühstückstisch.

„Was machen wir dieses Wochenende?", fragte Jan.

„Ich weiß nicht, wann du diesen Antrag wegen Toves Umbettung bearbeiten willst?"

„Ja, das würde ich gerne erledigen, bevor wir nach Schweden fahren."

„Und neulich hattest du gesagt, du wolltest Bücher aussortieren."

„Ja, ich will sie noch einmal durchschauen, vielleicht will ich das ein oder andere behalten. Und den Rest würde ich gerne irgendwo hingeben, wo der Erlös einer wohltätigen Organisation zugutekommt. Ein Weihnachtsbasar oder Ähnliches. Was hast du vor?"

„Ich möchte gerne an diesem Wochenende mit dir nach Dueodde fahren und lange am Strand spazieren gehen. Es soll windig werden, aber trocken bleiben. Ideal, um den Kopf freizubekommen. Und ich möchte morgen zum Gottesdienst und eine Kerze für Amanda und die anderen Mädchen anzünden."

„Das ist eine sehr schöne Idee, Sonja. Ich komme mit in die Kirche. Und an den Strand natürlich auch." Er lächelte sie an. Sie war großartig, sie drang immer tiefer in sein Herz hinein.

„Gut, dann lass uns nach dem Frühstück zu Kvickly gehen und das Essen für das Wochenende kaufen. Ich habe mich gestern um das Essen gekümmert, was möchtest du uns heute kochen?"

„Ich? Äh, ich? Oh, das habe ich mir noch gar nicht überlegt." Jan schaute etwas ratlos.

„Dann schlage ich dir vor, dass du etwas Asiatisches machst. Das ist ganz einfach, du musst nur viel schnippeln. Ich helfe dir." Sie lachte.
Eine Stunde später gingen Sonja und Jan mit den Einkaufstaschen von Kvickly am Hafen vorbei. Der Katamaran aus Ystad lief gerade ein, die Autos für die Rückfahrt standen schon dicht aufgereiht auf dem Kai. Jan blieb einen Moment stehen: „Sonja, warte bitte einmal." Er stellte die Tüten ab und ging ganz dicht an den Zaun heran. Das hatte er nicht erwartet.
„Was ist?", fragte Sonja.
Jan starrte hinüber zu den Autos und sagte nichts. Das Paar an dem schwarzen SUV küsste sich immer wieder, er konnte gar nicht die Augen von ihnen lassen. Er nahm sein Handy heraus, wählte eine Nummer und ging ein paar Meter weiter. Nach gefühlten fünf Minuten kam er zurück.
„Was war das jetzt?", fragte Sonja.
„Ich habe da ein Pärchen gesehen, von dem ich nie gedacht hätte, dass es ein Pärchen ist."
„Hat das was mit deinem Grummeln zu tun?"
„Ja, genau das."

Der Katamaran legte ab. Nach einer Stunde näherte sich das Schiff zielstrebig Ystad.
„Siehst du den weißen Block da rechts? Das ist das Hotel Saltsjöbaden. Und genau dahinter liegt die Villa Strandvägen, unsere Unterkunft für die nächsten drei Tage. Eine prächtige Villa mit nur wenigen Zimmern."
„Wie schön, ich freue mich. Wie herrlich nach den anstrengenden letzten Wochen", strahlte er.
„Ja, als Erstes will ich mit dir ins Bett."
„Wollen wir nicht erst ein bisschen spazieren gehen? Oder durch Ystad bummeln?"

„Da ist doch alles zu, es ist Sonntag. Nein, noch stören dich unsere 16 Jahre Altersunterschied nicht. Aber wenn ich erst einmal eine alte Schachtel bin, wirst du dich meiner entledigen. Und die Zeit bis dahin will ich ausnutzen." Sie lächelte ihn herausfordernd an.
„Einverstanden", grinste er zurück und zog sie an sich.

Ein paar Stunden später betraten sie den Speisesaal. Der war übersichtlich, und aus der offenen Küche roch es bereits wunderbar. Sie setzten sich und bestellten erst einmal einen Champagner als Aperitif. Sie schaute sich vorsichtshalber im Raum um. Dort drüben saßen zwei Paare und unterhielten sich angeregt. Einen Tisch weiter saß ein Männerpaar, das ruhig miteinander sprach und gegenseitig die Hände streichelte. Drüben saß ein kleinerer, dicklicher Mann, schon etwas älter, ebenso wie seine Frau, eine etwas runde Dame mit grau-blonden Haaren und einem schicken blauen Kleid. Gerade kam ein weiteres Paar herein, beide groß gewachsen, sie mit teurem Schmuck behangen, sein Anzug sah auch nach Geld aus, bestimmt die Brioni-Klasse. Das Paar in ihrem Rücken hatte sie bereits beim Betreten des Saals registriert, ältere Herrschaften, die Norwegisch sprachen. Er mit Anzug, weißem Hemd, wenigen Haaren und einem dicken Siegelring. Sie hatte sie nicht so richtig erkennen können.
„Was schaust du so prüfend durch den Raum?", fragte er.
„Man weiß nie, wer da sitzt, wir müssen weiterhin vorsichtig sein, bis alles abgeschlossen ist."
„Aber es ist doch alles abgeschlossen, das kam in den Fernsehnachrichten."
„Alles noch nicht, wie du weißt."

„Ja, aber das erledigt sich auch noch." Sie stießen an.
„Das war aber auch eine Wahnsinnsleistung von dir,
Tobias ganz hoch zu dieser Glocke zu bringen und dort
festzubinden."
„Aber die Vorarbeit hat Svend geleistet, der hat ihn
erschlagen. Gut, dass du vorher eine Eisenstange in
seinem Schuppen deponiert hast. Tobias ließ sich ja
nicht davon abbringen, die Schuld von Svend am Tod
deiner Nichte in seinem Buch über die Kirchen zu ver-
öffentlichen. Er meinte, mit dieser Nachricht würde
das Buch ein riesiger Verkaufserfolg."
„Nachdem du Tobias nachts aus der Schubkarre geklaut hast, war der Arme sicherlich sehr verwirrt. Und
hat gar nicht gemerkt, dass nur wenig Blut auf der
Stange war, die du gegen die richtige ausgetauscht
hast."
„Wie gut, dass du schon Wochen vorher Tobias diesen
Wust an Zetteln hast unterschreiben lassen, darunter
auch mich als Kontobefugten, falls ihm etwas zustößt."
„Ja, der hat gar nicht hingeschaut, was er da unter-
schrieben hat, weil er sich heftig über die betrüge-
rischen Bendtsens ausgelassen hat. Das musste ich mir
alles anhören. Aber über 600.000 Kronen waren mir
das wert." Sie lächelte verschwörerisch.
„Dank deiner Heldinnentat haben wir jetzt noch ein
kleines Haus in Aakirkeby dazubekommen. Das war
sehr clever von dir, diese heruntergekommenen
Spieler mit deinem Wissen um das Geld von Tobias an
die Wand zu stellen. Das war auch eine Sauerei, dem
den Hauskauf zu versprechen, 150.000 Kronen Vorschuss zu kassieren und dann zu behaupten, sie hätten
den Hausverkauf nie verabredet. Blöd auch, dass sie
das Geld schneller ausgegeben haben, als sie dachten.
Und wieder klamm waren."

„Aber ihr Glück, dass du es ihnen abgekauft hast. Für jetzt leider nur noch für 500.000 Kronen inklusive 50.000 Kronen Anzahlung. Und mit einem wasserdichten schriftlichen Vertrag."

„Mit Peter Pervers hatten wir Glück. Eigentlich wollte ich den erst mal nur auskundschaften, der sollte noch ein paar Tage leben. Aber als diese dünne Keramikerin bei ihm war und ich das Geschrei hörte, dachte ich, das wäre eine gute Gelegenheit, ihn gleich zu erledigen. Als sie weggefahren ist, bin ich gleich rein. Er dachte, sie ist es, und er hat noch gefragt, wieso sie jetzt zurückkomme. Die Antwort konnte ich ihm geben."

„Ja, das hat ja auch bestens geklappt, jetzt kann sie ihre hässlichen Kaffeebecher im Gefängnisofen brennen."

Er lachte: „Meinst du, die haben da einen?" Der Kellner goss noch etwas Champagner nach.

„Ich weiß es nicht, aber auf jeden Fall war sie für uns eine nützliche Idiotin. Gut, dass du noch eine Eisenstange im Auto hattest und ihn damit umbringen konntest. Und anschließend die und Peters Laptop bei ihr platziert hast."

„Das war keine Kunst, bei ihr waren ja alle Türen unverschlossen. Ganz schön naiv. Nur der Köter nervte mit seinem Gebell. Ich mochte Boxer noch nie."

„Und bei Svend hast du ja auch noch die ursprüngliche Stange platzieren können, bevor die Bullen kamen. Der versteht die Welt bestimmt überhaupt nicht mehr."

„Vielleicht hätten wir ihn auch noch töten sollen."

„Nein, das wäre ein zu kurzes Leiden für ihn gewesen. Seine Freunde im Knast werden erfahren, dass er sich an Kindern vergangen hat, einmal sogar mit tödlichem Ausgang. Meine arme Amanda. Niemand hat im Gefängnis ein schlechteres Ansehen als Kinderschänder. Der wird schlimme Zeiten dort erleben, sehr schlimme."

„Das stimmt. Wir haben drei Perverse aus dem Weg geräumt und dafür ein kleines Haus und ein ansehnliches Konto erhalten. Perfekt." Sie lachte.

Er hob das Glas: „Wir haben alles richtig gemacht. Helle, ich liebe dich."

Sie lächelte: „Wir haben alles richtig gemacht. Brian, ich liebe dich." Die Gläser klirrten.

Das Essen wurde aufgetischt. Erst eine Suppe, gefolgt von schwedischem Wild mit Gemüse, Kartoffelmus und Preiselbeeren. Dazu gab es ganz klassisch einen wuchtigen Rotwein aus dem Bordeaux. Den Abschluss bildete eine Crème brûlée samt doppelter Espressi. Das Paar stand auf und verließ den Speisesaal, der sich etwas geleert hatte.

Kurz darauf erschien die ältere Dame, die an der Rezeption arbeitete, und nickte unmerklich. Der kleine, dickliche Mann fing das Zeichen auf, erhob sich, ging zu dem nun freien Tisch des Paares und griff unter ihn. Mit einer Wanze in der Hand ging er vor die Tür und gab in Richtung des Kleinbusses das Zeichen zur Abfahrt. Dann eilte er zurück zu seiner Frau. Lasse Hellström lächelte zufrieden. Er wählte die Nummer seines Freundes Jan Kofoed, auch wenn es nach 22 Uhr war.

Danke

Mir geht es so wie vermutlich allen, die mit der Fähre nach Bornholm reisen: Bornholm ist Kirche. Sobald ich Rønnes Nicolaikirke am Horizont entdecke, weiß ich, dass das gelobte Land erreicht ist. Das war immer so und ist bis heute so geblieben.

In Jan Kofoeds drittem Fall dreht sich vieles um die Bornholmer Kirchen. Die waren mir als kleiner Junge nicht so wichtig, abgesehen eben von der einen. Und besonders waren natürlich auch die Rundkirchen. Vielleicht noch die Aakirke. Aber die anderen? Ich bin erst spät so richtig auf sie aufmerksam geworden, ich glaube, da unterscheide ich mich auch nicht von anderen Besuchern der Insel. Die Ibs Kirke oder die Knuds Kirke, wer hat sie tatsächlich schon besucht?

Ein anderes Thema ist der Traum vom Umzug nach Bornholm. In dieser Idylle nicht nur drei Wochen zu leben, sondern 52, erscheint beim ersten Blick wie das Paradies. Auch ich habe mir lange vorstellen können, meinen Lebensmittelpunkt dorthin zu verlegen. Heute nicht mehr. Das Leben ist nicht einfach, die Kommune ist arm und muss ständig Einsparungen verkünden, viele Läden sind im Winterhalbjahr geschlossen, das kulturelle Angebot ist überschaubar. Mein zweiter Blick auf mein Bornholm ist realistischer.

Schon als Kleinkind habe ich mir vor dem Ablegen in Rønne gewünscht, dass den Männern, die die Schiffstaue losmachen, die Hände abfallen. Dann könnte ich dort bleiben. Diese Hoffnung überkommt mich auch heute jedes Mal. Mein Realismus hat meiner Liebe zu meiner zweiten Heimat nichts genommen.

Auf seinem Heimweg von Svaneke nach Listed wird Hans Andresen umgebracht. Weshalb wird ein anscheinend harmloser Fischer zum Opfer? Der erste Fall der Bornholmer Ermittler.
ISBN 9783748168584 (Buch)
ISBN 9783758379079 (E-Book)

Der erfolgreiche wie rücksichtslose Geschäftsmann Jesper Olsen hängt ermordet an einem der Kamelköpfe unterhalb von Hammershus. Wen hat er zu sehr verärgert? Der zweite Fall der Bornholmer Ermittler.
ISBN 9783758324246 (Buch)
ISBN 9783758334238 (E-Book)